ANGENGA (EL VIAJERO SOLITARIO)

LA DESAPARICIÓN DEL TIEMPO

JOHN BROUGHTON

Traducido por

JORGE ALBERTO IGLESIAS JIMENEZ

Publicado 2021 por Next Chapter

Editado por Elizabeth Garay

Me gustaría dar las gracias sobretodo a mi querido amigo John Bentley por su apoyo inquebrantable e infatigable. Su revisión del contenido de este libro y sus sugerencias han sido una contribución de incalculable valor para Angenga. También me gustaría dar las gracias a mi amigo Arduino Virgini, por sus consejos sobre temas científicos: cualquier inexactitud técnica es responsabilidad mía.

Nota:

Angenga = proviene del inglés antiguo, significa Viajero Solitario.

CAPÍTULO UNO

CHRIST'S COLLEGE, UNIVERSIDAD DE CAMBRIDGE, 2011 AD

Rick Hughes, estudiante de doctorado en filología anglosajona en la universidad de Cambridge, se pasaba todo el día pensando en el tiempo, solo para llegar a la conclusión de que el tiempo no existe y si realmente no existe, ¿cómo puede uno malgastarlo en conjeturas inútiles? Por algo no existe en realidad. Rick sentía su presión en el día a día, si es que los días existen. En sus estudios todavía tenía mucho por aprender y era muy poco lo que había logrado. El misterio de la maldad le intrigaba y sobre todo, lo que algunos historiadores denominan la Edad Oscura.

Esos siglos eran oscuros porque hace mucho tiempo, ahí estaba otra vez, el tiempo poniendo su enorme huella sobre su embarrado deseo de conocimiento, moría y vivía gente que hoy en día se sorprenderían de lo que sabemos sobre cosas que para ellos eran muy simples.

Rick suspiró y se levantó de su sillón acolchado. Se miró en el espejo, se acercó e inspeccionó un cabello gris rebelde, el único entre la espesa mata de pelo marrón que tenía en la cabeza. Lo cogió entre su dedo índice y pulgar, se tensó y se lo arrancó de raíz. ¡*Voilà!* Una señal tangible del paso del tiempo que tenía ante sus ojos. Todos nos hacemos viejos, ahora él tenía veintiséis años, incluyendo nuestros antepasados y nuestros descendientes, si es nuestro destino tenerlos. Inspeccionó la piel de su cara reflejada en el espejo, feliz ante la respuesta negativa a su pregunta; ninguna arruga aún.

En la incertidumbre de su presente había algo acechándole, si el seguía entreteniéndose, permitiéndose seguir pensando sobre el tiempo, llegaría tarde, fuera lo que fuera lo que eso significara, para un encuentro con su amigo Gary, Gareth Marshall, el cual este último había descrito dicho encuentro como urgente, fuera lo que fuera lo que eso significara.

Delante del foso del edificio neogótico, Rick dudó un instante. No era la primera vez que se preguntaba por qué Gary, quien había desaparecido tras la graduación, quería verle con tanta urgencia.

¿Qué podría ser tan importante como para que su indiferente amigo hubiera sido tan insistente al teléfono? Conociéndole, no llegaría a tiempo, pero tenía ganas de verlo después de que casi un año había pasado volando.

Había una pareja de enamorados abrazándose, ella se alzaba precariamente sobre el enorme tacón de sus zapatos que parecían estar bien anclados, se tropezó chocando contra las puertas del famoso bar de la universidad de Cambridge, el "*Hidden Rooms*". Momentáneamente las angustiosas notas de jazz de un saxofón sacaron a Jack de sus pensamientos.

Con renovada determinación abrió la puerta y bajó las escaleras para unirse a un ambiente muy vivaz. Se había equivocado sobre la puntualidad de Gary, lo vio encorvado sobre una bebida humeante que le habían servido en un vaso de cristal liso. Su pelo rubio le caía a ambos lados de la cara mientras levantaba la cabeza revelando una alegre sonrisa al reconocer a su amigo.

Gary no había cambiado, seguía siendo el mismo con sus penetrantes y hundidos ojos azul claro bajo unas espesas cejas. Se debería cortar el pelo. Su rubia melena le hacía adoptar un aire de estudiante mayor, fuera de lugar entre esta generación más espabilada, parecía salido de los años setenta.

«¿Qué pasa Rick, cómo estás?».

Resoplaba al saludar.

«¿Estás constipado?».

«Sí, de tanto vagabundear por esos pantanos azotados por el viento, ¡el meadero del mundo!».

«¿Qué estas bebiendo? El Gary que yo conozco estaría abrazado a un vaso de cerveza o a algo más fuerte. Tienen una buena selección de cervezas de malta aquí, ya sabes».

«Fanta de limón con jengibre. Como ya te dicho, estoy muy constipado».

Rebuscó en el bolsillo de los pantalones y sacó un pañuelo de papel para reafirmar su declaración. «Tienes que probarlo, está muy bueno». Esta frase ya la dijo amortiguada por el pañuelo, antes de ser interrumpido por una feroz sonada de nariz».

«No gracias, prefiero la cerveza», dijo Rick, tropezando con el codo de un grupo de chicas que bloqueaban su camino hacia la barra. El saxo empezó a filtrarse en su conciencia, dulce, melódico, mezclándose con el sonido de la batería y el bajo, un trio que interactuaba bajo la filosofía de "menos es más". Se encontró a sí mismo asintiendo con el ritmo mientras esperaba su turno en la abarrotada barra para pedir una botella de cerveza artesanal. Tomó el vaso frío del que caían gotas por la condensación hacia sus vaqueros, mientras caminaba de regreso donde su antiguo compañero de curso se sentaba compadeciéndose de sí mismo.

«Es buena, ¿verdad?», dijo Rick, refiriéndose a la saxofonista.

«Aquí dice que ha ganado un premio», Gary empujó un panfleto a lo largo de la mesa.

«Ah, Josephine Davies, Premio Mejor Saxofonista Joven de Jazz, y por lo que parece, bien merecido».

«Compré su álbum, Satori», sus ojos azules se fijaron en Rick; conocía esa mirada, ¿qué era lo que estaba pasando?

«Es una palabra budista, significa momento de iluminación o claridad».

La música salió momentáneamente de su mente, Rick mordió el anzuelo.

«Y hablando de claridad, ¿exactamente por qué has venido aquí, Gary? Tienes pinta de tener que estar en la cama con un té caliente».

«Solo es una mierda de constipación», tomó un cauteloso sorbo de su bebida y Rick notó que le temblaba la mano cuando dejó el vaso. «Has escogido un buen abrevadero, amigo».

«Vengo aquí cuando quiero relajarme. Es extraño que no encontráramos esto hasta que nos graduamos. Abrió en el año 2009 pero nosotros estábamos casi todo el tiempo en el *Eagle*, ¿eh?».

«Sí, que tiempos aquellos. Los dejábamos a la altura del betún. ¿Aún tocas esa guitarra tuya? Cantas muy bien Rick, siempre he pensado que podrías tener una carrera musical, si quisieras. ¿Cómo te va? O más bien, vayamos al asunto que nos trae, ¿Qué haces ahora? ¿Aún sigues con la literatura inglesa anglosajona?».

«Estoy en el segundo año del doctorado, así que estoy liado con los poemas, acertijos y prácticamente todo lo que se escribió entre el año 500 y el 900 de nuestra era. A veces aún canto y toco un poco, me relaja».

«En ocasiones pienso que yo también podría estar haciendo

eso si me lo hubiera tomado más en serio. Me refiero al tema anglosajón. No puedo presumir lo que he hecho hasta ahora. Me gusta fumar, el whiskey y hacerme el loco, y las mujeres locas...». Insinuó justo lo que hacía falta para esbozar una risa malvada, como un modelo posando para un escultor que estuviera esculpiendo una gárgola. «Quise dejarlo y ganar algún dinero, estaba harto de estudiar. Juré que no leería otro libro durante al menos un par de años. Pero falté a mi promesa, por supuesto».

A Rick no le sorprendía la chulería de Gary, había sido un estudiante serio, una de las razones por las que se habían hecho amigos. Gary, aunque no hoy, debido a su constipación, era un tipo tranquilo y una agradable compañía. Rick estudió esa cara que le era tan familiar. Frente alta, ojos astutos y vivaces, labios gordos, pero no en exceso y su inevitable pelo alborotado. En conjunto, Gary era guapo, inteligente y sociable. Esta vez se sentía sometido e irritado porque su encuentro seguía siendo un misterio y las preguntas incontestadas aun flotaban en el aire entre ellos dos. Uno no insiste en quedar después de un año a menos que tenga algo en mente. Como le sabía mal preguntárselo de sopetón, lo que no era el estilo de Rick, pero no estaba todavía más cerca de averiguarlo. Intentaría algo más delicado.

«Siento que estés constipado, Gary, pero me preguntaba, ¿qué hace una persona como tu pateando tierras pantanosas con una constipación de campeonato?».

Sonrió de nuevo, menos estilo gárgola, más como una versión rubia del presentador de la BBC, Neil Oliver en una campo de batalla.

«Por eso estoy aquí».

¡Al fin!

«Ya ves, me lo he perdido todo».

«¿Todo qué?».

Movió el dedo en un arco horizontal de izquierda a derecha.

«¿Todo qué?». Rick pensó en las palabras que le acababa de decir. «¿Beber en un bar de Cambridge?».

«El mundo académico. Nunca pensé que diría esto Rick, pero lo echo de menos».

Gary acabó el segundo curso con honores y era incuestionable que poseía un gran intelecto, pero esta revelación, dado lo impaciente que había sido por "ganarse la vida en el mundo real", sorprendió a su amigo.

«De hecho, por eso es que me he agenciado un detector de metales».

«¿Sí?». Rick no estaba feliz, su cara roja delataba su rabia interior. Los impertinentes usuarios de detectores de metales eran saqueadores, la causa de que los yacimientos arqueológicos estuvieran siendo arruinados y los hallazgos se vendieran en el mercado negro por catálogo. Siempre había gente sin escrúpulos preparada para pagar un buen dinero mientras veían crecer sus colecciones.

«Sé lo que estás pensando, pero te juro que todo lo que encuentro lo informo puntualmente al Proyecto de Hallazgos de Antigüedades. Les doy las coordenadas GPS, profundidad del hallazgo, condiciones del suelo, nombre del dueño de las tierras y todo eso. Quiero enseñarte esto».

Sacó un teléfono móvil del bolsillo y pasó con el dedo entre las aplicaciones hasta poner una fotografía a pantalla completa.

«Mira esto colega. ¡Lo he descubierto! Giró el teléfono en la mesa y Rick no tenía duda alguna sobre lo que estaba viendo.

«Una pluma. ¿es sajona?».

«Exacto. Más bien anglicana, si quieres hilar muy fino, pero no es una pieza cualquiera. Es un objeto de alto estatus que data del siglo octavo, Rick, plata sólida, y decorada, mira ahí». Señaló la ornamentada cabeza del artefacto. «Esto perteneció a alguien importante y lo que es aún más interesante, después de dárselo a los expertos, ellos prácticamente me suplicaron que volviera al lugar donde la había encontrado y desenterrara todo lo que pudiera. Rick, encontré veinte plumas del mismo siglo. El lugar es un filón arqueológico y están superexcitados».

«¿Dónde está exactamente?».

«En un campo de siembra en Little Carlton».

«Creía que habías dicho que estaba en Fens».

«Bueno, no exactamente. Estuvo en Fenland en el siglo octavo, ahora es un campo de cebada cerca de Louth».

«Conozco la zona, Gary. Recuerda que nací en Tealby. Soy de Lincolnshire de pura cepa».

«Sí, un panza amarilla, lo sé, lo siento. Mira, he traído algo del yacimiento para ti».

«¿Una pluma?».

«No».

Rebuscó en una bolsa de hombre y sacó un objeto envuelto en una tela de algodón. Rick se percató de la furtiva mirada que el echó a la gente a su alrededor.

«El oficial del enlace de hallazgos no lo sabe, ¿verdad?».

«¿El OEH?, no, no lo sabe». [Nota aclaratoria: El OEH, en inglés corresponde a Office of Environment and Heritage, que es la oficina de medio ambiente y patrimonio]

«Bueno, entonces, ¿cómo esperas que acepte este regalo?».

Rick miró con interés el pequeño artefacto color crema y le invadió una extraña sensación de anhelo por poseerlo.

Lo cogió cuidadosamente para no sacarlo de su envoltorio, y se dio cuenta de que no era la caja que había pensado en un principio. Sin embargo, tenía una tapa en la parte delantera que tenía una imagen familiar de un cristo sentado sobre un arcoíris. No era esto... buscó el termino correcto, el había visto una fotografía de algo similar que se encontró cerca de Oxford...el colgante de un relicario, eso era.

Cogió un pañuelo de su bolsillo, tomó el artefacto, consciente de que el marfil es susceptible de mancharse al manosearlo, de ahí la tela de algodón. Acercó el objeto más a su cara, y pudo ver algunas letras en inglés antiguo grabadas en el material. La escritura estaba poco definida, necesitaría limpiar la superficie. El artefacto requería de notables cuidados. Se preguntaba que habría en el colgante, pero se resistió a abrir el frágil objeto. Estos pensamientos confirmaron que el aceptaría el regalo de Gary, pero le haría pensar que lo hacía para no ser grosero.

«Creo que es marfil, Gary. Muy delicado, así que tendré que llevarlo al laboratorio de arqueología para asegúrame que se le aplica el tratamiento de conservación que necesita. Ahora, esto es marfil, no metal, ¿cómo has conseguido detectarlo?, suponiendo que lo hayas hecho».

«Lo encontré. Detecté otra pluma y este pequeño amiguito estaba acurrucado al lado suyo. Supongo que también data del siglo octavo, como la pluma. Pero nadie lo ha visto, excepto nosotros dos. «Y que siga así, ¿de acuerdo?».

«¿Por qué quieres dármelo, Gary?».

Pareció avergonzado y farfulló entre dientes. «No sé por qué, pero quería dártelo desde el momento en el que lo encontré. Y no podía quitarme ese pensamiento de la cabeza, así que pensé que te gustaría y que sabrás qué hacer con el». Acabó Rick.

Se sentaron en silencio durante un momento o dos, Rick absorbía las notas jazz.

«Es una hermosa canción», Gary le interrumpió sus pensamientos. «Es del álbum llamado Paradoja».

«¿Paradoja? ¿Paradoja es que me traigas un artefacto sin avisar a las autoridades?».

«Rick, mira, lo siento», alargó la mano para volver a coger el colgante, pero Rick lo metió en el bolsillo de su chaqueta envuelto en el trozo de tela de algodón. Ya parecía Frodo con el anillo único, pero trató de ocultárselo a su amigo bravuconeando, «Haré que le apliquen las técnicas de conservación que necesita, Gary. Entonces hablaremos sobre contárselo al mundo, ¿estás de acuerdo?».

Gary asintió, pero parecía distraído.

«Creo que debería seguir con mis excavaciones. Necesito leche caliente y aspirinas. Te pegaré un toque mañana, si todo va bien».

En su habitación, Rick se sentó en un sillón dándole vueltas al colgante entre sus manos. La sensación de tener en la mano un objeto de más de mil doscientos años de antigüedad le sobrepasó. ¿Quién lo había llevado alrededor del cuello? ¿Contendría el hueso de un santo? ¿Estaría todavía dentro? Examinó el borde exterior del contenedor. Había una bisagra, pero era de hierro y tan corroída que cualquier intento por abrirla debía hacerse en un laboratorio.

Le acosaron pensamientos tumultuosos. Si llevaba el colgante al laboratorio, su existencia se haría publica y el involucramiento de Gary en la excavación se vería expuesto. Rick luchó contra su conciencia y contra el deseo inexplicable de quedarse el colgante para él mismo. Este anhelo iba contra todos los principios que el seguía y sabía que no podía ir contra ellos bajo ninguna circunstancia.

Caminó hacia la habitación, abrió un cajón de mesita de noche y puso el aparato de marfil ahí, a salvo, esperaba el. Y ahí se quedaría hasta que ideara un plan.

La voz de Gary al teléfono sonaba mucho mejor que la mañana anterior.

«Se te escucha un poco mejor».

«Sí, mira, había pensado que podríamos quedar para cenar. ¿Tienes algo que hacer esta noche?».

«¿Qué tienes en mente?».

«Mi casa. Te haré mi obra maestra culinaria».

«¿Desde cuándo sabes cocinar?».

«Es sorprendente lo que un chico tiene que aprender a hacer cuando vive solo. La necesidad agudiza el ingenio».

«Anda, ¡no me salgas con eso! Bueno ¿Cómo van tus excavaciones?».

Rick anotó una dirección en un bloc de notas, preguntándose todo el tiempo si realmente Gary habría aprendido a cocinar. Suspiró; en el peor de los casos, de camino a casa, podría pasarse por un bar o la panadería donde hacían bocadillos para que le hicieran uno para llevar. Solo que la panadería cerraba a las ocho, otro suspiro.

«¡Hamburguesas con queso con sorpresa, viejo amigo!». Gary le saludó en la puerta. «Eso es lo que tenemos esta noche en el menú, ¡con buena música!».

«¿Tienes un buen sistema de sonido?».

«Nunca voy a ninguna parte sin mi altavoz portátil». Señaló hacia una base de sonido.

«¿Qué? Eso no puede reemplazar a un sistema de alta fidelidad».

«Claro que sí, ¡escucha!», Gary deslizaba el dedo por la pantalla de su teléfono inteligente y al instante la habitación se lleno de un sonido al ritmo del jazz. El sonido era increíble para provenir de una pieza tan pequeña.

«Genial, ¿quién es?».

«Paris Blues de Dave Whitford».

«El tipo de música para seducir a una mujer. ¡Oye!, tu no te habrás vuelto...».

«¿Gay? ¡No friegues, querido amigo, y además, no eres mi tipo!».

«¡Es un alivio! Son una gran banda, debo admitirlo. Aquí tienes una botella de vino Collapso que he comprado».

«Se agradece».

Rick esperaba que lo fuera, porque, a pesar del chiste, había pagado por esa botella más de lo que solía gastar en vino. Pasó la botella de Monti Selezione Barolo 2013 a Gary.

«¡Mmmm! Catorces grados y medio de volumen de alcohol. Complementara fenomenalmente a las hamburguesas».

Rick trató de ocultar su pensamiento de "¡un buen vino con unas hamburguesas horribles!". Tenía en mente unos suculentos filetes cuando la compró. Debería haber conocido más a Gary.

Su anfitrión le llevó a la sala de estar. Cualquier expectativa de comer en una buena mesa se derrumbó como un ganso que le hubieran disparado desde el cielo.

«Abriré el vino y calentaré las hamburguesas».

Regresó llevando el altavoz y dos vasos en la otra mano. De nuevo, volvió solo para traer la botella abierta y su teléfono, la música le daba un ambiente distendido a la habitación mientras Gary llenaba los vasos con el rojo líquido. Rick suspiró con satisfacción. Con el vino y la música, la noche no sería un completo desastre. Poco sabía él en ese momento...

Unos pocos minutos más tarde, Gary volvió con dos platos que llevaban sendas hamburguesas envueltas en servilletas.

«¡Cuidado! El queso estará muy caliente».

«Huelen deliciosamente», admitió Rick. «¿Qué son?, ¿setas?».

«Sí, pero no me acuerdo del nombre», mintió el.

Tenía hambre, Rick devoró su hamburguesa, iba a la par con el ritmo al que Gary engullía la suya. Rick tenía que reconocer que la hamburguesa estaba mucho más buena de lo que se había temido. Combinada con un espléndido vino italiano, se recostó sobre la silla escuchando la melodiosa música que reconoció del bar de la universidad de Oxford, el "Hidden Rooms".

En media hora ellos habían acabado la botella y Rick se sentía ligeramente mareado, pero decididamente relajado. Gary estaba hablando con monotonía sobre su trabajo en Louth de dependiente. Los trucos de mercadotecnia no le interesaban tanto como tampoco le interesaban a Gary. El alcohol le había subido a la cabeza. Se dio cuenta cuando el marco de la puerta se empezó a deformar ante sus ojos y la luz led del altavoz inalámbrico formó un halo.

Arrastraba las palabras mientras acusaba a su anfitrión. «Eran setas mágicas, ¿verdad?».

«¿Funcionan?», sonrió Gary.

«¿Por qué no lo has dicho?».

Rick escuchó su propia voz como si fuera la de otro y empezó a reírse tontamente.

«Relájate, amigo, déjate llevar».

La música era estupenda, subiendo con una intensidad no alcanzada antes, mientras el escuchaba las notas con un sentido de profunda cadencia y detalles. De acuerdo, que así sea. Había sido engañado, pero podía disfrutar de la experiencia y ajustar cuentas con Gary otro día. Se quedó observando el suelo que parecía estar ondulándose. Quizás el uso que hizo Gary de las palabras "déjate llevar" iba a tener la culpa. Rick no se drogaba y no aprobaba que otros lo hicieran. No le gustaba perder el control de su intelecto y de su percepción. Gary había elegido por él y se las pagaría, pero de momento, cada vez que en el altavoz pulsaba el botón E, ¡la habitación se volvía de color púrpura! ¡Qué raro!

Rick perdió toda percepción del tiempo cuando se le pasó el subidón, su reloj marcaba la 1:30. Y se moría de sed. Gary estaba sentado con los ojos cerrados y parecía más pálido de lo habitual. Conociéndole, probablemente habría ingerido el doble de setas psicodélicas. Le fallaba la coordinación, Rick fue dando tumbos hasta la cocina y abrió el frigorífico. Había dos tetrabrik de zumo de naranja, especialmente comprados para la ocasión. Cogió uno y lo puso encima de la mesa antes de buscar unas tijeras y un vaso de cristal, terminándoselo en un segundo. Repitió la operación, se sirvió un tercer vaso que se bebió también de un trago y decidiendo ajustar cuentas con Gary otro día, venció su intensa somnolencia para marcharse a casa caminando para meterse en su propia cama.

CAPÍTULO DOS

LABORATORIO GRAHAM CLARK, CAMBRIDGE, 2011

RICK PASÓ POR LA ELEGANTE ENTRADA DE CRISTAL DEL Hotel Hilton y aminoró el paso delante de la más austera fachada del Departamento de Arqueología, situado en Downing Street. Unas discretas pesquisas le llevaron a escoger el laboratorio de zooarqueología entre los nueve laboratorios disponibles.

Una vez localizado, sus preguntas lo llevaron hasta la Dra. Esme Drake, una atractiva rubia cuya cara ovalada y ojos marrones le resultó de lo más atractiva.

Más nervioso que de costumbre al estar en presencia de una hermosa académica, se esforzó en formular sus preguntas de manera lúcida.

«Tengo un objeto de marfil y me gustaría saber más sobre como poder conservarlo correctamente».

«¿Sí?». Su mirada te hacía perder los sentidos.

«Yo...lo tengo aquí mismo». Metió la mano en el bolsillo y sacó su pañuelo con la tela que envolvía el artefacto. «Me gustaría conocer su antigüedad, y técnicas de limpieza y mantenimiento». El le tendió la mano para pasarle el colgante, pero ella no lo tomó; en lugar de eso se dio media vuelta sin decir palabra, dejándole como un idiota con el brazo extendido.

«Guantes», dijo ella por encima del hombro a modo de explicación. Abrió suavemente un cajón de donde sacó un par de guantes de algodón y se los puso. «Eso esta mejor», dijo ella mientras su sonrisa revelaba una hilera de perfectos dientes blancos.

Rick sintió cómo una ola de deseo recorría todo su cuerpo y al momento se sintió avergonzado. Se enorgullecía de sí mismo de las relaciones con las mujeres que conocía, siempre basadas en el respeto y en las buenas formas. Entonces, ¿por qué la Dra. Esme Drake tenía ese efecto en él? Al fin y al cabo, no la había visto antes. Sus mejillas le quemaban cunado le dio el paquete. Ella desenvolvió el objeto delicadamente, lo sujetó en su mano enguantada en color blanco.

«Perdone, soy muy mala para los nombres».

«Rick, Rick Hughes, filología, haciendo el doctorado».

«Encantada de conocerle. ¿Tiene idea de lo que es esto?».

«Parece ser una reliquia anglosajona, un colgante».

«¿Pero teme que pudiera ser una falsificación actual?».

«Sinceramente, deseo que no sea así, pero en parte estoy aquí por eso».

Ella le hizo un gesto para que la siguiera y le guio hasta una estación de trabajo que había, pasando una mujer que estaba inclinada sobre un microscopio electrónico. Sobre la formica blanca había un aparato enchufado a un contacto en la pared. La Dra. Drake encendió un interruptor y se giró hacia Rick. «Primera parada, examen ultravioleta. No es invasivo y revelara si su colgante es de marfil o no, si se pone de un color blanco azulado, entonces el resultado es positivo». Cuando ella se inclinó para comprobar el resultado, Rick observó la decoración de sus pendientes de oro. En el exterior, tenían la forma de un broche de un monedero sajón. A él le agradó todo lo demás de ella.

«Mírelo usted mismo», le dijo señalándole el aparato. «Pienso que tiene el color correcto. Ni una gota de azul oscuro, así que sin contenido plástico. Bien podría ser de colmillo de morsa, pero lo sabré mejor cuando lo haya limpiado». Ella le condujo hasta otra área, explicándole cual era su intención. «Está muy sucio y es muy frágil, así que voy a usar un limpiador de pasta».

«¿Qué es eso». Él no se lo hubiera preguntado para ocultar su ignorancia, pero estaba preocupado por el colgante.

«Un agente tensioactivo y humectante prácticamente neutro de excelente detergencia, con propiedades emulsionantes y dispersantes». Su lenguaje científico lo hizo sentir peor. «Lo mejor para lo que nos proponemos hacer».

Ella mezcló el producto de una botella blanca en una cubeta de agua mineral y bañó el artefacto en el espumoso líquido resultante, agitándolo suavemente. Cuando quedó satisfecha, levantó el colgante y esbozó una sonrisa triunfal. «Un minuto y lo seco». De manera triunfal, sostuvo el objeto para que él viera su transformación. La sucia crema amarilla era ahora una blanca crema resplandeciente. Apareció la grabada figura de cristo sentado en un arcoíris en un claro relieve, pero lo que le interesaba a Rick era la ahora legible inscripción. Estiró el brazo para coger el colgante, pero la mano enguantada se cerró sobre este.

«Lo siento, se tendrá que poner guantes, Rick. Ahora más que nunca es susceptible de mancharse del aceite natural de la piel humana». Ella se metió un mechón de su cabello tras una oreja y se quedó observándole.

«Por supuesto».

Él encontró un pack de guantes de plástico transparentes y escogió uno que estaba etiquetado como “grande”. Impacientemente, rompió el envoltorio y se puso los guantes. La Dra. Drake le pasó el colgante y el murmuró. «Entonces, yo tenía razón».

«¿Qué?».

La cabeza de la doctora se acercó y el pudo oler la fragancia de champú de pelo.

«Es inglés antiguo. Perdone la pronunciación», el leyó sin vacilaciones.

«¿Y eso significa?"

«*Lo que yace escondido en el interior, nos libera del pecado.* Lo que, creo que confirma que contiene un relicario».

«¿La uña del pie de un santo?». ¿Había cierto tono de burla en la pregunta?

«O la falange de un dedo de una mano o la astilla de una cruz. Tendremos que inspeccionar el interior».

«La bisagra parece a punto de romperse, no estoy segura de que debamos intentarlo».

«Quizá tenga razón. ¿Podemos datarlo?».

La Dra. Drake suspiró. «Seré franca con usted, señor...er... ¿puedo llamarte Rick?». Ella inclinó la cabeza y sonrió.

«Sí, por favor».

«Sería una pena usar el carbono 14 con esto. Dañaría el marfil. Con la prueba tradicional del carbono catorce, tendríamos que cortar una muestra, disolverla y quemarla. Existe otro método, pero es necesario una cámara de plasma y nosotros no disponemos de ese equipo».

«Entonces, ¿dónde...?».

«Los estadounidenses fueron los primeros en usarlo. Ahora hay dos sitios que lo hacen en el Reino Unido. Oxford y Fife. No creo que quieras viajar hasta Escocia, ¿no?».

«Emm, no si puedo hacerlo en Oxford».

«Hagamos una llamada». Ella metió la mano en su bolso, uno de estilo moderno tipo mochila, y rebusco hasta sacar un teléfono móvil. Después de hablar un rato al teléfono, se dirigió a Rick, «¿puedes estar allí esta tarde?».

«Sí, sí puedo».

Una vez que convinieron en una hora, ella sonrió, cogió un bloc de notas y escribió: Profesor Christopher Thomas, Unidad del acelerador de radiocarbono del departamento de arqueología, edificio Dyson Perrins, carretera South Parks.

«Chris es un chico muy amable, te será de gran ayuda». Ella le tendió la mano, todavía enguantada. Rick le tomó la mano y su mirada se cruzó con la inquebrantable mirada de la científica.

«Te estoy muy agradecid». Las palabras parecían papel mojado en su presencia, mientras miraba su pequeña mano envuelta con la suya.

«Me contarás el resultado de la prueba, ¿verdad Rick?».

«Por supuesto, es lo menos que...».

«Es morse, por cierto».

«Eso lo dejó desconcertado. ¿Qué significa?».

Una picara sonrisa precedió la explicación, «Morse, el nombre por el que se conoce al marfil de morsa. Los colmillos probablemente eran de una morsa del Atlántico. Será mejor que no te retrase con la larga historia de como lo sé, ¿quizás en otra ocasión?».

¿Había sido eso realmente una insinuación o solo eran sus ganas de que fuera así?

A Rick solo le hacía falta la excusa más pequeña para colarse por la preciosa mujer. Vaciló para soltar su mano, tan caliente en la suya, y se marchó.

Por la mañana temprano, en el coche de camino a Oxford, pensó en el profesor Thomas y mucho más en la Dra. Drake. Sin embargo, no olvidaba el objeto que tenía metido en el bolsillo de su chaqueta. Le estaba dando vueltas en su cabeza a lo que había sucedido esa tarde. La tecnología tras el análisis de extracción de plasma de carbono 14 requería de un gas cargado electrónicamente oxidando la superficie del colgante para producir dióxido de carbono para poder obtener una lectura. La prueba dio un resultado de 650 AD, más/menos 40 años. Rick deseaba contactar a Esme Drake para darle la noticia ya que ella le había apuntado su numero en el reverso del papel donde le había anotado la dirección del departamento de arqueología de la universidad de Oxford. Mientras se concentraba en el tráfico sonrió al pensar como le alivió el saber que el profesor Thomas estaba casado y que la Dra. Drake no significaba nada más para él que una respetada colega.

Sentado en su sillón, Rick añadió el número de la Dra. Drake a sus contactos, comprobó la hora y respirando profundamente tocó el icono de teléfono.

Ella contestó con la misma voz fría y lánguida del laboratorio y el se ciñó a una descripción profesional de los resultados del análisis.

«Así que, dada su procedencia, tenía casi mil años cuando se perdió», concluyó el.

«No me has dicho donde lo han encontrado», dijo ella.

«Esa es una larga historia que mejor te cuento mientras cenamos y así tu me cuentas lo de las morsas».

«¿Me estas pidiendo una cita, Rick?». Ahí estaba otra vez, ese tono burlón. Ella estaba por delante de él en su carrera y calculaba el que también le llevaba unos cuatro o cinco años de ventaja. Mientras lo primero si le molestaba, lo segundo no le importaba en absoluto. ¿Lo rechazaría? Quien no arriesga...

«Para ser sincero, me gustaría verte otra vez, Dra. Drake».

«Con una condición».

«¿Sí?».

«Llámame Esme. Eso de Dra. Drake es demasiado formal».

Afortunadamente ella no estaba ahí para ver la cara que había puesto y él trató de mantener el control de su voz. Se calmó con considerable esfuerzo, aceptando la cita. Ella terminó la llamada y el notó que el corazón le latía muy deprisa. Rick ya tenía una buena lista de conquistas a sus espaldas, pero ninguna otra mujer le había afectado hasta este punto en el que ella lo había hecho. ¿Qué era lo que le ocurría con Esme Drake?

Lo siguiente en su agenda era tener unas palabras con Gary. Todavía estaba molesto por su no consensuada ingestión de drogas. Si hubiera sido otro el que le hubiera gastado esa jugarreta, su amistad habría terminado. Nadie tenía derecho a interferir en la química de su cerebro, a menos que esa persona fuera Esme, por supuesto. De todos modos, las hormonas eran una cosa; la psilocina, con sus efectos psicodélicos era otra bien distinta. Rick seguía rumiando el asunto; era más que nada un tema de principios. Cuando el recordaba sus tiempos de estudiante juntos, Rick no podía evitar sonreír.

Uno de sus recuerdos favoritos era unas vacaciones remontando un canal. Echaron amarras cerca de un pequeño bar, del que no recordaba el nombre, al lado del canal, pero sí recordaba lo desesperados que estaban por una pinta de cerveza, para al final descubrir que el lugar estaba abandonado. El sonido de una televisión provenía de una habitación detrás de la barra donde alguien estaba viendo una telenovela.

«¿Hay alguien aquí?», gritó Gary.

«Un minuto, guapo». La voz ahogada por el ruido de la televisión de una vieja mujer se oyó al fondo. Ella esperó a los anuncios y vino lentamente hasta la barra.

«¿Sí? ¿puedo ayudarlos?».

«Dos pintas de cerveza».

Sin mediar palabra, la artrítica criatura se fue casi arrastrándose hasta una puerta que había al lado de la barra y desapareció escaleras abajo.

«Debe tener ochenta años o más bien noventa», dijo Gary.

Rick sonreía al recordar cómo ellos se habían sentido culpables al verla subir laboriosamente las escaleras, con una enorme jarra esmaltada en la mano. El rió para sí mismo al acordarse de como se apresuraba a echar la cerveza antes de que terminaran los anuncios para no perderse la telenovela. Y cómo siguieron haciendo que ella diera más vueltas al pedirle otras dos pintas de cerveza, sabiendo que lo que a ella le costaba subir las escaleras de la bodega.

Como era típico de Gary, él había comprobado dos veces si la vieja estaba mirando, cogió la jarra antes de desaparecer por las escaleras de la bodega volviendo con esta rebozada de cerveza. Rick nunca hubiera hecho algo así, pero por eso era por lo que se llevaban tan bien. Dicen que los polos opuestos se atraen y eso no vale solo para el amor, también para la amistad verdadera. Por supuesto, ellos pagaron su cerveza y la feliz señora incluso le dio las gracias a Gary. El bar había sido de su abuelo y por lo que ellos habían podido ver, no habría cambiado mucho desde entonces. Él se preguntaba si la vieja estaría viva y si el lugar aún estaría abierto.

Cuando quedó con Gary para tomar una cerveza esa tarde, le recordó esas vacaciones y los buenos tiempos que habían compartido antes de echarle la bronca por lo de las setas. A él le agradó que Gary aceptase las culpas, porque él no podía soportar que la gente intentara justificarse cuando había hecho algo mal. Rick explicó a Gary lo que el había descubierto sobre el colgante y Gary le contó sin detalles, los planes de la universidad de Sheffield para el yacimiento. Prometió mantener informado a Rick. Ambos partieron amigablemente ya que Gary tenía que regresar a Louth al día siguiente.

∞2016 AD∞

Los cinco años que pasaron entre lo que Rick más tarde reconoció como los dos eventos clave que revolucionaron su vida, estuvieron llenos de acontecimientos importantes. En el terreno intelectual, obtuvo su doctorado. Se sentía muy satisfecho de su tesis basada en un poema del siglo octavo *La Ruina,* compuesto de veintinueve renglones, algunos de los cuales eran ilegibles, y su análisis y reconstrucción del opus. El poema evocaba la indefensión a manos del tiempo y la inevitable destrucción y deterioro, un tema que a Rick le tocaba el corazón.

Emocionalmente, estaba destrozado. Su cortejo de la Dra. Esme Drake se había dado de bruces con las carreras, la suya y la de ella. Ella había rehuido al compromiso buscando completar sus estudios en Cambridge. Su frustración al no haber podido convertirse en profesora universitaria y su renovada determinación por conseguirlo la alejó de sus brazos para meterla de lleno en tareas de investigación más profundas. Sin la distracción de tener una novia, las propias investigaciones de Rick habían sido favorables y sus resultados bastante brillantes. ¿Iba él a seguir sus huellas e intentar conseguir un puesto de profesor universitario? ¿Podría el soportar la perspectiva de una vida sin Esme? Estos eran los dilemas a los que él se enfrentaba cuando recibió la llamada de teléfono que iba a cambiar su vida, la llamada era de Gary.

En el yacimiento de Little Carlton, nutrido de los hallazgos del oficial de enlace y de Gary Marshall, fueron catalogados muchos más hallazgos de objetos que podrían datar de mitad del periodo sajón. Gary le fue informando de cada pieza nueva, lo que era un rompecabezas cada vez más excitante, complementado por varios cientos de fragmentos de cerámica de Ipswich y del continente europeo. También había lujosas piezas domésticas, desde piedras para afilar, hasta telares pasando por fragmentos de cristal.

«Rick, hemos encontrado un importante asentamiento aquí. En este lugar vivía una comunidad que disfrutaba de las mejores cosas que daba la vida», Gary no podía evitar su entusiasmo en la voz. «¿Sabes lo que descubrí la semana pasada? Una espléndida muestra de vidrio decorado con hebras retorcidas. Probablemente lo metieron en un cuenco de bronce. Estas gentes eran cultas, Rick, he desenterrado dieciséis plumas en total. Te he llamado para invitarte a la apertura de una recreación del lugar. Encontrarás información sobre el evento en Facebook. Es una sucursal de Lincolnshire de la Regia Anglorum (Organización de recreación medieval que recrea el modo de vida de los pueblos que vivieron en la época del Rey Alfredo El Grande). Les ha dado permiso el dueño de las tierras para recrear unas cuantas casas. Es impresionante y las expondrán al publico el próximo domingo, ¿crees que podrás venir?».

Rick le preguntó por algunos detalles sobre el grupo de Lincolnshire, los buscó en Facebook y llamó de nuevo a Gary para concretar la cita. El sábado, Gary lo recogería en la estación para llevarlo a Louth. Rick no tenía coche. El podía ir a todas partes en bicicleta en Cambridge y la ciudad tenía una buena red de transporte público.

En el coche durante el trayecto de cincuenta kilómetros hasta Louth, Gary le contó como iban las excavaciones en el yacimiento de Carlton.

«He encontrado un buen número de monedas, mayormente sceattas, ya sabes, monedas de plata del periodo anglosajón, que datan entre los años 680 y 790 AD, aunque había varios peniques grandes que mostraban que el lugar estaba habitado en el tercer cuarto del siglo 9».

«Eso sería en los tiempos de las incursiones vikingas», Rick dijo para sí mismo. «Me pregunto...»

Gary continuó, «...hemos hecho un mapa detallado de los hallazgos y hay una capa de material del periodo medio sajón, donde una vez se erguía la Iglesia parroquial de San Edith. La bifurcación de dos ríos marca el límite de los hallazgos por el norte. Estos disminuyen rápidamente hacia el sur una vez que me aventure pasando aquella carretera. Cuando exploré estas pautas más detenidamente, varios aspectos del paisaje empezaron a cobrar sentido, Rick. Mientras más me adentraba en aquella carretera, menos señales recibía. Nuestro estudio del paisaje reveló que no solo era el número de descubrimientos el que iba disminuyendo, sino que el nivel de la misma tierra también lo hacia».

Rick estaba interesado. «¿Crees que puede haber alguna conexión entre ambas cosas?».

«Los análisis que se hicieron de estas tierras "improductivas" en los mapas que se hicieron en el siglo 19 así lo sugieren. En el año 1820, había zonas conocidas como "el pequeño pantano" o "el pantano del caballo", que sugiere que la tierra tiene una capa pantanosa que no es adecuada para establecer asentamientos. Eso podría explicar por qué no hemos encontrado señales de ocupación, incluso hoy que la tierra está seca después de que muchos granjeros post medievales la hubieran secado para reclamar la tierra para su uso agrícola».

«Por supuesto», Rick sabía bastante sobre reclamaciones de tierras en la zona.

«Hacia el norte, en el punto donde se unen dos ríos y donde se agotaron los hallazgos, encontramos otro nombre pantanoso. "El motor del pantano." La tierra que estos campos rodean, la cual ha visto la mayor parte de nuestros hallazgos, y que últimamente albergaba la iglesia parroquial y la mansión post medieval, era mucho más alta. Creo que esta zona fue un día una isla que se elevaba sobre los pantanos que había en la época medieval».

«¿Una isla? Eso explicaría por que la gente escogió este lugar y si estás en lo cierto, Gary, el por qué ellos eran relativamente cultos y ricos. Aquí estarían a salvo. ¿Qué piensas que sería esto? ¿Un monasterio o un mercado?».

«¿O ambos?».

«Podría ser. Estoy impaciente por la ver la recreación».

Pasaron el resto del viaje hablando sobre el creciente entusiasmo por las recreaciones del pasado a nivel nacional.

Después de una cómoda noche en la casa de Gary, su anfitrión en pijama le saludó con un, «vamos, amigo, es hora de vestirse. Tu traje esta sobre la silla». Señaló hacia una pila de prendas.

«¿Un traje?».

«¿No te lo he dicho? Participaremos en la recreación. Es más divertido que quedarse mirando. Así que muévete o llegaremos tarde».

Rick se levantó de la cama y examinó la ropa. No le llevó mucho tiempo averiguar la secuencia con la que se debía poner las prendas, incluso aunque se sentía extraño llevando una capa anglosajona, pantalones bombachos y zapatos atados con correas. Se analizó a sí mismo en un espejo de cuerpo entero y blandió una espada imaginaria. El efecto era sorprendente y realmente le gustaba el papel. Se acordó inmediatamente del colgante y fue a buscarlo a su chaqueta. Había añadido una correa de cuero para llevarlo al cuello en alguna ocasión especial ¿y que ocasión mejor que una recreación anglosajona? Metió la cabeza por la correa de cuero y dejó que el colgante pasara por entre el cuello de su túnica para que yaciera en el hueco de su pecho.

«¡Estoy listo!».

«¡Yo también!». Gary salió de su habitación.

«Pareces más sajón que yo, amigo», Rick sonrió y gastando una broma dijo, «Es hora, vámonos», pero lo dijo en inglés antiguo.

«¿Qué?».

«Que tipo de sajón eres que ni siquiera nuestra lengua puedes hablar».

«¡Joder! Es hora de irse».

«Eso es lo que, dicho, ¿no?».

Con solo unos cien habitantes Little Carlton poseía pocas casas, pero Gary pasó por delante de los edificios y siguió una señal que indicaba hacia un campo donde tendría lugar la recreación y en el que había otros coches aparcados. ¡Que extraña visión era ver a dos sajones salir de un Ford Fiesta!

«Por aquí». Gary guio a su amigo hacia un portón protegido por unas barreras que daban acceso a otro campo. Rick caminaba detrás de e´l arrastrando los pies con una sensación de déjà vu, pero no le dijo nada a Gary. Mientras subían una pequeña cuesta, escucharon el sonido de unas voces y unas risas. A Rick le envolvía el agradable aroma a madera quemada que procedía de las tres casas de madera y que se escapaba por el techo hecho de césped.

«Las casas son como nos han dicho que eran en la vida real».

«Veras cuando entres», le dijo Gary.

En la primera casa, dos mujeres con pañuelos en la cabeza estaban cocinando una sopa que olía deliciosamente. Iban vestidas con simples trajes de lana que habían tejido ellas mismas. «Como hacían las mujeres anglosajonas». Dijeron ambos con orgullo. En realidad, estaba demasiado oscuro para que Rick pudiera apreciar su trabajo artesanal, así que se excusó saliendo de la cabaña para poder apreciar el resto del lugar.

Los recreadores le sorprendieron por su dedicación y conocimiento sobre el periodo. Cansado de tanta cháchara y sintiéndose más que fuera de lugar, caminó hacia el otro extremo del campo solo durante unos pocos minutos. Le dolía la cabeza y estaba empezando a sentirse un poco mareado. Se le pasó por la cabeza que pudiera estar enfermo. En un gesto inconsciente, metió la mano en su túnica y cogió el colgante. Inmediatamente, una sensación de mareo, de lo más extraña, lo sobrepasó. El aire a su alrededor vibraba y giraba. ¿Se caería al suelo? Los arboles tras de sí se tornaron de un verde borroso mientras giraban a su alrededor y el aire se volvió opaco, como un espejo empañado. Entonces el "espejo" se rompió y el espacio creado se ensanchó mientras todo lo demás seguía girando. Pero la escena que el estaba presenciando permanecía bien definida, mientras que la exterior, la parte opaca, giraba como una impenetrable niebla. Desesperado por huir de esta niebla implacable, Rick dio un paso valientemente hacia el tranquilizador césped y entonces fue cuando perdió el conocimiento, y la incertidumbre y el terror de una época muy lejana del tiempo presente se hizo una siniestra realidad.

CAPÍTULO TRES

LITTLE CARLTON, 870 AD

Los ojos de Rick pestañearon repetidamente hasta que se abrieron completamente; para su alivio, todo rastro de sus mareos y dolores de cabeza anteriores se habían disipado. Los graznidos procedentes de unas aves rapaces llamaron su atención y apartaron su mirada del césped infestado de maleza, sobre el que había estado descansando, hacia el cielo, medio esperando que los carroñeros volaran en círculo sobre su cuerpo desnudo. Una rápida mirada le dijo que estaba equivocado. Los gritos procedían más allá de una cuesta, pero para comprobar a que se debían, primero tenía que levantarse. Por el momento, sin embargo, el pequeño esfuerzo por levantarse le produjo una sensación de vértigo. Atolondradamente, forzó sus ojos tratando de enfocar la suave cuesta que tenía ante él y durante un segundo dudó de su cordura.

Donde antes los recreadores habían levantado tres chozas de madera ahora había todo un pueblo compuesto de casas de madera de diferentes tamaños. ¿Era eso que había en el medio del pueblo un ayuntamiento? ¿Habían podido crear todo un asentamiento mientras había estado inconsciente? Pero los edificios no mostraban signos de ser recién construidos, más aún, los techos rojos de caña tenían aspecto de ser estar muy desgastados. Lo recreadores habían construido el techo de césped, de eso estaba seguro. ¿Cómo explicar esa transformación? Su mente rechazaba la única explicación que tendría sentido. Recordó la navaja de Occam o principio de parsimonia, el principio metodológico y filosófico que decía que la solución más simple suele ser la correcta, mientras caminaba apresuradamente hacia el pueblo, se dijo a si mismo que estaba en la edad media.

Quería una prueba que mostrara que eso no era posible, pero mientras se acercaba, sus sentidos contradecían a su mente racional. Milanos rojos escarbaban entre la pisoteada tierra del camino y oyó unas voces en inglés antiguo.

Enseguida, se encontró con un hombre que llevaba un fardo de paja al hombro.

«Buen día, Rinc».

¿Rinc? ¡Estaba hablando en inglés antiguo!

«Buen día, amigo».

«¿Has oído lo que ha pasado? Vengo de la costa».

«No, buen hombre». En un instante estaba hablando sin esfuerzo en esa lengua antigua.

El hombre alto y de anchos hombros dejó el fardo de paja en el suelo y con un suspiro miró fijamente con sus ojos azules tristes y apesadumbrados.

«El gran ejército pagano ha desembarcado en la costa oriental de Anglia y el rey Edmundo ha salido a su encuentro. Pero Ivarr, el deshuesado, capturó al rey y lo puso como diana para sus arqueros. Cuando terminaron de divertirse le cortaron la cabeza». La voz del plebeyo temblaba. «¡Que Dios nos salve de la furia de esos escandinavos!».

«¿Dónde están los vikingos ahora?», sus pensamientos eran un tumulto.

«En los pantanos. La gente huyó a la abadía de Medshamstead, pero fueron masacrados y la abadía destrozada. Las ultimas noticias dicen que los asaltantes están cambiando de dirección, ¡Que Dios nos ayude!».

Los marineros discutieron entre ellos sobre los hechos que ocurrieron, pero todos están de acuerdo en que hubo una batalla. Y no sé quien la ganó. De todas formas, pienso alejarme».

Ellos intercambiaron despedidas, y Rick observó al hombre alejarse con la confianza en su zancada, de la que Rick carecía.

Ahora, tenía una prueba de que había ocurrido lo imposible. No sabía como, pero se encontraba en cuerpo y mente en la edad media. Repasó mentalmente lo que había estudiado a lo largo de los años y recordó el martirio del rey Edmundo en el año 870 AD. ¡De manera misteriosa, Rick Hughes había retrocedido en el tiempo mil ciento cuarenta y seis años en el pasado! Se le hizo un nudo en el estómago cuando pensó en todo lo que ello acarreaba.

No estaba preparado para la vida en el siglo noveno. Pacifista como era amable e intelectual, no podía ni siquiera blandir una espada. Había tantas cosas que había dado por sentado en la Inglaterra del siglo veintiuno; el se tendría que olvidar de los aparatos eléctricos, del gas, del transporte rápido, de una lista interminable de cosas.

El pánico se apoderó de él. ¿Podría regresar alguna vez a su tiempo? Entonces se dio cuenta de algo terrible. ¡Ese hombre le conocía! Le había llamado Rinc. ¿Acaso pertenecía él a esta comunidad? Solo había una manera de averiguarlo. Respiró profundamente, pero deseó no haberlo hecho, eso era otra cosa que el echaría en falta en un sistema sanitario decente con alcantarillas. Gracias a Dios que no necesitaba medicinas. Caminó entre las casas, sonrió a una mujer que llevaba puesto un vestido amarillo claro y un pañuelo blanco en la cabeza, quien le dijo en voz alta «Saludos, Rinc».

Él hizo un gesto con la mano a modo de saludo, fascinado por las vistas, olores y sonidos del asentamiento sajón. Esto era superior a cualquier recreación: para peor o para mejor, era la vida real. Sin ningún claro propósito, ni dirección, supuso que el edificio más grande sería el ayuntamiento, quizás la casa del pueblo estaba atrayéndole. No llegó a entrar en el edificio porque una cara familiar emergió del umbral de una puerta a unas tres casas o unos cuarenta y cinco metros de distancia. Antes de que pudiera llegar a entrar, pensó ¿tendrían medidas en metros en el año 870?

«¡Rinc!, ¿Ya has vuelto tan pronto?».

«¡Esme! ¿Qué estas haciendo aquí?». Tragó saliva y se quedó ahí parado como un idiota, observando a la Dra. Esme Drake del laboratorio de zooarqueología.

«¿Rinc estas bien?».

«Mejor que nunca ahora que te veo, ¿pero como has llegado aquí?». ¡No sabía que ella hablara inglés antiguo!

Esme lo miró preocupada y se mordió el labio inferior, sus ojos ansiosos examinaron su rostro. Entonces ella rió como una niña. «¡Para tonto! Deja de tomarme el pelo. Dime ¿qué te preocupa? ¿Por qué has llegado tan pronto a casa?, esposo mío».

¿Casa? ¿Esposo? Rick quería salir corriendo, pero tenía el mismo sentimiento de cariño que siempre experimentaba en presencia de Esme Drake. Era una Esme idéntica, pero sin el Drake, presumió el. ¡Y era su esposa!

«Ayúdame a recordar Esme, ¿dónde se supone que debía estar? No sé qué me pasó esta mañana. Es como si hubiera perdido toda capacidad de pensamiento».

La preocupación en su cara sobrecogió su corazón y él permitió que lo obligara a entrar a la casa, encantado de tener sus manos entre de las de ella. Ella se lanzó a sus brazos y le dio un beso en sus agradecidos labios, «recuerda, partiste con unas trampas para anguilas y debías regresar sin ninguna».

Entonces Rick consideró que debía seguirle la corriente, de lo contrario la asustaría. Eso le haría ganar algo de tiempo para pensar en la magnitud de lo que estaba ocurriendo. Mientras tanto, estaba muy lejos de rechazar los besos de Esme.

«Amor mío, ahora recuerdo». En realidad, recordaba los lagos en el mapa de Gary. «Fui al lago», trató de orientarse y dijo, «por allí».

«¿Cómo de costumbre entonces?».

«¿Acabas de decir que has perdido el poder del pensamiento? También te ha cambiado la voz».

«¿De verdad?». ¿Descubriría ella que era un impostor?

«Sí, en pequeños detalles, la manera en la que solías decir algunas palabras. ¿Estas seguro que estás bien amor?».

«La verdad sea dicha me siento un poco extraño, pero estoy bien de salud».

Ella empezó a recoger cuencos, «He hecho un caldo de huesos con tréboles rojos, ortigas y bardanas. Volverás a ser tú en un instante».

A Rick le gustaban los platos de comida caliente pero este plato no sonaba muy apetitoso. Le dio un escalofrío pensar en todas sus comidas favoritas que se perdería.

El rico sabor de la comida eclipsó el encanto de comer de un cuenco de madera usando una cuchara del mismo material. Cuando levantó la mirada, sus ojos se cruzaron con los ojos marrones de Esme, llenos de cariño, encantada de ver como estaba disfrutando de la comida.

«Está muy buena».

Su felicidad hogareña se rompió cuando alguien abrió la puerta y entró. «¡Rinc!».

Los tres se miraron con asombro. Rick, quien estaba estupefacto al ver su doble, al menos había pensado en una explicación que ayudara a calmar los ánimos. Los otros dos se miraron con temor el uno al otro. Esme hizo la señal de la cruz y se sentó de nuevo en la silla.

«¿Qué brujería es esta?», gritó Rinc.

Rick luchó contra el deseo escupir toda la verdad ya que esta era demasiado increíble para que ellos la pudieran asimilar. Buscó frenéticamente una explicación alternativa pero no pudo encontrar ninguna, solo un vago, "será mejor que me vaya".

«De eso nada. ¡Me has desafiado!». Rick había encontrado una explicación para que ambos se calmaran. «¡Es magia de los elfos Dios mío! ¿te ha puesto las manos encima esposa mía?».

Esme vaciló y eso casi resultó fatal. Los ojos de Rinc se posaron sobre un clavo en la pared de donde colgaba un cuchillo atado a una correa. Pero Rick se movió más rápidamente, cogiendo el arma y, sin intención de hacerles daño, la levantó por encima del hombro mientras corría hacia la puerta. Rinc retrocedió y cogió a Esme, dándole a Rick unos valiosos segundos para salir huyendo.

Miró hacia un lado y otro del camino y feliz de verlo desierto, excepto por unos cuantos pájaros y muchos perros, corrió en la dirección desde la que había venido. Rinc salió para dar la alarma y los perros callejeros empezaron a ladrar uniéndose a los gritos de Rinc. Pasaron unos preciosos segundos antes de que los hombres se reunieran para empezar la búsqueda. Para entonces, Rick ya se había alejado por el prado de hierbas salvajes y casi había llegado al limite del campo donde había tropezado. En una fracción de segundo, perdió el equilibrio, lo primero que pensó fue en el frágil colgante que llevaba alrededor del cuello. Si caía encima de el, era posible que terminara destrozado, así que intentando enderezar de alguna manera su zancada, su mano se cerró sobre el delicado objeto para protegerlo. Al tocarlo, el aire a su alrededor empezó a formar como un torbellino, mientras una pesada piedra lanzada por uno de sus perseguidores aterrizó en el suelo cerca de su pie.

En pánico ante el peligro, Rick todavía estaba lo suficientemente lúcido para darse cuenta de que el milagro se estaba repitiendo de nuevo. El aire crujía a su alrededor y se lanzó hacia el entorno claro como el cristal del campo que había dejado antes. El alivio no pudo impedir que perdiera el conocimiento y cayó de rodillas mientras una flecha volaba por encima de su cabeza. El último pensamiento de Rick antes de caer inconsciente fue que la flecha podría haberle atravesado el cuello si se hubiera quedado de pie. ¡Si estaba volviendo a su tiempo, no iba a tener ninguna prisa en regresar al siglo noveno!

Cuando recobró el sentido, estaba en una cama. El familiar uniforme blanco y azul le alertó, más el mordaz olor a desinfectante, hasta el punto que de hecho reconocía que se encontraba en un hospital. El portador del uniforme le sonrió y se inclinó sobre la cama.

«¿Cómo se siente?».

Necesitaría una hora para explicarlo, pero estaba bien a parte de un dolor que tenía en el hombro izquierdo. Debió haberse caído.

«No demasiado mal», consiguió esbozar una sonrisa de circunstancias de cara a la galería.

«El doctor quiere verle inmediatamente. Iré a buscarle».

Un hombre que llevaba una bata blanca apareció al lado de su cama. En su gafete decía Dr. Morgan y le saludo con una sonrisa y un gesto con la cabeza.

«¿Supongo que estaba usted en una recreación histórica? ¿Recuerda lo que ha pasado?».

El doctor se puso en pie y acercó la pantalla a la cama. «Tengo que examinarle».

«No estoy seguro, pero me sentí mareado y me desmayé».

«Mmmm ¿le ha pasado esto antes?».

«No». El doctor se dio cuenta de que había vacilado al contestar.

«Si ¿verdad?».

«Quizás un par de horas antes, pero eso es todo».

«Quiero que respire profundamente».

El frío metal del estetoscopio le presionaba la espalda.

«Todo bien. Eso no es muy normal, ¿Qué es?».

«La reproducción de un relicario». Era mejor mentir, dadas las circunstancias. «Doctor, ¿le importaría quitármelo y meterlo en el cajón de la mesita? Me duele el hombro». Rick no quería arriesgarse a llevarlo en la mano.

«Por supuesto. Ahí está. Ahora, examinemos ese hombro». Le presionó el hombro con un dedo cubierto por un guante de látex y le hizo algunas preguntas. «No tiene nada roto, solo un golpe. Le recetaré una pomada. «Es normal. Pero para estar seguros, voy a proponer que le hagan un TAC, un escáner de la cabeza, señor Hughes. Solo es un procedimiento rutinario. Probablemente no es nada, quizás simplemente sea porque tiene la presión baja. Pero debemos de asegurarnos de que no tiene ningún efecto adverso. ¿Ha estado bajo estrés últimamente?».

Rick sacudió la cabeza, negando. *A menos que cuente que te apedrean y te disparan flechas.*

Se quedará aquí a pasar la noche. Descanse y no se preocupe. Recibirá una carta para hacerse el escáner cerebral. Cuando se lo hayan hecho le daré cita para pasar a consulta y ver los resultados».

Rick quería que lo despachara rápidamente, pero el doctor permaneció firme; reposo total en la cama y descanso hasta mañana. Mirando el lado bueno, así tendría tiempo de pensar en lo que había pasado. Todo desafiaba a la lógica científica y al conocimiento y sin embargo... la experiencia había sido real. Un halo de duda le tenía preocupado, así que el se inclinó para abrir el cajón de la mesita de noche. Ahí estaba el cuchillo de Rinc colocado en diagonal en el cajón de la mesita debido a la longitud de la hoja. Por el momento, había decidido no compartir la información con nadie más De lo contrario su cordura quedaría en entredicho.

Entonces, ¿cómo había ocurrido? En ambas ocasiones, recordó él, había tocado el colgante. ¿Acaso era este algún tipo de llave hacia el pasado? No. Demasiado simple. Gary lo había tenido entre sus manos, también la Dra. Esme Drake, el profesor Thomas también y el mismo, sin ninguna consecuencia. ¿Cuál era la diferencia? ¿El lugar? ¿Esa era la respuesta? ¿El lugar donde fue encontrado? Esto podría ser una explicación, pero Rick sospechaba que hacía falta algo más para alterar el tiempo. ¿Qué era lo que se le escapaba? Se sintió derrotado y cerró los ojos.

A la mañana siguiente despertó y la enfermera vino directamente a tomarle la presión. Ella hizo una anotación en el cuaderno que tenía a los pies de su cama.

«¿Viviré?».

«Lo hará si desayuna algo», sonrió ella.

El café no era de su gusto. Rick solía hacerse en casa café italiano en cafetera eléctrica. El hospital de Grimsby no le proporcionaba sus caprichos así que el se conformó agradecido con lo que le ofrecían. Tenía una notificación de un mensaje en el teléfono. Era Gary. Vendría a visitarle para llevarle a casa.

«Estabas desaparecido, amigo. Algunos niños jugaban en el prado cuando te encontraron, parecía que estabas muerto y tenías un cuchillo en la mano. ¿De dónde has sacado eso?».

Rick sonrió a Gary, «es complicado. ¿puedes correr la cortina? Voy a vestirme».

«Sí, te he traído tus ropas. Me imaginé que no querrías pasearte por ahí vestido de sajón».

«Genial, estaré listo en un minuto».

Una vez vestido y habiendo acabado el protocolo para que le dieran de alta en el hospital, Rick se metió en el Fiesta de

Gary. Se había puesto el colgante con prisa, pero aún se encontraba a salvo en el año 2016. Sus ropas sajonas, junto con el cuchillo que tenía una hoja de cuarenta centímetros que era ilegal, estaba en la bolsa de Gary, pero Rick había conseguido que Gary le prometiera que se lo daría. Él podría necesitarlo para devolverle el cuchillo a su dueño, su otro yo. Rick sonreía mientras se dirigían a la estación de Lincoln. Había resistido todo el persistente interrogatorio de su amigo. Por el momento, fuera lo que fuera lo que eso significara, no estaba preparado para hacer revelaciones.

CAPÍTULO CUATRO

CAMBRIDGE, 2016 AD

El resultado negativo y la aseveración del Dr. Morgan de que no tenía ningún problema en el cerebro, no tranquilizó a Rick. Había pasado un mes desde su traumática experiencia y hasta el momento no había hablado con nadie acerca de ello. Sospechaba que si lo hacía acabaría en una institución mental. Por este motivo, tomó la decisión de llamar a Gary para contárselo todo.

«Mira, ¿Por qué no te vienes a pasar el fin de semana? Quiero hablar contigo sobre algo».

«La cosa es que se supone que tengo que estar en Little Carlton trabajando con el detector de metales».

«¡Por el amor de Dios, no vayas allí!».

«¿Qué es lo que te pasa?».

«De eso es de lo quería hablarte. ¡Es urgente!».

El suspiro desde el otro lado del teléfono dio un nuevo significado a la palabra "profundo". Pero para alivio de Rick vino acompañado de un "de acuerdo".

«Si salgo temprano, puedo estar allí el sábado a la hora de

comer. Dejaré el coche en Queen Anne Terrace otra vez. ¿Dónde quedamos?».

«¿Puedes venir a mi casa? Necesito privacidad y tengo algo que enseñarte que no lo puedo hacer en público».

«¿Estás bien, Rick? No pareces tú».

«No estoy muy bien. Por eso quiero que nos veamos. Bueno, entonces nos vemos el sábado, hasta entonces».

Esta semana se le hizo a Rick interminable. No se podía concentrar en su investigación y sus actividades a las que dedicaba el tiempo libre no le proporcionaban ninguna distracción ya que el seguía luchando para darle sentido a lo que le había sucedido en Lincolnshire. La irreverencia de Gary y su ligereza, pero sentido común tranquilizador, pensaba Rick, era justo lo que necesitaba.

Rick abrió la puerta ante la autoritaria llamada para encontrarse con una mano llevando un pack de seis botellas de cerveza. Tomó el pack de cartón un poco mojado por la condensación, y lo llevó al frigorífico donde acomodó las cuatro botellas supervivientes. Las otras dos se las llevó hacia los sillones, le dio una Gary y simultáneamente tiraron de la anilla abriendo la lata con un sonido chispeante y un siseo, «¡Salud, amigo!».

Sentado en un sillón enfrente de Rick, Gary miro con expresión de incredulidad a su amigo.

«¿Me estás diciendo que has viajado en el tiempo? ¿Me estas gastando una broma o qué? Ambos sabemos que eso es imposible».

«Te lo puedo demostrar». Rick medio se levantó de su asiento, pero volvió a sentarse al ver la cara de incredulidad con la que le miro Gary. «En serio», añadió sin convicción.

«¿En serio? ¿Te falta un tornillo, amigo? Creo que debes haber sufrido algún tipo de daño cerebral cuando perdiste el conocimiento en Little Carlton».

«El Dr. Morgan no estaría de acuerdo contigo, caminé por

el asentamiento sajón en el año 870 y me encontré a mi doble y a la Dra. Drake también».

«Escúchate a ti mismo, ¡Estas desvariando! No existe el viaje en el tiempo. ¡Y que te has encontrado con tu doble! Lo que necesitas es ayuda profesional. Estoy preocupado por ti».

«Puedo explicar lo que me está pasando. Es por el colgante que me diste. Es algún tipo de llave para ir al pasado». No sé aún cómo funciona, pero ocurrió así...».

Rick contó todo lo que sucedió cuando tocó el relicario en los límites del campo, hasta la segunda vez que perdió el conocimiento. Cuando el acabó miró la cara de incredulidad de Gary. «¿Acaso te mentiría yo?».

«Claro que no, pero debes admitir que lo que estás contando parece una locura. ¿Te ayudaría un psiquiatra?».

«Lo que necesito...es que me creas. Voy a enseñarte algo».

Rick se levantó del sillón y abrió la puerta del armario bajo las estanterías de los libros.

«Échale un vistazo a esto». Le pasó el cuchillo a Gary.

Su amigo lo cogió, le dio vueltas en la mano y admiró la empuñadura de hueso y la forja.

«¿Dices que lo has traído del año 870? Obviamente es una reproducción, esta nueva, ni rastro del paso del tiempo».

«¡Exactamente! ¿No lo ves? Es nueva...le pertenece, o pertenecía, a Rinc, mi doble. Solo mostraría signos de antigüedad si él la hubiera heredado de generaciones anteriores, ¿no?».

Gary frunció el ceño, «Cierto, pero tu insistes en convencerme de que has regresado del pasado y francamente, no puedo creerte».

Exasperado, Rick dijo de golpe, «¿Qué más puedo hacer para probártelo? A menos que quieras volver conmigo».

Gary rió, «¡No digas tonterías! Aunque pudieras de alguna

manera convencer a tu baratija para que me llevara también contigo, ¿no habías dicho que era peligroso?».

«¿Pero te lo pensarás?».

«¡Lo prometo!».

«Bajo estas condiciones. Primero, accede a ver un psiquiatra y mientras tanto me das el cuchillo para que lo guarde, es una espléndida reproducción. ¡Oh!, y necesitaré el colgante».

Rick le miró horrorizado, «¡El colgante no! Puedes quedarte el cuchillo e iré al psiquiatra, pero no me separaré del relicario».

Los atractivos rasgos de Gary se convirtieron en el duende de Lincoln.

«No soy psiquiatra, pero creo que te estás obsesionando con estos objetos y te están convenciendo de tus alucinaciones».

«Si te doy el cuchillo y veo a un psiquiatra, ¿me prometes venir conmigo al año 870?».

«Sólo si haces todo lo que te diga el psiquiatra».

«Trato hecho. Tomemos una cerveza antes de comer».

El fin de semana pasó volando y Gary se fue el domingo por la noche. Su alegre compañía había distraído a Rick por primera vez desde que viajó al pasado. Un sentimiento de normalidad le hizo pensar en la conveniencia sobre el consejo de su amigo. Fuera lo que fuera lo que le había sucedido, una consulta con el psiquiatra podría reforzar este refrescante sentimiento de normalidad.

La universidad presumía de un departamento de psiquiatría de fama internacional, pero Rick se sentía incómodo al acercarse a ellos. Sería mucho mejor buscarse un psiquiatra privado en la ciudad. Su elección recayó sobre Amanda Fitzwilliam, seleccionada en Internet, porque además de psicoterapeuta, ella también practicaba hipnoterapia, lo que podría resultar de un valor incalculable en su caso. Él necesitaba resultados, sobretodo porque tenía que pagar 45 libras por cada sesión de cincuenta minutos.

«Cualquier preconcepción que Rick pudiera albergar sobre el profesionalismo de los psiquiatras, se evaporaron en el primer encuentro con la Dra. Fitzwilliam. Ella escuchó con atención su relato de los hechos en Little Carlton y sólo habló para interesarse en la manera en la que aquello le había afectado. Esto le dio a Rick seguridad y ganó en confianza de que lo tomaría en serio.

«Supongamos que lo que has experimentado es real para ti», dijo ella, «incluso así, debemos descartar posibles explicaciones clínicas».

Rick comprendió lo que la doctora le decía y le ofreció el número de teléfono del hospital donde le atendieron, al cual ella llamó rápidamente. Él siguió su diálogo con interés mientras ella decía, "ya veo." De vez en cuando ella le miraba por encima de las gafas de fina montura de metal azul como para evaluar a su paciente. «¿Un TAC? ¿Análisis de sangre?». Todo eso le sonaba a Rick satisfactoriamente científico. Ella colgó el teléfono. Jugueteó con su pelo color oscuro que le llegaba hasta el hombro y sonrió. «El Dr. Morgan me asegura de que no tiene ninguna secuela física que pueda explicar sus síntomas. Entonces debo de hacerle algunas preguntas». Ella cogió un bolígrafo y pasó a una página en blanco de su bloc de notas. Después de escribir durante un momento, ella le miró por encima de las gafas, ajustándoselas en el puente de la nariz.

«¿Diría que es una persona ansiosa, Dr. Hughes?».

«La verdad es que no. Pero me preocupaba lo que pudiera pasarme. Incluso mi mejor amigo piensa que estoy loco. Pero sé que lo me ocurrió fue real».

«¿Se siente estresado en la universidad? Quiero decir, ¿su investigación transcurre de manera satisfactoria? De cuando yo estaba en la universidad recuerdo lo difícil que era probar una teoría».

«El único estrés que tengo es que no me puedo concentrar en mi trabajo académico porque sigo dándole vueltas en la cabeza a lo que me sucedió en la recreación. Debo admitir que esto me hace sentirme ansioso».

«Me temo que tengo que hacerle una pregunta. ¿Ha tomado alguna vez LSD? ¿Ha experimentado con drogas recreativas?».

«¿Ácido? No».

Había una furtiva vacilación en su respuesta y la mente entrenada de la psicóloga lo captó inmediatamente.

«Me está ocultando algo».

«Hace tres semanas mi amigo me cocinó unas setas mágicas y me las comí sin saberlo».

«¿Fue antes de visitar Little Carlton?».

Rick asintió y añadió, «me sentaron fatal. Supongo que no piensa que tiene algo que ver con lo que me pasó.

El hecho, es que los alucinógenos tienen el desafortunado efecto de causar analepsis o sea recuerdos recurrentes. Lo que necesito es que recuerde si la noche en que ingirió esas setas hablaron sobre la recreación, y si fue así, ¿con cuanto detalle?».

«No recuerdo mucho sobre lo que dije. Los efectos eran extraños; me acuerdo de la música y los colores, las formas cambiantes, pero no creo que habláramos anglosajón esa tarde».

«Por favor, consúltelo con su amigo y me lo dice en la siguiente cita».

«El martes a las once».

«De acuerdo».

«¿Quiere que le recete algo para que le ayude a dormir?».

«No, estoy bien, gracias doctora».

Rick abandonó la consulta en un estado de aprensión. ¿Sería posible que el hubiera podido imaginárselo todo? ¿Y si había visto lo que quería ver? Por ejemplo, todo un asentamiento anglosajón, en vez de las pocas bonitas casas construidas por los recreadores. ¿Y qué pasaba con el cuchillo? ¿Se lo había puesto alguien en la mano mientras estaba inconsciente? Y de ser así ¿por qué? El claxon de un coche pitándole le sacó de sus pensamientos cuando bajó de la acera sin mirar. Necesitaba pensar de camino a casa. Por ahora, se refugiaría llamando a Gary. Su amigo estaba en el trabajo, pero le había asegurado que no le importaba que lo molestara.

«He ido al psiquiatra. Es muy agradable y competente y me ha dicho que te llame».

«¿A mí? ¿Por qué, cree que necesita refuerzos, eres un caso perdido?».

«Muy gracioso. Necesitamos saber si tú y yo hablamos sobre Little Carlton cuando nos comimos las setas».

Hubo silencio durante unos instantes. «No creo que lo hiciéramos, pero ya sé hacia donde quiere llegar».

«Una pena, esperaba que dijeras que sí. Quiero creer que hay una explicación racional sobre lo que sucedió, o si no, me voy a volver loco».

«Eso ni lo dudes tío, estás loco de remate».

«Gracias amigo, eso le dijo el manco al cojo».

Rick cortó la llamada para decir la última palabra, pero quedó decepcionado cuando subió las escaleras hacia su habitación. ¿Y ahora qué? Su cordura podría estar en peligro hasta que encontrara una explicación lógica a los sucesos de Little Carlton.

Encendió su computadora e hizo una búsqueda sobre los efectos de los alucinógenos. Todos los artículos coincidían en que trastocan la realidad de la experiencia. Afectan inmediatamente al córtex prefrontal. Esta es la zona del cerebro que controla el pensamiento consciente, la cognición y la percepción. Esto era una verdad indiscutible, pero con una sola ingesción de setas ¿el efecto podría ser tan prolongado? Lo hablaría con la Dra. Fitzwilliam el martes. Hoy, viernes, continuaría con sus estudios y trataría de controlar su ansiedad. Con esto en mente, caminó rodeando la rotonda en la que se encontraban los juzgados y la vieja biblioteca, decidido a repasar los últimos artículos sobre filología que hubieran publicado las revistas y él se hubiera podido perder.

En un periódico estadounidense, encontró un artículo interesante titulado *Elección Léxica y Libertad Poética en el menologio del inglés antiguo.* Absorto en su lectura, tomando notas inconexas, leía el artículo con la sensación de que unos ojos estaban observándole. ¡Y que ojos! Los ojos marrones de Esme Drake, quien le estaba sonriendo.

«Pensé que podría encontrarte aquí cuando no contestabas al teléfono».

Es verdad, el lo había puesto en modo "no molestar". ¿Qué crimen peor podía haber que el sonido de un teléfono móvil molestando en una biblioteca, iglesia o teatro?

Ella continuó, «Quería verte precisamente hoy».

«¿Por qué hoy en particular?».

Una expresión de divertida burla que él ya había visto en varias ocasiones iluminó sus rasgos faciales.

"Tierra llamando a Marte, esperaba que no supieras que día es hoy con la cabeza metida entre libros antiguos».

«¿Viernes?», dijo él todo convencido.

Ella rió. «Pero no cualquier viernes, ¿no?».

El frunció el entrecejo, ¿hacia donde quería llegar? «¿Qué tenía de especial este viernes en particular?».

«Es tu cumpleaños, ¡tonto! ¡Felicidades!».

«¡Ah!, lo había olvidado».

«No puedo creerlo, ¡pero del mío nunca te olvidas, ni del de los demás!».

«¿Cómo podría?».

«Oh, fácilmente, como que te has olvidado de que existo. Supongo que aún tienes teléfono, ¿no?».

Rick frunció el entrecejo, sintiéndose incómodo. ¿Cómo iba ella a saber que lejos de olvidarla la tenía siempre en la cabeza?

«He estado muy ocupado», balbuceó el.

«Como todos. Por eso necesitamos un descanso. ¿Qué tal si cenamos esta noche? Será mi fiesta por tu cumpleaños».

A Rick le parecía que el corazón iba salirse de su pecho.

«¿Tienes pensado algún sitio?».

«Espero que no te importe, pero me he tomado la libertad de reservar una mesa para dos en el Varsity. Está a un paso y...».

«¿Y si tengo otros planes?».

Durante unos segundos puso cara de póker, pero se recobró rápidamente. «Entonces se lo preguntaré a uno mis admiradores».

«Te compraré un teléfono con más memoria para tu cumpleaños...si me acuerdo».

«Como he dicho, si no vienes, se lo pediré a otro».

«Como tu admirador número uno, debo decirte que aceptaré encantado tu invitación. El restaurante es bastante elegante; iré a casa a cambiarme».

«Tendré que darte el visto bueno", dijo ella con una sonrisa burlona.

Rick sacó tu teléfono móvil y fotografió el resto del articulo decidido a pasarlo a su portátil más tarde.

Ellos salieron del lugar y, con algo más que ansiedad, él la admitió en su santuario. Una vez dentro, Esme se puso frente a él y sin decir palabra, le besó larga y apasionadamente.

«Es para compensar la abstinencia». Sonrió ella triunfante.

«¿Un beso de cumpleaños? ¿Tengo que esperar otro cumpleaños?».

«Depende de cómo te portes».

Rick extendió los brazos parecía arrepentido, «Oh, querida

Dra. Drake, soy una calamidad en lo que respecta a portarse bien».

«¿Por qué hemos perdido el contacto, Rick? Te echo de menos».

«Yo también a ti».

Él se acercó a ella y ella lo esquivó riendo. «¡No tanto! Además, nos espera una mesa a las ocho y media y tú aún te tienes que afeitar. Picas más que un puercoespín».

Ella le observó como se quitaba la camisa y después como se afeitaba.

«¿Por qué los hombres ponen esas caras tan graciosas cuando se afeitan?».

«Para espantar a las diabólicas arqueólogas, ¿no lo sabías?».

Rick salió de la universidad sintiéndose tres metros más alto con Esme cogida de su brazo.

En la cena aderezada con vino tinto, Rick le preguntó, «¿Esme, crees en el destino?».

«¿Te refieres como tus queridos normandos condicionando los hechos del mundo a través del giró místico de hilos que representan nuestros destinos? No se puede decir que crea en el destino, ¿Por qué?».

«La gente ha creído en el destino desde el principio de los tiempos. Solo me pregunto si nosotros estamos destinados a estar juntos».

«¿Es eso lo que crees, Rick?», ella sonrió dulcemente y levantó el vaso. «¡Por nosotros!».

«¡Por nosotros! ¿Y crees que estamos hechos el uno para el otro?».

«Entonces quizás deberíamos de pasar más tiempo juntos», ella pasó distraídamente los dedos por el cuello y abrió los ojos como platos.

El corazón de Rick empezó a latir más fuerte; aunque no había nada que él quisiera más, ¿Cómo pretendía el construir una relación si había secretos entre ellos? Por otra parte, ¿Cómo el iba a contarle lo que le había ocurrido sin que ella pensara que estaba loco?

«¿Crees que el tiempo es lo que pensamos que es?».

La pregunta la cogió por sorpresa.

«Esta noche estas muy filosófico. Los físicos están empezando a dudar de la teoría de la relatividad de Einstein ahora que están estudiando el salto cuántico. Es un tema muy complicado, pero podría explicar las premoniciones y otros fenómenos de ese tipo».

El sacó el tema, «¿Cómo viajes en el tiempo?».

«No creo que están de ningún modo cerca de conseguir hacerlo posible, pero si, en el futuro podría ser una posibilidad, pero ahora mismo es ciencia ficción. Pero, ¿no estábamos hablando de nuestra relación, Rick? ¿O es que quieres escabullirte?».

«De ninguna manera, pero creo que una relación, una pareja no debería tener secretos para el otro».

«Nunca te haría eso. Si alguna vez pasara, que no sucederá, te lo diría inmediatamente. Pero de momento, hay algo que me preocupa tanto que he decidido buscar ayuda».

Ella se mordió el labio inferior. «No estás enfermo, ¿verdad Rick?».

«No es algo físico. Tuve que ir al psiquiatra antes de que me volviera loco».

«¿Un psiquiatra? Pero tú eres la persona más cuerda que conozco. ¿Estas preocupado por el trabajo?».

«No exactamente como piensas. Pero Gary piensa que estoy loco. Mi médico ayuda, pero hace poco tiempo que he empezado a ir».

«¿Puedes contármelo?».

«Eso forma parte del problema. Me encantaría, pero estarías de acuerdo con Gary. No puedo arriesgarme a perderte.

Ahora lo que puedo decirte es que te amo, Esme. Y estoy convencido de estamos hechos el uno para el otro».

«En ese caso, tendrás que encontrar el coraje para decírmelo».

«Esta noche no. No quiero preocuparte. Déjame hablar otra vez con la Dra. Fitzwilliam. Ella me aconsejará sobre qué hacer». Esme estiró la mano encima de la mesa y cogió la mano de Rick. «No sé qué es lo que te preocupa, pero gracias por ser tan honesto conmigo. Estoy preocupada por ti, ya sabes, podemos pasar por esto juntos, lo que quiera que sea».

¡Ojalá fuera verdad!

CAPÍTULO CINCO

CAMBRIDGE, 2016 AD

«Lo que debe comprender...», la doctora Fitzwilliam cruzó sus largas piernas y se dejo caer un poco más en su sillón, «...es que la hipnosis es un ejercicio que pone en contacto su mente consciente con la inconsciente».

Básicamente, lo que ella me pide, pensó Rick, es que deje de lado, conscientemente, mi escepticismo.

¿No era la hipnosis para la gente crédula?

La psiquiatra miró por encima de sus gafas y se anticipó a mis objeciones.

«Rick, por lo que me ha contado, su situación está empeorando. Varios aspectos de su vida están siendo comprometidos por la preocupación que lleva sobre los hombros. Mi propuesta de la hipnoterapia está bien calculada. Las técnicas son prácticas de la medicina ortodoxa y funcionan mejor con la gente imaginativa que con la crédula».

«¿Cree que mi caso se ajusta a ese tratamiento?». Era difícil que no se notara su escepticismo en su voz. Además, a Rick no le gustaba perder el control mental.

«Estoy segura de ello. Podemos establecer un objetivo, liberarlo de sus preocupaciones. Una sesión podría ser suficiente. Déjeme explicarle el procedimiento detalladamente».

La doctora le explicó como trabaja el subconsciente y que estaría despierto en todo momento. Ella insistió en que sería una experiencia relajante y placentera.

Rick no recordaba haber dado su consentimiento, pero debía de haberlo hecho. El salió del trance de mala gana ya que se sentía muy cómodo.

«Lo he lleado a su aventura en el pasado, Dr. Hughes, e.. Rick y ahora hemos establecido lo que vivió y debemos desarrollar una estrategia».

Miró a la psiquiatra en un vano intento por notar algún cambio en la expresión de su cara.

«Me cree entonces, ¿doctora? ¿no piensa que estoy loco?».

«De ninguna manera, nunca he tenido un paciente más cuerdo. He realizado unas sugestiones posthipnóticas y estas le ayudarán a lidiar con la gravedad de lo que le ha ocurrido. Propongo lo siguiente: continúe con su rutina normal y no concierte una nueva cita conmigo, a menos que sientaa una necesidad imperiosa de hacerlo». Ella sonrió. «¿Alguna pregunta, Dr. Hughes?».

«¿Ya está? ¿No va a decirme qué me ocurre?».

«Por supuesto. Si desea usted comprenderlo, su problema era simplemente un conflicto entre la mente consciente y subconsciente tal y como le he explicado antes. Hemos solucionado el problema, pero necesita más tiempo para que el tratamiento haga su efecto.

En una escala del 1 al 10, Rick le daba un nueve a que la doctora era una charlatana y que le tomaba por tonto.

«¿Y que son las sugestiones?».

Si ella notaba el tono ácido de su voz, permaneció impasible, «Como lidiar con las dudas. Como lidiar con las de otros y una estrategia para saber interactuar con el problema».

«Sinceramente, eso parece un milagro, doctora».

La psiquiatra descruzó las piernas y se inclinó hacia delante.

«¿Un milagro? No, lo que hemos logrado hoy aquí, es gracias a usted, Dr. Hughes. ¿Por qué no trata de ponerlo en práctica? Pero una advertencia, no luche contra sus instintos porque no le traicionarán. No importa lo que piensen los demás. Recuerde el consejo y todo irá bien».

El pagó por la consulta y se marchó. Por otra parte, la asfixiante ansiedad que últimamente le acompañaba se había esfumado. ¿Cómo era posible que pudiera ser gracias a la hipnoterapia? ¿Podía ser posible que el tratamiento, realmente le estaba ayudando? El no recordaba haber hablado sobre el asentamiento de Little Carlton, pero debió haberlo hecho. En eso caso, ¿Por qué la psiquiatra estaba impasible? ¿Es que ella tomaba el concepto del viaje en el tiempo con la misma ecuanimidad que los asesinatos en serie?

Una vez que estuvo en casa, Rick empezó a desarrollar una fuerte convicción en las ideas de la psiquiatra. ¿Había ella inculcado su determinación en su subconsciente? Tenía que afrontar sus demonios interiores y ello significaba contarle a Esme toda la verdad sobre lo que le había ocurrido. Tenía que volver a Little Carlton y volver a visitar el asentamiento del siglo nueve. Convencería a Gary de que lo acompañara. El también tenía que estudiar el tiempo. Al decidir su estrategia, no tenía el más mínimo rastro de duda en su mente. Todo ello en sí mismo ya significaba un gran paso. De todas formas, tendría que ejecutar estos pasos uno a uno.

Tan convencido estaba Rick que reservó un boleto de tren para Lincoln, desde donde tomó un autobús hacia Louth. Sólo cuando estuvo sentado en un pequeño restaurante bajo la sombra de la iglesia parroquial, llamó a Gary. Era viernes, tenía todo el fin de semana por delante.

«Hola, soy Rick. ¿Qué tienes planeado para el fin de semana?».

«¡Oh!, pues iba a ir a Little Carlton con el detector a ver si encontraba algo ahora que la cosa esta caliente».

«Bien, ¿puedo ir contigo?».

«¿Estás bromeando?, para cuando llegues desde Cambridge ya será más tarde de la hora de cenar».

«¿Conoces el restaurante de al lado de la iglesia de San Eduardo, en Upgate?».

«Sí».

«Estoy ahí y aún no he pedido. ¿Has comido ya?».

«Estaré allí enseguida. ¡Ve pidiendo el vino!».

Gary miró a Rick con incredulidad. Sí, ellos se habían bebido casi dos botellas de vino rosado, pero lo que su amigo le había contado había dejado a Gary petrificado.

«¡Me estás contando que la psiquiatra te cree! Vamos Rick, nadie en su sano juicio lo haría».

«Usó hipnoterapia y tiene más letras detrás de su nombre que Hubert Blaine en su apellido».

«¿Hubert Blaine?».

«Si, H.B. Wolfeschlegelsteinhausenbergerdorff, el nombre más largo que he visto en mi vida».

«¡Ja, ja! ¡Muy gracioso! Pero no es galés».

«¿Galés?».

«No es de ¡Lanfairpwllgwyngllgogeryvhwyndrobwllllantysuliogogogovk!».

«Me sorprende que puedas pronunciar eso después de beberte dos botellas de vino!».

«¿Qué tamaño de sobre necesitarías si vivieras allí y le quisieras escribir una carta a Hubert Blaine?».

Ambos se rieron, llamando la atención de las mesas cercanas que tenían alrededor suyo. Gary puso cara de haber roto nunca un plato en su vida y levantó la mano en señal de disculpa, costándole muchísimo aguantarse la risa, aunque solo Rick se dio cuenta de ello.

«He cumplido mi parte del trato. Ahora te toca a ti».

«¿Me estás pidiendo seriamente regresar al pasado contigo? Incluso si eso fuera posible, dando por hecho que tengas razón. ¿No tratarían de matarnos según tú?».

«Lo intentaron, pero no estaban preparados para mi visita. Esta vez será diferente».

«Si, te vas a llevar una pistola automática, ¿no?».

«Me estás pidiendo que cargue con demasiado amigo mío».

«No seas tonto. Tengo un plan. No nos pasará nada».

«Me hiciste una promesa, Gary, y viendo que no me crees, ¿Qué tienes que perder? Te reirás de mí. Sólo necesito que te pongas un día las ropas anglosajonas de la recreación. ¿Es eso mucho pedir?».

«Supongo que no. Pero si no viajamos al pasado, no quiero oír esta chorrada más».

«¡Trato hecho!». Rick le tendió la mano y Gary la cogió.

A la mañana siguiente, Rick metió un objeto cotidiano dentro de su túnica sajona antes de comprobar las ropas sajonas de Gary. Cuando estuvieron listos condujeron hasta Little Carlton, pero cuando llegaron a la recreación del asentamiento sajón había sido desmantelado y Rick miró sorprendido el campo de arado.

«Han hecho un trato con el dueño de las tierras. El declarará las tierras en barbecho durante este año para que un equipo de arqueólogos de la universidad de Sheffield pueda empezar las excavaciones en mayo. Eso nos da aún bastante tiempo para ver que más podemos encontrar. Excavaré de manera no invasiva, por supuesto».

«Claro. Pero antes de sigas trabajando con el detector, ¿Por qué no regresas conmigo y lo presencias en directo?».

«¿Por dónde empezamos?».

«La última vez estaba en los límites del campo. Sugiero que vayamos allí y que pase lo que tenga que pasar».

«Dejaré mi equipo en el coche», dijo Gary cerrando el Fiesta con el mando a distancia, el cual metió dentro de su túnica.

Ellos se dirigieron hacia el limite del campo, con Gary protestando por lo bajo algo sobre una chorrada y perder el tiempo.

Rick separó su brazo del cuerpo dejando un hueco, «¡Aquí, cógete de mi brazo!».

Tan pronto como el sintió el firme agarre de su amigo, Rick metió su mano izquierda en su túnica y agarró el colgante.

Una voz le llegó como de muy lejos, como amortiguada. «¿Qué sucede?». Se le taponaron los oídos como cuando te encuentras a una gran altitud. Se giró hacia Gary para ver la asustada cara de su amigo, que parecía estar derritiéndose como una figura de cera en llamas. Pero no era su cara, más bien el aire que había entre ellos. Rick se dio la vuelta y una vez más una grieta apareció en el aire, revelando entre la niebla que giraba la sólida, y distinta tierra al otro lado de la apertura.

«¡Vamos!», gritó Rick y se lanzó a sí mismo a la hierba. Mientras lo hacía sintió como Gary luchaba por liberar su brazo. Un instante mas tarde, buscó frenéticamente a su amigo, pero no había ni rastro de Gary. El maldijo, antes de pensar. ¿No habría podido Gary acompañarle porque el no tenía otro péndulo? ¿O es que simplemente se había asustado y se soltó del brazo a propósito en el ultimo momento?

Rick tenía que tomar una decisión. Seguir adelante con su plan, sin importar el peligro o volver con Gary, quien ahora ya debía creerle, habiendo visto por si mismo como desaparecía. ¿Y de que le iba a servir eso ahora donde él estaba? ¡De nada! En primer lugar, debía asegurarse de que había regresado al año 870. Una época ideal, para lo que el había escogido estudiar en la universidad y el master que estaba haciendo, aún sería mejor si ya hubiera empezado el año 871, ¡a juzgar por el tiempo frío, le hubiera venido que ni pintada una capa! El se levantó y miró hacia la cuesta. Tocó el cuchillo de su cinturón, asegurándose de ir armado; aunque esperaba que no fuera necesario luchar. Estaba seguro de salir mal parado si se daba el caso.

Caminó a paso ligero para entrar en calor y se alegró muchísimo al ver el asentamiento un poco más hacia delante, inalterado desde su última visita. El primer hombre con el que el se encontró estaba cortando leña ante la puerta de su casa.

«Rinc», le saludó él.

«Perdóneme, amigo, no se alarme. No soy Rinc, si no alguien que se le parece. Es un problema para mí, por eso debo ver al hombre más sabio del pueblo. ¿Dónde puedo encontrarle?».

El campesino le miró aterrado y miró a su hacha como pensando en levantarla contra el intruso.

«No quiero hacer daño a nadie, al contrario. Traigo importantes noticias solo para los oídos de sus líderes más sabios».

«Que así sea, supongo que eso no puede hacer ningún mal. Pero es muy chocante conocer a otro Rinc. Vamos, démonos prisa, los demás podrían no pensar como yo».

«Le estoy muy agradecido, lo juro, es por el bien de todos».

El fornido aldeano le llevó rio abajo, pero pasando después de atravesar el pasillo, de repente se escondió entre las sombras de las construcciones y le dijo que se escondiera tras el abrevadero.

«¡Viene alguien!», susurró el. «Escóndete un minuto o dos. Es más fácil que tener que dar explicaciones».

«Cuthbert», el visitante saludo a su guía con una señal de la cabeza.

«¡Buen día, Garr!».

Rick aguantó un jadeo. ¡El hombre al que Cuthbert

acababa de saludar podría ser un doble de Gary! ¿Qué estaba pasando? No solo había otra Esme en esta aldea, si no que también había otro Gary. El hombre tenía la misma manera de andar que su amigo del siglo veintiuno. Para cuando se había recobrado de la sorpresa, Cuthbert le susurró, «Vamos extraño esa es la casa, la de los huesos clavados en la puerta».

«¡Eldwin!», llamó a la puerta y la empujó mientras esta crujía, «Soy Cuthbert; Hay alguien aquí que desea hablar contigo».

«Adelante, ¡estaba esperándole! Hazle pasar».

Con las piernas cruzadas sobre el suelo y al lado de un crisol que contenía un fuego crepitante se sentaba un hombre tan envuelto en piel de lobo, que solo su pelo blanco y su cara arrugada y demacrada sobresalían. Unos ojos azules y llorosos miraban sin ver en la dirección de Rick.

«Ven y siéntate a mi lado para que te pueda ver la cara».

Rick le dio las gracias a su escolta, quien le preguntó al viejo, «¿Debo quedarme para protegerte, Eldwin?».

«No hay necesidad. Es un amigo que viene en son de paz. El viene de...».

«No lo diga gran sabio...», intervino Rick, «...podrían temer los que no lo comprenden».

El viejo asintió con su cabeza cubierta de su melena plateada color blanco nieve. «Estás en lo cierto. Ve Cuthbert. Si alguien pregunta por nuestro visitante, diles que es un profeta».

¡Mi plan ha funcionado!

Cuando estuvieron a solas, Rick preguntó, «¿Cómo ha sabido que vengo de otro lugar y de otro tiempo?».

«Soy un profeta. Los sucesos que están por venir no son un secreto para mí».

«Entonces sabrá por que he decidido volver».

«¿Cómo va a ser eso posible, cuando no lo sabes tú mismo? Sabes que vienes en búsqueda de respuestas».

«Y de consejo, anciano. Por ejemplo, ¿cómo puedo pasar aquí un año sin hacer que la gente me tema y me odie?».

«Debes contarles toda la verdad. Dirás que eres un profeta y solo rebelarás lo necesario. Haré que te acepten».

«Le ruego, por favor, que primero me diga en que año estamos».

«¿Cómo mides tú los años, amigo mío?».

«Por los eventos. Creo que cuando vine aquí la última vez fue antes de Navidad y ahora es invierno. Justo antes del invierno en el que cayó el rey Edmund, ¿estoy en lo cierto?».

«Sí, así es».

«Entonces, puedo probar a tu gente que soy un profeta contándoles los hechos que van a suceder antes de la cosecha de este otoño».

«¿Qué puedes predecir?». Los acuosos ojos azules buscaron su cara, vivazmente con interés.

«Sé que al príncipe Halfdan, el vikingo, se le unirá un gran ejército pagano bajo el mando de Jarl Bagsecg y juntos atacaran a los sajones, el príncipe Alfredo de Wessex liderará al ejército inglés en una sangrienta batalla en un lugar llamado Ashdown. Su hermano, el rey Etereldo I de Wessex, al que esperaban como agua de mayo, se le unirá. Los ingleses resultarán victoriosos y muchos vikingos, incluyendo Jarl Bagsecg, caerán en combate. Desafortunadamente la batalla de Martin seguirá a esta batalla y en ella el rey Etereldo resultará mortalmente herido. Morirá poco después siendo sucedido por su hermano, Alfredo. El rey Alfredo luchará contra los daneses en la batalla de Wilton y resultará seriamente herido. Este es el primero de los muchos eventos que conozco».

«Sabes muchas cosas». Una mano huesuda salió de debajo de la piel de lobo cogiendo a Rick en un agarre esquelético.

«Compartirás tus conocimientos con nuestro Lord».

«¿Quién es él?».

«¿Pero tú, que me has revelado tanto, no lo sabes?». El viejo rió gozosamente.

En ese momento, la puerta fue forzada en sus bisagras y un hombre alto entró.

«Oh, bienvenido, Lord Werian, estábamos hablando de usted».

«Me he encontrado con Cuthbert y me ha contado que un extraño con la cara de Rinc ha regresado entre nosotros y que estaba contigo. ¿Qué es lo que quieres extraño, y qué magia negra te hace parecer a nuestro vecino de este pueblo?».

«No es ninguna magia negra, Lord. Vengo de muy lejos y soy un profeta. Mi nombre es Rick. Todo lo que pido es vivir en paz entre vosotros durante un tiempo».

«¿Pero a quien sirves?».

«No sirvo a ningún hombre».

«¿Cómo es eso posible?».

Rick estaba confundido. No había pensado ninguna respuesta para eso, pero el viejo de pelo blanco llegó en su rescate.

«Nuestro amigo es un poderoso profeta y su don no puede servir a ningún hombre. Así está escrito. Somos muy afortunados de tenerle con nosotros. Dile a Lord Werian lo que me dijiste antes».

Rick repitió su profecía, la cual era simplemente historia. El noble escuchó atentamente. Sí es verdad, es extraño, debo informar a Lord Burgred, el Rey de Mercia, que se una al rey Alfredo».

«La victoria llegará, pero no perdurará, el rey Burgred perderá su trono ante los vikingos después de que estos saqueen Tamworth. El acabará sus días en Roma».

«Si es así como dices. ¿Qué es lo puede hacerse?».

«Te ruego que esperes acontecimientos para ver si lo que digo es verdad», dijo Rick, sintiéndose un fraude. «Cuando se demuestre que digo la verdad, tu tarea será salvar a este pueblo y a su gente. Te enseñaré cómo. Ahora debo hablar con el hombre llamado Garr».

«¿Garr? Mandaré a buscarle».

El vasallo que hablaba alzándose sobre los dos hombres que estaban sentados en el suelo con las piernas cruzadas, salió de la pequeña casa.

«¿Cómo dijiste que te llamabas, extraño?"

«Rick, no Rinc."

«Ambos sabemos que es el mismo nombre», dijo el viejo. Su semblante pensativo preocupaba a Rick. «Te han aceptado. No hagas nada imprudente, amigo mío».

«No lo haré», prometió Rick. «Creo que es de mi interés proteger a la gente de este pueblo».

«Así esta establecido».

La convicción con la que el viejo de melenas blancas dijo estas palabras, puso los pelos de los brazos de Rick como si la electricidad se los hubiera puesto de punta. Él tendría que preguntarle al viejo con más detenimiento y tener cuidado de no decirle toda la verdad.

La puerta se abrió y con el mismo sonido de dificultad entró Garr.

«Me manda Lord Werian». El observó a Rick y se quedó boquiabierto, «son tan parecidos como dos guisantes...».

«¿De una misma vaina?», Rick acabó por él.

«¡Así es!». Dicen que persiguieron al doble de Rinc el año pasado por el bosque y de pronto se desvaneció en el aire».

«Es verdad, pero no quiero desvanecerme esta vez, Garr. Soy un profeta y vengo para hablar con tu sabio y el Lord del pueblo y contigo Garr».

«¿Conmigo?».

«Así es. A solas».

«Váyanse los dos. Necesito descansar». La declaración del viejo no era una petición.

Afuera, Garr preguntó, «¿y bien?».

«Sobretodo confía, después dame algo tuyo que sea muy personal para darle a un amigo».

«¿Qué tipo de cosa?».

«Tu brazalete de cuero».

«Es un amuleto y ayunta los espíritus. Es mío».

«¿Y si te doy algo más útil a cambio? Pero no se lo debes enseñar a nadie y guardarlo solo para ti. Quiero que me lo jures».

La cara de sospecha de Garr le hacía parecer una parodia de Gary y Rick y casi se echa a reír pero se lo pensó mejor. ¿Qué iba a ganar al ofender a su nuevo amigo?

Buscó en su túnica y sacó un objeto cotidiano, un mechero. No estaba usado y al primer clic la llama se encendió.

Garr exclamó asustado. «¿¡Qué magia es esta!?».

«No es magia, amigo mío. Recuerda, vengo de una tierra diferente donde este objeto es muy común. Te dará fuego cada vez chasquees la rueda, ¿entiendes? Pero no gastes su poder. Úsalo solo si la necesidad es grande. Asustará a los espíritus malignos en la oscuridad. Entonces, ¿me lo cambias?».

«Lo sueltas para apagar la llama. Eso es».

Gar se desató el brazalete y se lo dio a Rick, quien lo metió dentro de su túnica.

«Recuerda Garr, no se lo dejes a nadie».

«No lo haré, pues los hombres son envidiosos y quieren los tesoros del prójimo. Así es la vida».

«Así es, dices la verdad. Creo que seremos amigos».

«Lord Werian me ha dicho que vaya contigo al ayuntamiento cuando acabemos con el sabio Edwin».

Los únicos grabados en el ayuntamiento eran simples pergaminos en la jamba de la puerta y Rick hizo una nota mental de anotarlos más tarde en un pequeño bloc de notas que había traído con él. Quería llevar un diario mientras estuviera en el pueblo. No había nada colgado de las paredes a menos que uno contara un puñado de escudos pintados, aunque desgastados por la batalla y algunas lanzas cruzadas.

«Bienvenido a mi casa, Rick», dijo el noble. «Has pedido vivir y trabajar en paz entre nosotros. Por esta razón, he decidido convocar una asamblea en el ayuntamiento esta tarde. Te presentaré a mi pueblo y les dirás lo que me has dicho antes. Es lo mejor que lo vean por ellos mismos y lo escuchen de tus palabras».

A la asamblea asistieron los vecinos del pueblo, hombres, mujeres y niños abarrotados en el ayuntamiento de cara a una pequeña tarima donde estaba subido el vasallo con Rick a su lado. Ya había gente observándole y señalándole, algunos con cara de pocos amigos. Por mucho que lo intentaba Rick no podía distinguir a Rinc entre la gente. Vio a Garr, pero ni Rinc ni Esme estaban con él.

«¡Escuchad!», resonó la voz del vasallo haciendo callar a la gente. «Hoy entre nosotros tenemos a un profeta que viene desde una tierra lejana, no para reemplazar a nuestro querido Edwin, si no para usar su don en beneficio nuestro. Muchos de vosotros reconoceréis la semejanza de este profeta llamado Rick con nuestro Rinc, pero es para que podamos comprender que viene en son de paz y armonía con nosotros».

Una o dos voces enfadadas interrumpieron el discurso de Lord Werian. «¡Silencio!», ordenó. «Ahora escuchareis lo que Rick tiene que decir».

«Amigos, Yo os digo que en verdad vengo en son de paz y para demostrarlo, quiero desnudad mi reputación ante todos los aquí presentes y que seáis vosotros los que juzguéis. Lo único que quiero es que la gente de este pueblo esté a salvo. Corren tiempos peligrosos, en el que la ira de los vikingos azota estas tierras. Ellos destrozan todo a su paso con fuego y acero, sin dejar vivo a nadie, y no comparten nuestro amor por Cristo, si no que adoran otros ídolos y falsos dioses». Rick hizo una pausa para respirar y comprobar si su audiencia estaba prestándole atención. Así era. Continuó. «Tengo el don de ver el futuro y os contaré como va a ir la próxima cosecha». El repitió palabra a palabra lo que le había contado a Eldwin. Cuando hubo acabado, añadió, «Puedo ver más de un año en el futuro, pero quiero que comprobéis si lo que he dicho se cumple. Solo entonces revelaré el futuro de este pueblo en esta isla. Eso es todo por ahora...», esperó, «...excepto pediros que me acojáis como un amigo entre vosotros».

Tonos elevados de voz por todo el ayuntamiento hicieron imposible para Rick el comprender si su discurso había sido recibido favorablemente. El vasallo sacó su cuchillo agarró a Rick por un brazo y lo colocó en el cuello como para rajarle la garganta. Inmediatamente, todo quedó en silencio mientras todo el mundo se empujaba para tener una vista mejor de lo que estaba a punto de suceder.

«Yo aún no he acabado lo que tenia que decir», gritó Lord Werian. «Si alguien en este pueblo se atreve a ponerle la mano encima a mi amigo Rick...», quitó el cuchillo con una virguería, «...tendrá que responder ante mi. Marchaos a vuestras casas y cuidad de vuestros hijos».

Rick jadeó y el color volvió a su cara. «Por un momento pensé...».

«Claro que no, Rick. ¿Acaso no puede un profeta predecir su propia muerte?». El vasallo gritó a pleno pulmón. «¿En que vas a trabajar aquí? No te veo de guerrero».

«No, milord. No lo soy. Pero sé que aquí en esta isla hay eruditos y yo también sé leer y escribir».

«Ah, ¿sí? Ojalá yo también supiera. Ven, déjame llevarte a que conozcas a alguien».

El corto trayecto por las afueras del pueblo pareció durar años, tal era la extrañeza de Rick. La peste de un pozo negro sustituía al humo de los coches del siglo veintiuno, pero el aire era puro. Quería señalar los milanos rojos y decirle a todo el mundo lo raras que eran en su época. A menos que estuviera equivocado, se había salvado de la extinción, sin embargo, eran como alimañas en las calles. Reflexionando sobre su propio siglo, Rick pensó por primera vez en Gary y en Esme. ¿Qué pensaría Gary de su desaparición? Debió haber visto a través de la grieta en el aire, el pasado. Rick se maldijo a si mismo por haber mantenido sus relaciones con ambos separadas. Ellos nunca se habían visto y aunque se conocían no tenían sus números de teléfono ni sabían los apellidos del otro. ¿Querría eso decir que, si él se quedaba aquí en el año 871, Esme denunciaría su desaparición a la policía ahora en el 2016? Gary no lo haría. De eso estaba seguro. En cualquier caso, Rick, había decidido quedarse aquí, en este pueblo sajón.

CAPÍTULO SEIS

LITTLE CARLTON 871 AD

Lord Werian se detuvo delante de un gran edificio de madera. Inmediatamente Rick notó que esta construcción era diferente a las demás. Unas vigas enterradas en el suelo en un ángulo de cuarenta y cinco grados soportaban las paredes. La razón para este tipo de construcción era las muchas ventanas que tenía la casa. Lord Werian saludó haciendo un gesto con la mano hacia el edificio, «La casa de la escritura», dijo, «o como el escritor jefe la llamaba, el Scriptorium».

«¿Forma parte de un monasterio?».

«No, es un próspero negocio, hay mucho trabajo, no hay tiempo para oraciones. Más de la mitad de los escribanos eran antiguos monjes. Otros, jóvenes muchachos escolarizados aquí en el pueblo para hacer el trabajo. Ven, te presentaré al maestro Alric, él está al mando aquí».

«El maestro, era un hombre de pelo gris, nariz angulosa, quien había sido antiguamente responsable de un monasterio construido que se encontraba en un bosque. La debilidad y la enfermedad habían reducido el número de las tareas que podía realizar hasta el punto que decidió abandonar su vocación y volver a su primer amor, la producción de volúmenes ilustrados. Lord Werian, un hombre con ojo para el negocio, reunió a un grupo de monjes vagabundos y jóvenes entusiastas quienes ahora servían al maestro Alric. Había muchas ordenes religiosas, Lores, ladies y otros tanto aquí como en el continente deseando gastar considerables sumas de dinero por Biblias de buena calidad y otros volúmenes», explicó el.

Lord Werian abrió la puerta, ¡y dichosos los ojos de Rick! Filas de hombres sentados en sus escritorios al lado de las ventanas, estaban mojando sus plumas en la tinta para crear coloridos pergaminos de imágenes de criaturas para ilustrar una bella y fluida inicial. Se parecía a una escena que había imaginado de los días de la industria del algodón. En el otro lado de la habitación, había hombres estirando y raspando papel de vitela en marcos.

Al ver al vasallo, el maestro Alric vino apresuradamente y miró a Rick con curiosidad.

«Te traigo a un amigo que sabe leer y escribir. ¿Puedes hacer un buen uso de él aquí?».

«¡Por supuesto que puedo! Cualquiera que sepa leer es bienvenido. ¡La mitad de estos gandules analfabetos cometen abultados errores y el trabajo se va al garete! ¿Dónde aprendiste a leer?».

Rick sonrió y decidió contestar con una media verdad. «En la escuela de una iglesia en Cambridge, maestro. También entiendo latín».

El maestro le enseñó a Rick el escritorio, empezando por cómo se conseguía la tinta negra con hollín y un huevo blanco, la tinta roja de insectos machacados, y otros colores más extraños y apreciados. Los ojos de Rick buscaron la pluma que Gary había desenterrado, pero sin éxito. Las plumas de aquí eran más rudimentarias, o bien estaban fabricadas con juncos o huesos de ganso. El procedimiento para la fabricación del papel de vitela y la trituración de tiza para desengrasar las manos para escribir fascinaron a Rick, quien tenía muchas preguntas. Su curiosidad complació al maestro y así, durante los días sucesivos, Rick se convirtió en el favorito del maestro. Este le confió la tarea de leer los documentos entrantes y seleccionar entre ellos los más aptos para su transcripción. La habilidad de Rick para interpretar las palabras ilegibles y las frases alegraba al antiguo priorato porque le ayudaba en su trabajo, haciendo el procedimiento mucho más natural.

Había tiempo durante el día para pasear así pudo esbozar un mapa del asentamiento. Encontró el abrevadero al sur. Desde allí, descubrió a los vecinos del pueblo remar a lo largo de las vías fluviales de los pantanos hacia la costa, sobretodo hacia la cala conocida como Salt Fleet. Él lo tomó como un Saltfeetby de hoy en día. Desde este pequeño enclave comercial el pueblo recibía todos sus productos, y lo que les sobraba de su producción lo vendían allí. Había volúmenes cuidadosamente empaquetados en sus escritorios que eran cargados en el puerto en dirección a Frankia o algunos hombres los llevaban a Londres en botes.

Un día caminando, Rick se encontró cara a cara con Rinc.

«Saludos, amigo», Rick se aproximó al plebeyo.

El otro hombre frunció el entrecejo al verle. «¡No soy amigo tuyo! Y mantente alejado de mi esposa y mi bebe».

«Tú no lo comprendes», Rick trató de que su voz sonara tan amable como le fue posible. «No quería hacerte daño, ni a ti ni a tu familia. De hecho, he venido para asegurarme de que nada malo le pase a la gente de este pueblo ¿Te han contado que soy un profeta?»,

«Eso me han dicho. Pero te digo que no quiero nada contigo. Nada bueno puede salir de un hombre hecho para parecerse a otro. Incluso engañaste a mi mujer la última vez que estuviste aquí».

«Siento ese malentendido. Me mantendré alejado de ella, no temas».

El notó que el hombre se había relajado visiblemente. «Y toma esto», dijo Rick, sacando el cuchillo. «Me lo llevé temiendo que lo utilizaras contra mí. Pero no soy un ladrón, tú eres su dueño legítimo, por favor».

Le entregó el arma por la empuñadura y le oyó dejar escapar una exhalación mientras cogía el cuchillo y miraba atentamente a Rick a los ojos. Pasó una eternidad antes de que lo guardara en su cinturón.

«¿Sin rencores, ¿eh?».

«Que así sea, pero mantén tu promesa y mantente alejado de mi familia».

«Lo haré», dijo Rick y en ese momento quería mantener la promesa.

Las semanas pasaban y se convertían en meses, Rick puso todo el empeño en mantener su diario alejado de los ojos curiosos. Esto era necesario porque no quería que nadie estropeara su moderno bolígrafo de punta fina. El problema era encontrar la intimidad necesaria para escribir y dibujar. Cuando pudo empezar a hacerlo, se daba cuenta de lo útil que sería el mapeo y las medidas para los arqueólogos cuando el regresara, si alguna vez le contaba a alguien lo de su presencia aquí.

Rick había aprendido a usar una pluma de junco para los dibujos delicados para cuando el verano se marchó dando la bienvenida al otoño. Los hombres transportaban gavillas de trigo hacia el granero cuando Lord Werian vino a buscarle.

«Rick, ¡un mensajero ha venido con noticias esplendidas! Como tú predijiste, el ejército pagano se encontró con la horma de su zapato a manos del príncipe Alfred en Ashdown, donde su líder Jarl Bagsecg ha sido asesinado. Es exactamente lo que habías predicho, amigo mío. ¿Cómo lo llevas con el maestro Alric?».

«Bueno, creo que deberías preguntarle a él».

«No hay necesidad de hacerlo, a menudo habla muy bien de ti, Rick. Pero cuando corra la voz que has acertado con tus predicciones la gente te tendrá en gran estima».

«Me importa poco lo que me estimen, milord, debo asegurarme de su seguridad. Corren tiempo difíciles».

«Ciertamente lo son. ¿Pero qué es lo que quieres hacer?».

«Debo marcharme un tiempo, pero regresaré. Hay asuntos que tengo que atender».

Rick quería regresar a su tiempo, porque necesitaba más información. ¿Cuánto tiempo le quedaba al asentamiento antes de que la ola vikinga descendiera sobre el lugar?

Decidió no marcharse a hurtadillas, así que fue a ver al maestro Alric.

«He hablado con Lord Werian y le he explicado que debo marcharme durante un tiempo. Hay asuntos que debo atender».

«¿Cuánto tiempo te llevara, Rick?».

«No sé decirlo. Pero semanas más bien que meses».

«Entonces, ve con Dios. Te echaremos de menos».

Rick salió del pueblo hacia donde la tierra empezaba a inclinarse hacia el pantano. Asegurándose de que nadie lo estuviera viendo, metió la mano en la túnica y cogió el colgante. ¿Funcionaría?

El miedo a permanecer allí para siempre era uno que siempre le acompañaba. Todo ser humano pertenecía a un tiempo y a un lugar, creía el, y el suyo no estaba ni allí, ni ahora. Con el tiempo justo de formular estas consideraciones, el aire empezó a ondearse y entre la neblina que giraba sobre si misma pudo ver la ya familiar grieta abrirse para él. Rick se zambulló en la neblina.

Cuando se sentó y miró a su alrededor mareado, se preguntaba por qué siempre perdía el sentido. Quizás a unos cuantos cientos de pasos colina arriba, reconocería la silueta de Gary trabajando con el detector de metales, agarrándolo frente a él como si fuera un aspirador para limpiar la casa. Debe ser por ser fin de semana. ¿Por qué llevaría su amigo ropas sajonas?

«¡Gary!».

«¡Oye!, Rick». El apagó su máquina y la dejó tirada en el suelo, acercándose a Rick a toda velocidad.

«¡Me alegro de que estés aquí!».

«¿Por qué vas vestido de sajón?».

«¿No te acuerdas? Lo decidimos esta mañana».

«¿Esta mañana? ¿Cuánto tiempo he estado fuera?».

Gary miró su reloj. «Unas tres horas».

«¡Tres horas! Gary he estado en el asentamiento sajón desde febrero hasta octubre».

«¡Nueve meses! ¡Estás loco! Te digo que han sido tres horas y no he encontrado una maldita cosa».

«Ahora lo harás, busca allí. He hecho un mapa del asentamiento para que busques. Pero ¿Por qué no recogemos y nos vamos a casa? ¡Me muero por ir a comprar comida india para llevar!».

En el coche, Rick pasó la mano por el salpicadero. Era como si fuera la primera vez que sentía el apreciado plástico. «Conocí a tu doble en el pueblo, se llama Garr».

«Deja que te diga que es la primera vez que te creo. Vi como se abría el aire, como si fuera una puerta y quería seguirte, pero algo, no sé qué, como una fuerza invisible me tiró hacia atrás».

«Vamos», dijo Rick, «¡fuera del coche!, tú vienes conmigo».

Gary, como si estuviera hipnotizado, siguió sus instrucciones Caminaron hasta el límite del campo y Rick le contó su plan.

«Tengo al de Garr que te llevará conmigo. No nos quedaremos. Solo quiero que lo veas por ti mismo. Nadie nos hará daño. Me tienen en gran estima. Te lo explicaré luego. Aquí está, póntelo en la muñeca izquierda».

Cuando ellos llegaron al sitio, al borde del campo donde Rick viajaba al pasado, le dijo, «deja de juguetear con ese brazalete». Rick metió la mano rebuscando en su túnica y todo se volvió tan raro como antes, excepto que esta vez tanto él, como Gary, entraron por el agujero.

«Despierta, Gary», Rick se agachó al lado de su amigo, preocupado porque estaba blanco como una pared, pero para su alivio sus ojos parpadearon. Rick le ofreció su mano y tiró de Gary para ayudarle a que se levantara. «Parece que esta vez lo has conseguido. Vamos, tras esa cuesta está el pueblo».

«¿Crees que es inteligente?».

«¿Por qué no? ¡Vamos!».

Rick llevó a Gary hasta el Scriptorium.

«Aquí es donde trabajo. Echa un vistazo por la ventana. ¿Ves a aquel hombre inclinado sobre un escritorio allí al final en la esquina? ¿Sí? Ese es el maestro Alric, es mi jefe. Fue Prior. Están haciendo libros para venderlos después, es como una pequeña fábrica».

«¡Me tomas el pelo!».

«No te puedo hablar más en serio. ¿Quieres ver más?».

Gary estaba comprensiblemente nervioso y no siendo el historiador, apenas se sentía tentado a observar tanto como le fuera posible. Ellos corrieron de nuevo hacia el pantano.

«Espero que no quedemos atrapados en el siglo nueve», dijo Gary, haciéndose eco de los pensamientos de Rick en las ocasiones previas en las que él había deseado volver.

«¡Toca tu brazalete y ven conmigo!».

Una vez más, Rick fuer el primero en recobrar la consciencia y cuando Gary volvió en sí, él preguntó, «¿te encuentras bien para conducir?».

«¡Vayamos a mi carruaje!».

Rick sonrió mirando con cara de pocos amigos a su amigo.

«¿Te das cuenta de que has estado mirado a gente que estaba viva hace más de mil años?».

«¡Ya te digo!».

Gary condujo en silencio hacia Louth. Su habitual pasotismo había desaparecido mientras ellos se sentaban a la mesa de la cocina bebiendo una cerveza fría de la nevera. Era comprensible que el estuviera sufriendo un shock.

«¿Qué es lo vas a hacer ahora, Rick? Probablemente has hecho el descubrimiento más grande de este o de cualquier otro siglo. No puedes simplemente ignorarlo».

«No puedo estar en una conferencia y hacerme el tonto, tampoco. Tenemos trabajo que hacer, amigo, explicar lo que ha sucedido. Tengo que pensar y estudiar. De todos modos, considéralo un asunto urgente, probablemente voy a necesitar la ayuda de Esme». Miró con sinceridad a los ojos de su amigo, «tiene que creerme, Gary».

«Seguro que te cree, amigo».

«Bien, ahora quiero estudiar las notas que tome mientras estuve allí». Dejó su bloc de notas encima de la mesa, «oh, y dame la información del asentamiento».

Ellos buscaron las páginas hasta que Gary las encontró. «A juzgar por tu esbozo, he estado perdiendo el tiempo últimamente». El clavó un dedo en el mapa, «debería de haber buscado más hacia el norte».

Rick miró, «Quizá podrías convencer a la gente de Sheffield de cavar en esa área».

«No te preocupes, Rick, usan técnicas modernas que pueden medir movimientos en la tierra, no perderán el tiempo».

«Ni yo tampoco. Mañana debo volver a Cambridge. ¿Bajarás cuando decida contárselo a Esme?».

«¿Cuándo crees que será eso?».

«Tan pronto como de con una teoría convincente sobre estos extraordinarios sucesos».

CAPÍTULO SIETE

CAMBRIDGE, 2017 AD

Rick pasó demasiado tiempo mirando por la ventana, observando a la gente apresurarse para hacer útiles tareas. Desde su sillón, esperaba conseguir entender los eventos que habían transformado su mundano mundo académico en uno que violaba las leyes de la física.

Perplejo, se levantó y se dirigió hacia la estantería, y seleccionó *El poder del Ahora* de Ekhart Tolle. Recurría a menudo a este filosofo canadiense en momentos de lasitud para inspirarse. Después de volver a sentarse, abrió el libro por una pagina marcada con un trozo de cartón. Leyó, "*El ayer no es más que los recuerdos del mañana y el mañana los sueños del hoy...lo que percibes como algo precioso no es el tiempo si no el ahora. Porque sin duda este es maravilloso. Contra más te centres en el tiempo, en el pasado y en el futuro, más te estarás perdiendo el Ahora, que es la cosa más maravillosa que existe*".

Rick cerró el libro de golpe y se levantó de un salto para coger el abrigo, «¡El Ahora es algo maravilloso!». Dijo el en voz alta, poniéndose la chaqueta. Rick abandonó la universidad y continuó por la carretera que corría en paralelo al río Cam, apenas consciente de lo que tenía a su alrededor, pensando en el tiempo como una ilusión. Rick esperaba encontrar a alguien que le ayudara a ordenar sus tumultuosos pensamientos y caminó el apenas kilometro y medio hasta Churchill College, a un ritmo tan rápido que la cara se le puso roja. Desorientado en esta ala oeste de la universidad, y faltándole la respiración, preguntó a un estudiante que le indicara donde estaba el departamento de física.

«Cruza la carretera, entra por la puerta que está detrás de ese coche azul, ¿lo ves? Ese es el Laboratorio Cavendish».

Una vez dentro, Rick observaba con una sensación de desesperanza. No se sentía naturalmente atraído hacia las ciencias y la física, de hecho, siempre había sido la asignatura que más le costaba en el colegio. Se aproximó a un tablón de anuncios que llamó su atención. Se refería al grupo de materia cuántica, el cual, según el leyó, estudiaba la materia bajo condiciones extremas, como temperaturas muy bajas, campos magnéticos y alta presión, usando avanzadas técnicas experimentales. La investigación pretendía comprender nuevas formas de magnetismo y superconductividad y encontrar materiales conductores de electricidad con nuevas propiedades físicas *no descritas en los modelos estándar de física en estado sólido*. Rick releyó estas ultimas palabras que podrían serle de utilidad. Se saltó lo de la donación de fondos buscando algo más que pudiera serle útil y fue a parar a un nombre, Profesor Faulkner, jefe de grupo.

Un profesor que pensaba fuera de lo convencional era lo que necesitaba, ¿pero donde podría encontrarle? Subsecuentemente, ¿cómo podría convencerle de que no se encontraba ante un excéntrico delirante? Empezó a caminar por el pasillo cuando se encontró a un hombre bien parecido de pelo gris que llevaba una bata blanca de laboratorio. *Prometedor*, dijo para sí mismo.

«Perdone, ¿dónde podría encontrar al profesor Faulkner?».

«Oh, al final del pasillo, gire a la izquierda y su estudio es el tercero, no, er, el cuarto a la derecha».

Rick siguió las indicaciones y empezó a leer las placas con los nombres en las puertas. ¡ahí estaba! Profesor R. Faulkner. Materia cuántica. Llamó educadamente a la puerta y fue recompensado con un suave, «¡pase!».

El estudio apestaba a tabaco de pipa y Rick vio una en el escritorio al lado del profesor, ante sus papeles que confirmaba la fuente. Rick se excusó por su intrusión. «La verdad es que he venido por un impulso, no sabía quien podía ayudarme. Pero si está demasiado ocupado, profesor, vuelvo en otro momento».

Los duros ojos color verde se suavizaron y las arrugas a ambos lados de sus ojos enfatizaron su sonrisa.

«No, en absoluto. Por favor, dígame en que puedo ayudarle».

«Primero, me gustaría que me tomara en serio. Sé que es mucho pedir, pero debo advertirle que esta hablando con un ignorante total en lo que a física se refiere».

«¡Gracias a Dios! Ya tengo bastantes tontos pretenciosos a mi alrededor haciéndome perder el tiempo. Será una experiencia refrescante el tener una charla con alguien más racional».

«Quizás racionalidad es la última cosa que llevo conmigo, profesor».

«Vayamos al tema entonces, ¿de acuerdo?».

Rick se presentó, habló un poco sobre su investigación y se ciñó a los hechos que habían venido sucediéndole en los últimos meses desde que Gary le dio el colgante relicario.

«Así que ya ve, profesor, no puedo declarar al mundo que he estado viviendo en el Lindsey del siglo nueve. Más pronto que tarde me meterán en un manicomio».

«Querido, ¿está pidiendo que le crea?».

«Más aún, esperaba que pudiera darme algún tipo de explicación».

«El mundo de la física le ofrecerá un enorme abanico de teorías desde agujeros de gusano hasta universos paralelos, pero no podré explicarle lo que le pasó Dr. Hughes. Si es que sucedió. Que puedo decir, por si le sirve de ayuda, parafrasearé las palabras de mi colega de Oxford, David Marriner, quien dice, "No se pueden violar las leyes de la física. Ni se puede provocar un efecto ente los huecos entre las leyes de la física... er...», el luchó por recordar, «...no existen tales huecos. Si no la habilidad para crear algo nuevo que no se puede "explicar" por medio de las leyes de la física».

El profesor se reclinó sobre su asiento y cogió la pipa. Se la metió en la boca jugueteando con la cazoleta, escudriñando a Rick para observar el efecto que tenía en sus palabras.

«¿Me está diciendo que es posible viajar en el tiempo, profesor?».

«Sabemos a ciencia cierta que es posible, joven». Se sacó la pipa de la boca y le apuntó a Rick con la cánula para enfatizar su afirmación. Adelantarse al tiempo, eso es. Si viajas más rápido que la velocidad de la luz, teóricamente podrías regresar a la tierra más joven que tu gemelo. Ahora, hacia atrás no está teorizado aún».

«¿Cree que es posible?».

«Sabía que estaba ante algo catastrófico. ¿Puede explicármelo en términos sencillos, profesor?».

«¡Palabras! Supongamos que el universo no solo fuera estático y que no existiera el tiempo, si no que además no siguiera un camino que uno pudiera llamar historia. Solo hay 'Ahoras', instantes individuales como lugares en un paisaje».

«La mecánica cuántica hace que algunos sean más probables de experimentar que otros. De aquí se desprende una posibilidad distinta desde un enfoque perfectamente respetable sobre la unificación de la mecánica cuántica con la estructura interna intemporal de la relatividad general».

¿De que demonios está hablando?

«Mmmm. Es complicado, ¿pero está diciendo que el tiempo no existe?».

La pipa empezó a tirar humo hacia arriba y hacia abajo como como la batuta de un director de orquesta.

«Eso es exactamente lo que estoy diciendo. Eso nos muestra que la relatividad general es intemporal como la dinámica newtoniana lo sería si solo tienes en cuenta la dirección que siguen los cuerpos y no la velocidad. La historia en el universo de Einstein no es camino por el que uno pasa a cierta velocidad, es solo un camino. Es la completa eliminación del tiempo». Hizo una pausa para ver si Rick le estaba siguiendo. El filólogo fingió una inteligente expresión de estar entendiéndolo, pero el caso es que el profesor bien le podría haber hablado en chino que no hubiera habido mucha diferencia. «Sabemos que el tiempo es real a cierto nivel porque se puede manipular, estirar, encoger, sin embargo, estrictamente hablando, nunca vemos el tiempo. Sólo vemos lo que marcan los relojes. No hay contradicción entre la elasticidad de lo que marcan los relojes y la historia vista como un camino sin tiempo. Los relojes son parte del paisaje por el cual pasa la historia. Son hitos». Él mismo se rió de su metáfora.

«Debo parecerle muy ignorante profesor. Sé tan poco de física cuántica como cualquier persona de la calle. Pero lo que me acaba de contar encaja con una teoría que he estado desarrollando desde que me vi atrapado en... esta situación».

«¿Y cuál es?».

«Yo lo llamo renacimiento relativo. Creo que al reproducir una acción idéntica que hubiera hecho un antepasado tuyo podemos saltar a su ahora».

«Interesante. Dígame exactamente como ha logrado ese salto».

Rick describió las fases de viajar al pasado cuando vio la fisura en el aire, el profesor le interrumpió.

«No, no. ¡Eso no tiene sentido! La física cuántica no admite tal cosa. Quizá no sea de ese modo, podría ser su mente interpretándolo de esa manera, para entender lo que está pasando».

«¿Quiere decir que no hay fisura ni niebla, solo una ilusión?».

«Eso encajaría con lo que sabemos».

«Eso explicaría por qué pierdo el sentido cada vez que viajo. Quizás mi yo material es destruido y reconstruido».

«¡Exacto!». Creo que debemos realizar algunos experimentos si está usted dispuesto Dr. Hughes».

«Para ser sincero estoy encantado de tener a alguien de peso académico de mi lado».

«Si está interesado hay una conferencia el próximo lunes a las diez en punto titulada, "*Una posible solución para el problema del tiempo en la cosmología cuántica*". Está usted invitado a asistir como invitado mío, aunque me temo que será bastante técnica. Podría usted encontrarla interesante y después siempre hay un turno de preguntas para todos los asistentes. Mientras tanto, ambos tenemos mucho en que pensar».

«Hasta el lunes, profesor. Gracias por su tiempo».

Si alguien le hubiera preguntado a Rick que había visto el en el camino de vuelta hacia sus excavaciones o a qué hora había salido, se hubiera quedado en blanco sin saber que contestar. Caminaba como un autómata, centrado en sus pensamientos. Solía pensar que la ciencia se estaba quedando atrasada pero un día viajar en el tiempo sería tan normal como coger el autobús para ir al centro. Los planes que se había propuesto hacer después de ir al psiquiatra le estaban saliendo mejor de lo que se había imaginado. Gary había ido con él al siglo nueve y él estaba a punto de obtener una explicación científica para sus aventuras. Le quedaba informar y convencer a Esme de sus extraordinarias experiencias.

CAPÍTULO OCHO

CAMBRIDGE 2017 AD

Rick decidió sumergirse en su trabajo durante un día o dos como antídoto para su lucha mental causada por la física cuántica. También era conveniente posponer la tercera fase de su plan: sincerarse con Esme. ¿Cuántas veces había pensado en la mejor manera de explicárselo? Frustrado abandonó todas las posibles maneras de aproximarse a ella por ser inadecuadas. Así que fue una premonición que contestara el teléfono y viera su nombre en la pantalla. ¡Hoy sería el día! Se acababa el posponerlo.

«¡Esme te has levantado temprano este frio martes!».

«Pensé que ya era hora de que alguno de los dos hiciera un esfuerzo por que nos comunicáramos».

«Supongo que sé reconocer cuando alguien me regaña. Mira, ¿me perdonas si te invito al mejor café de Cambridge?».

«Suena bien, ¿Y dónde es eso?».

«La iglesia redonda de bridge Street, ¿la conoces?».

«¿Es la iglesia del santo sepulcro?».

«¡Solo los pedantes la llaman así!».

«Te estás ganando que te regañen, Rick».

El se rió por lo bajo y puso una voz artificialmente reconciliadora, «te estaría realmente agradecido si pudiéramos vernos allí en un cuarto de hora. Hay una excelente cafetería cerca».

«Lo sé, también hacen una excelente tarta de chocolate».

Rick imitó el gruñido de un cerdo y colgó el teléfono antes de que ella pudiera reaccionar.

El aire de la mañana era fresco así que Rick se alegraba de haberse puesto bufanda mientras caminaba hacia la iglesia del siglo XII. A él siempre le había gustado este edificio, una de las únicamente cuatro iglesias redondas de Inglaterra. No se detuvo esta mañana a admirar la arquitectura, el aire helado era testigo de ello. En vez de eso le dio un suave beso a Esme en la mejilla y la apresuró hacia el calor de la cafetería, que se encontraba a cosa de treinta pasos desde el lugar de adoración.

Tomaron un asiento junto a la ventana, pero la normalmente preciosa vista se veía oscurecida por la condensación del cristal.

«Que diferencia con la calle», dijo Rick, quitándose la bufanda y colocándola en el respaldo de su silla.

«Bueno, ¿en qué andabas tan ocupado que no podías ni siquiera llamar a los amigos?».

«¿Es eso lo que somos, Esme? ¿Amigos?».

Ella inclinó la cabeza y sonrió, con una coqueta expresión.

«O eso o soy la novia más abandonada de Cambridge».

«Lo siento, Esme, tienes razón y por eso te he pedido que vinieras hoy. Para explicártelo. Pero pidamos primero». Rick vio a un mesero.

«Me encantaría un trozo de su exquisita tarta de chocolate», le dijo Esme al mesero.

«Yo también pediré una y un capuchino. ¿Y tu Esme?».

«Yo también, por favor».

Cuando se terminaron la comida, Rick se reclinó en la silla

y miró e Esme. Esto debía hacerse bien, pero ¿por donde empezar? Mejor ir directamente al grano.

«¿Qué dirías si te dijera que estoy viendo un siquiatra?».

Su expresión le hizo lamentar inmediatamente haber usado semejante introducción.

«¿Por qué, ¿tienes algún problema? ¿ocurre algo malo con tu master?».

El se desabrochó el botón de la camisa, deseando que bajaran la calefacción. Hacía mucho calor en el abarrotado café.

«No, que va, nada de eso, pero lo que te voy a decir, va a hacer que te preguntes si estoy loco».

«Oh, cariño, Rick, ahora sí que me estas asustando». Sus ojos con forma de almendra se estrecharon hasta proporciones orientales y sus labios se apretaron.

Rick estiró el brazo sobre la mesa para cogerle la mano y la miró con sus ojos inundados de lágrimas.

«En cierta manera asusta, pero no soy un peligro para nadie si eso es lo que piensas. De hecho, es justamente lo contrario; espero poder salvar vidas».

«Rick, estás hablando como las adivinanzas sajonas que tanto te gustan».

En efecto, no había ninguna manera de poder contárselo todo sin parecer un loco, pero si no lo hacía, entonces sí que se volvería loco.

«¿Qué me dirías si te dijera que he viajado al pasado?, Quiero decir, físicamente, para visitar la Inglaterra del siglo noveno».

«Diría que estás intentando gastarme una broma o que realmente necesitas un siquiatra».

Rick todavía no le había soltado la mano. Ahora el la apretó y dijo, «Bien,no estoy bromeando. He viajado al año 870 AD».

Esme soltó la mano y miró fijamente a su novio.

«Oh, dios mío, no estás de broma, ¿verdad? ¿Entonces qué es lo quieres decirme exactamente?».

«Quiero contarte qué es lo que me está ocurriendo».

«Quieres decir que te estás volviendo loco y necesitas un siquiatra porque ves alucinaciones? ¡Puedo entender que te encante todo lo anglosajón, pero ir tan lejos como para creer que puedes viajar a esa era...! ¡Es absurdo, ridículo!».

La cosa iba peor de lo que Rick se temía. No sabía como ella iba a reaccionar, pero había esperado que lo hiciera de una manera más calmada y analítica. En vez de eso, había rabia; si definitivamente podía verla en sus ojos. Ella continuó. «Lamento que me tomes por tonta, Rick Hughes. Incluso un niño de primaria sabe que no existe tal cosa como el viaje en el tiempo. ¿Te has inventado esta excusa para descuidar nuestra relación? ¿hay algo más?».

«Baja la voz Esme, la gente está mirando».

«No te preocupes, me voy». Ella se levantó de la silla y salió del café.

Rick se puso las manos en la cabeza. No tenía ningún sentido ir tras ella. La llamaría más tarde cuando estuviera más calmada.

El problema con ese plan era que la había llamado seis veces y solo al sexto intento ella se dignó a contestar.

«¿Qué quieres?».

«Quería explicarte como he conseguido viajar en el tiempo».

«Escucha Rick, no me tomes por tonta. Al menos ten la decencia de cambiar de canción si es que quieres salvar nuestra relación».

«Esme, tu no lo comprendes».

«Es la primera cosa inteligente que has dicho».

«bien, escúchame. Fui a Lincolnshire a una recreación histórica, y fue entonces cuando...».

«Lo se», había cierta renuencia en su voz. «Viajaste al pasado. ¡Mira siento ser tan brusca, pero eres exasperante! Si has viajado al pasado, que no me lo he creído ni un momento, tráeme pruebas. Hasta entonces, creo que es mejor que no nos veamos. No te molestes en llamar».

Rick se quedó observando el teléfono en su mano y tragó saliva, sentándose en su sillón con amargura

¿Había sido torpe con la manera de contárselo? ¿De qué manera podría haber mencionado lo del viaje en el tiempo sin que eso le sonara a ella ridículo? ¿La habría perdido para siempre? El la quería y estaban hechos el uno para el otro, pero nunca se había sentido tan distanciado de ella. Se maldijo a sí mismo por su torpeza. Ella no le había dado ninguna oportunidad de mencionar a Gary. Incluso si conseguía que hablara con él, ¿sospecharía que era cosa de dos amigos inmaduros? Rick suspiro profundamente y cerró los ojos para poder pensar, pero lo único consiguió fue dormirse.

Cuando se despertó de golpe, tenía las ideas mas claras. Más que a Gary lo que le necesitaba era al profesor Faulkner para convencer a Esme. ¡Bien! Esa era la solución, pero espera... él tenía que convencer al profesor Faulkner sobre su viaje en el tiempo. De nuevo al punto de partida- ¿Qué podía hacer?

Durante los días siguientes, y a pesar de que le dijo que no la llamara, Rick trató de hablar con Esme por teléfono sin éxito. Al final decidió verla cara a cara así que fue a buscarla al laboratorio, pero sus compañeros de trabajo le dijeron que ella llevaba tres días sin aparecer por el departamento. Ellos le dijeron que no sabían el motivo y si el podía ir a su casa para comprobar que todo estuviera bien.

La casa, era una imitación del estilo tudor, que compartía con otras dos investigadoras, una química y una bióloga. Nadie contestaba a la puerta, así que él, en estado de pánico, marcó de nuevo su número. El escuchar el tono de llamada y que ella no le contestara no le ayudó precisamente a sentirse mejor. Rick la llamó de nuevo y ella no contestó. Miró el reloj digital de su teléfono, eran las 17:30. Se estaba haciendo tarde; seguramente una de sus compañeras volvería a casa pronto. Decidió esperar y para no levantar sospechas merodeando cerca de la puerta, decidió esperar en el portón de afuera apoyado contra la pared mientras leía un articulo en el móvil sobre la aliteración en inglés antiguo, cuando su paciencia fue recompensada.

«Perdona, ¿Por qué estás apoyado en nuestra pared?».

La cara ovalada y rosácea debido al frío le miraba bajo un gorro de lana y una bufanda.

«Oh, hola, soy Rick, el novio de Esme. Esperaba encontrarme con ella cuando viniera a casa».

«Me temo que eso no va a pasar».

«¿Perdona?».

«Tiene gripe. Vengo de la farmacia con medicinas para ella». Rick hizo una mueca. «Eso es muy raro, ella no me ha dicho nada. ¿Te ha dicho como está?» Ella frunció el ceño. «¿Cómo crees tú? Bastante mal. Espero no contagiarme. El año pasado me puse malísima».

«¿Crees que podría pasar a verla?».

La mujer parecía perpleja. «No creo que sea buena idea, por varias razones».

«No hemos discutido, si es lo que piensas», dijo Rick. «Pero no contesta al teléfono. De todas formas, gracias por tu ayuda...eh».

«Russell. Suzy Russell».

«Gracias de todos modos, Dra. Russell. Buenas noches».

Rick decidió que no tenía sentido llamar a Esme. Estaba claro que ella no quería saber nada de él y la gripe no le haría precisamente tener ganas de reconstruir su fallida relación. Con más que pensaba él sobre lo que había pasado, menos la culpaba. Intentó imaginar su reacción si hubiera sido al revés.

¡Esme pide algo de beber y me dice que ha estado en el siglo nueve! Seguro que hubiera pensado que estaba como una cabra y hubiera intentado hacerla entrar en razón. Pero Esme ni siquiera lo intentó. Solo me llamó absurdo y ridículo y se marchó.

Rick siguió reflexionando sobre qué es lo que el podría haber hecho mejor, y qué era lo que no, pero al final, le echó la culpa al temperamento de Esme. Ella ni siquiera le había dado una oportunidad. La única manera era demostrarle que ella estaba equivocada, o probárselo a sí mismo. Traerle una prueba sería algo imposible que contravenía los principios de la física. Él podía contar con un hecho tranquilizador; había vuelto más de una vez, así que era posible. «Todo lo que es posible, tiene explicación». Se dijo el a sí mismo frente al espejo del baño antes de frotarse la cara con agua para espabilarse un poco. Después de secarse la cara vigorosamente con una toalla el se sintió más decidido. *Dentro de tres días es la conferencia de física. Aprovecharé el tiempo leyendo sobre física cuántica en Internet.*

Se sentó delante de su computadora y tecleó en el buscador: "física cuántica, viaje en el tiempo". Para su sorpresa consiguió el enlace a diez páginas y empezó a teclear ávidamente, guardando artículos que le parecían prometedores y también marcando de favoritas varias paginas web. Cuando alcanzó las veinte paró. Mejor leer las que ya tenía.

Empezó con el primer articulo, pero después de leer solo unas líneas, la escritura se volvió azul, un enlace. Hizo clic en él para averiguar el significado del término. Era inútil, era demasiado complicado y de todas formas este enlace llevaba a otros. Nada, era sobre unas cajas chinas. Probaría con otro articulo más tarde. No podía concentrarse lo suficiente pensando en Esme.

Su teléfono pitó. ¡Un mensaje! Era de Esme y decía: *Deja de molestarme. Hemos acabado. Tan brutal como eso...* los pulgares de Rick se movían a toda velocidad por el teclado. No, no hemos acabado, ¡Te amo! Dame tiempo. Él dudó. ¿Escribiría ella más? ¿Mandaría el mensaje que había escrito? Pulsó la flecha de envío. Demasiado tarde, ya estaba hecho.

Su lectura sobre mecánica cuántica en el viaje en el tiempo le dio una pequeña base para la conferencia. Sabía que estaba con la soga al cuello, pero algo que había sacado en claro de sus lecturas era que muchos físicos tenían una mente abierta sobre el significado del tiempo y sobre su misma existencia. Rick empezó a tener ganas de que llegara el lunes por la mañana. A fin de cuentas, podría encontrar algunas respuestas a sus preguntas y a tener una manera de salvar su relación. Esme no había contestado su mensaje, pero él tampoco esperaba que lo hiciera.

CAPÍTULO NUEVE

CAMBRIDGE 2017 AD

Un yogur de frutas del bosque y una tostada de mermelada de arándanos seguido de un café expreso y Rick estaba listo para afrontar el domingo, pero no la física cuántica. Luchaba por comprenderla y harto de sentirse como un enano intelectual, se cansó. Se marchó a la habitación de los periódicos donde ojeó los números del año 2016 del Antiquaries Journal. Encontró un articulo que recordó usar para futuras consultas.

Cuando había visto este número por primera vez, no tenía ninguna razón de peso para leerlo, convencido como estaba de la falta de hallazgos en Little Carlton que dataran del siglo nueve debido a los ataques de los vikingos, Rick estaba decidido a estudiar ese periodo. De ahí que el pasar a al primera página, luego cogió otra copia del Journal hasta que el encontró lo que buscaba: *El campamento de invierno del gran ejército vikingo en Torksey 827-3 Lincolnshire.*

Con un gran rugido de satisfacción abrió su bloc de notas, lo dejo encima de la mesa junto a un bolígrafo y leyó las primeras páginas.

Los detectores de metales han descubierto miles de piezas del principio de la metalistería medieval temprana y monedas en seis campos del norte de la moderna Torksey, todos databan del final del siglo nueve. El campamento vikingo estaba situado al este del rio Trent, estratégicamente situado al sur de un cruce donde una carretera romana transcurría para unirse a Ermine Street cerca de Londres.

Contra más leía Rick, más interesado estaba y más paginas de su bloc de notas el llenaba. El repasaría sus notas cuando volviera a su habitación. Pero por ahora, tenía una foto fascinante en su cabeza de un campamento de invierno vikingo de 55 hectáreas. Un escalofrío le recorrió la columna cuando el pensó en Rinc y Esme quienes se encontraban a apenas setenta kilómetros al este del gran ejército vikingo.

Sentado cómodamente en su sillón una vez más, Rick cerró los ojos e imaginó la escena a orillas del río Trent en el año 872. El área del campamento vikingo yacía abierta hacia el río cuya orilla de suaves cuestas llevaba a tierras más altas que bajaban desde el este hasta las tierras pantanosas, haciéndola una isla. Fácil de defender, el punto estratégico que ofrecía desde donde se veían todas las tierras y el acceso al río Trent lo hacía atractivo para un ejército extranjero. Según los hallazgos, el pasó las páginas y encontró que la fuerza estimada de este ejército era de unos cinco mil guerreros. También había mujeres, porque entre los artefactos que se encontraron incluían objetos que se usaban para trabajos textiles.

Algo que había anotado preocupaba a Rick, pero ahora no lo encontraba. Repasó las paginas de nuevo. ¡Ahí! ¡Artefactos asociados con los anglosajones! ¿Qué quiere decir eso? ¿También hacían esclavos los vikingos? ¿Habían hecho esclavos allí?

Rick intentó quitarse de la cabeza ciertos pensamientos. No quería pensar que a Rinc y a Esme los cogieran como esclavos, o algo peor, que los mataran. Para quitarse este pensamiento de la cabeza decidió pensar en los nombres de los lugares. El campamento vikingo estaba localizado entre las ciudades de hoy en día de Torksey y Marton, un poco más al norte. El campo se extendía sobre una cuesta de unos diez metros de alto mientras Marton, caía hacia el norte. Seguramente era susceptible de haber estado inundado durante siglos, hasta que se reclamaron las tierras, de ahí el nombre en inglés antiguo *Mere-tun,* que significa "granja encharcada". Rick se sentía mucho más seguro tratando temas de su especialidad y suspiró cuando pensó en la física cuántica. Ahora, Torksey, ese vendría del inglés antiguo, *Turoc,* tendría sentido, "isla de suelo seco en el pantano.

¿Qué es lo que iba a hacer? ¿Cómo podría el abandonar a Rinc y a Esme a semejante destino? Frunció el entrecejo y sopesó la situación. Si pudiera volver al 871, todavía estaría a tiempo de advertirles. El maestro Alric, el amable ex prior, que no mataría ni una mosca, no era alguien que él deseaba abandonar a los saqueos de los norteños. Esto era más urgente que estudiar un master o intentar recuperar el cariño de Esme Drake. La decisión no admitía discusión. Se sentía obligado a regresar para intentar salvar a los habitantes del Little Carlton del siglo diecinueve. ¿Querría ir Gary con él? Esperaba que así fuera; contra más mejor. Pero primero, tenía que ir a la conferencia del día siguiente. Se levantó de la silla y fue de nuevo a su ordenador para estudiar física cuántica una vez más.

Después de pulsar una serie de enlaces, apretó los labios, frunció el ceño y se concentró. ¡Partículas de taquión! ¿Cómo no lo había averiguado antes? ¡Esa era la respuesta! Estas partículas eran capaces de moverse más rápido que la velocidad de la luz y si eso era cierto, entonces el viaje en el tiempo también era posible. Desde luego, estas tendrían que interactuar con una masa ordinaria. Su cuerpo. Pero, ¿Por qué no? Lo averiguaría mañana. ¿Por qué no? En un estado mental mucho más animado, Rick decidió salir por la tarde. Era hora de relajarse, así que sin haber decidido que hacer, caminó hasta la ciudad. Allí vio un poster anunciando una banda finesa, cuyo nombre Frigg, la diosa germánica, llamó su atención. Al acercarse a inspeccionarlo, descubrió que tocaban en Cambridge Juction esa noche. Eran un grupo de siete miembros que incluía a cuatro violinistas, un guitarra, un cistro, una mandolina y un contrabajo. El anuncio presumía: *"Posiblemente la banda más emocionante, edificante, desgarradora y que te hace bailar de todo el hemisferio norte. No te pierdas esta tormenta de saltos, giros y bluegrass"*. Sonaba divertido y era justo lo que necesitaba para olvidarse de campamentos vikingos, viaje en el tiempo y unos tales Esme Drake and Dip Phil.

Un paseo hasta la taquilla cruzando los dedos por que quedaran entradas. La joven mujer de la taquilla, una simpática jovencita, le pareció divertido que el preguntara por un descuento para estudiantes. ¿Es que parecía el viejo? En cualquier caso, no consiguió el descuento y pagó 18 libras. El concierto empezaba a las 19:30 así que cruzó la carretera hasta la fachada verde y amarilla del bar *The Earl of Derby* con sus coloridas canastas colgantes. Él mataría allí la hora que quedaba para que empezara el concierto.

Su ego estaba por los suelos por culpa de la chica de pelo marrón de la taquilla, pero fue recobrándose poco a poco. Mientras pedía una pinta de cerveza extrafría, tres mujeres jóvenes se sentaron a una mesa cerca de una estufa y se quedaron mirándole, dándose codazos y riéndose. ¡Asi que no era tan viejo al fin y al cabo! Ignoró los parpadeos de sus ojos pintados de rímel, y se dedicó a beber su cerveza. El concierto llegó a su cúspide con canciones vivas y pegadizas que hizo que siguiera el ritmo con el pie y volviera a casa de mejor humor.

A la mañana siguiente, Rick salió hacia el laboratorio Cavendish. Una vez en la puerta de entrada, leyó un poster en un caballete que indicaba el nombre de la conferencia.

"Una posible solución para el problema del tiempo en la cosmología cuántica', decía el cartel con la fecha del día y el lugar donde se celebraría. El auditorio Myers Squibb, departamento de química. No tenía ni idea de donde era, ni por qué la conferencia tenía lugar en el departamento de física. Así que el caminó a lo largo del pasillo con la intención de llamar a la puerta del despacho del profesor Faulkner. No hacía falta, se encontró cara a cara con el físico al doblar la esquina. El profesor se había quedado hablando con alguien, un colega, pensó Rick, ya que el hombre también vestía una bata de laboratorio. Esperó discretamente hasta que el profesor se dio cuenta de su presencia y Rick le sonrió tímidamente.

«¡Ah! Dr. Hughes, me alegro mucho de que haya podido venir. Enseguida estoy con usted».

Unos momentos más tarde, el profesor se unió a Rick y dijo, «¿Sabe Dr. Hughes? He pensado mucho en lo que hablamos y en lo que usted me contó. Al principio, mis instintos me decían que me olvidara del tema, pero contra más pensaba sobre ello, y créame, lo llevo metido en la cabeza toda la semana, más convencido estaba de que es algo que debemos examinar».

«Me alegra mucho oír eso, profesor».

«Déjeme advertirle una cosa, Dr. Hughes, sería mucho mejor si usted no dijera nada sobre esto en la conferencia de esta mañana, es más sensato que las preguntas sean tan generales como sea posible».

«Lo comprendo perfectamente. Podría resultar contraproducente».

«Exactamente. Deseo que consiga algunas respuestas de todas formas».

«Y yo también», dijo él en un tono tan sincero que el profesor le puso una mano en el hombro. «No se preocupe amigo mío, llegaremos al fondo de todo esto. ¡Y nos llevara al premio Nobel si conseguimos que la gente regrese en el tiempo!».

Rick miró fijamente a los ojos color verde claro del profesor y se preguntó si estaría bromeando. Pero optó por creer en la sinceridad del físico, dado el potencial de tal logro. ¿Y por que no? Él había viajado al pasado más de una vez.

«Hablando de tiempo, será mejor que nos vayamos ya o nos perderemos el principio de la conferencia».

El profesor guio a Rick hasta el estacionamiento y abrió un Audi A6 color azul oscuro.

«Está a un cuarto de hora de aquí», explicó mientras conducía por la M11 en dirección sur. Después de unas cuantas rotondas llegaron a su destino en Trumpington Road.

El conferenciante, el Profesor Arthur Leighton, del MIT, Instituto tecnológico de Massachusetts, impresionó a Rick con su sola presencia en el escenario. Él parecía como una partícula de energía dinámica la cual se estaba describiendo moviéndose de aquí para allí, pasando imágenes hacia delante y hacia atrás con su mando de control remoto. ¡Como deseaba Rick tener al menos cierto conocimiento de los símbolos matemáticos! Eso le ayudaría a concentrarse en el tema más que en el oscilante orador. El profesor, según el cartel de la conferencia tenía 59 años. El pelo color marrón claro le caía por los hombros, usaba unas gafas redondas de montura de metal sujetas por una nariz aguileña sobre una boca grande de sonrisa amable que le hacia parecer más joven de lo que en realidad era.

Cinco minutos en la conferencia y Rick estaba ya totalmente perdido. Se forzó a prestar atención cuando el académico anunció; "una versión cuántica del viaje en el tiempo requiere resolver las ecuaciones de la evolución del tiempo para los estados de densidad en la presencia de las cuevas temporales". Rick no entendía ni una palabra, pero para no olvidarlo, lo anotó en su bloc de notas. El profesor continuó mencionando la paradoja del abuelo que Rick había leído y determinó que no lo entendía.

Más ininteligibles ecuaciones en la pantalla gigante y referencias a conceptos tan desconcertantes como "el retrato de Schrödinger", que el profesor Faulkner estaba claro que entendía, a juzgar por como asentía con la cabeza, hacía que a Rick se le cerraran los ojos. Recobró la atención cuando el profesor Leighton declaró: "El viajero en el tiempo reentra en otro universo paralelo y el actual estado cuántico es una superposición cuántica donde el viajero en el tiempo existe y no existe a la vez". Rick tuvo que aguantarse las ganas de levantarse y gritar ¡Bravo! ¡Eso es exactamente! Creía que eso era lo que había pasado en Lincolnshire. Fue tal satisfacción que sintió Rick al oír esto que se perdió lo que dijo después el profesor porque sus pensamientos bloquearon todo lo demás. Lo compensó escribiendo palabra por palabra en su cuaderno lo que había comprendido.

Había pasado una hora y a Rick cada vez le resultaba mas difícil reprimir los bostezos. Sin embargo, su aburrimiento era solo superficial porque fluyendo bajo su superficie había una gran excitación: El conocimiento se encontraba tras una presa a punto de estallar. Más tarde podría hablar con el hombre que tenía las respuestas del misterio que rodeaba el viaje en el tiempo.

Tenía que ser paciente mientras las preguntas y respuestas se seguían sucediendo.

Rick se volvió hacia el profesor Faulkner y le preguntó, «¿Tengo que ponerme de pie cuando pregunte o mejor le pregunto en privado?».

El profesor se levantó y dijo, «¡venga conmigo!».

Ellos se disculparon por las molestias mientras se abrían paso como podían entre los irritados académicos hasta llegar al pasillo central.

El físico llevó a Rick hasta el final del salón y pasaron por un pasillo que recorría toda la longitud de la sala que ellos habían abandonado.

«Esperaremos aquí; Arthur vendrá en un minuto o dos, porque incluso su buena naturaleza va a ser puesta a prueba, ¿Ha oído las preguntas tan banales que le han hecho».

Rick no quería contestar ya que no estaba en posición de distinguir las preguntas interesantes de las banales. Murmuró algo sobre lo interesante que había sido la conferencia y fue recompensado con una sonrisa.

Cuando salió el académico estadounidense, el Profesor Faulkner se le acercó con una sonrisa alegre. «¡Bien hecho, Arthur! Una presentación esplendida, como siempre».

«¡Robin! Encantado de verte de nuevo, viejo amigo, ¿Cómo estás?».

El Profesor Leighton, quien había realizado su conferencia en un inglés perfecto, ahora su inglés tenía lagunas, Rick supuso que sería debido al cambio a un lenguaje más coloquial.

Después de las presentaciones de rigor, el científico de Cambridge presentó a Rick al investigador que tenía un especial interés en la cosmología cuántica. Rick se acobardó de citar la frase de memoria y recurrió a su fiable bloc de notas. El citó las palabras del profesor, y terminó. «Lo que el Profesor Faulkner no ha mencionado, Profesor, es que yo no soy físico, si no filólogo. Le agradecería muchísimo si me lo pudiera explicar como a un niño, explicándome estos conceptos con un lenguaje simple».

El estadounidense se rió. «¿La física cuántica en lenguaje simple, amigo? ¡Me está tomando el pelo! Pero bueno, lo haré lo mejor que pueda. Intente pensar en el universo de una nueva manera. Ellimine la idea de Einstein de una continua expansión del universo con una línea temporal cronológica. Rompa el tiempo y reemplázalo con una piel moteada de leopardo. Piense en cada mancha como en un lugar distinto, un Ahora diferente e imagine que puede viajar mas rápido que la velocidad de la luz para visitar una de esas manchas».

«¿Hacia el pasado?».

El estadounidense gruñó, su sonrisa fue reemplazada por una expresión agria. «¡Y ahí estamos otra vez, jovencito! ¿Qué tiene que ver el tiempo con nada? ¡Hacia atrás, hacia delante, da igual, el tiempo no existe! Hablamos de la desaparición del tiempo, hombre».

«¡Oh, lo siento! Ya veo lo que quiere decir. ¿Pero podemos visitar algo que en nuestro estado mental de presente nos resulte nuestro pasado?».

«Sin ningún genero de duda, hijo. Como he dicho en mi conferencia. ¡No tengas miedo de encontrarte a tu padre porque él no va a estar en el mismo universo!».

Rick no quería entrar a debatir sobre los universos paralelos. Con este ya tenía bastante por el momento. Él quería simples respuestas y creía que las estaba obteniendo así que se atrevió a hacer otra pregunta.

«¿Cree que algún día se podría lograr una superposición por medio de las partículas de taquión?».

«Ey, chico para ser un filólogo sí que haces preguntas difíciles». se volvió al profesor Faulkner, «Oye, Robin, ¿le has pagado a este chico para que me haga estas preguntas?». Él sonrió ampliamente y se volvió hacia Rick sin esperar respuesta. «Hay físicos que niegan la existencia de las partículas de taquión. Digamos que yo estoy trabajando en ese concepto, joven, pero tú ya lo sabías, ¿verdad?». Miró con perspicacia al profesor Faulkner quien puso su mejor cara de haber roto nunca un plato, mientras negaba con la cabeza.

Rick tendió la mano para chocarla con la huesuda mano del profesor, mientras escuchaba cono le crujían los huesos. «Gracias profesor, ha sido usted de gran ayuda».

«Un placer, joven, aunque me acabas de dar otro misterio por resolver».

«¿Perdone?».

«¡Si! Como ¿Por qué un filólogo está interesado en las partículas de taquión?». Su risa hizo eco en el estrecho pasillo.

«Quizás es algo que le explicaré en 1959, Profesor».

El científico miró intrigado a Rick durante unos instantes y entonces dijo con una estruendosa risa, «¡Ah! Tal vez, joven».

CAPÍTULO DIEZ

CAMBRIDGE, 2017 AD

«Hola, ¿sí? Oh, ¡Hola! ¿Por qué no? Te llamaré tan pronto como pueda».

Rick colgó el teléfono y observó aturdido. ¡No había esperado esa respuesta! Miró su reloj para decidir si era el momento correcto para contactar con Gary. A las 9.15, su amigo ya debería estar en el trabajo. Fue a sus contactos favoritos y pulsó el número de Gary.

«¡Hola, viejo amigo!». El tono boyante animó a Rick.

«Adivina quien me acaba de llamar».

«Me rindo, a no ser que la respuesta tenga premio».

Rick estaba como loco. «¡Pues parece que te ha tocado uno! Me acaba de llamar un profesor de Física, nada menos que el Profesor Faulkner por teléfono».

«¡Vaya!, estoy impresionado! ¿Qué quería? ¡Como si no lo supiera!».

«Exacto. Está interesado en el viaje en el tiempo y quiere venir a Little Carlton esta semana para verlo por si mismo. ¿Te apuntas?».

«¡Alto! ¿Qué dices? ¿Quieres que vuelva a viajar en el tiempo para complacer a un científico?».

«¡Vamos, Gary! No es solamente eso. Piensa en lo famosos que seremos cuando pasemos a la historia como los primeros viajeros en el tiempo. Ya sabes, como Aldrin y Armstrong del siglo veinte. ¡Un pequeño paso para el hombre...ya sabes el resto! Además, tenemos que salvar vidas».

«¿Qué?».

«Sí, pero te lo explicaré más tarde, ¿Qué me dices? ¿Te apuntas?».

«Está bien, cuenta conmigo».

<¡Muy bien! Nos vemos directamente en Little Carlton. Voy en el Audi del Profesor Robin».

«¡Huh! ¿Se llama Robin?».

«Verás que nos va a ser muy útil. Te gustará. Nos vemos el sábado después de comer».

«Allí estaré».

Rick dejó el teléfono apoyado en el brazo de su sillón para pensar en su próximo movimiento. En realidad, sabía qué era lo siguiente que iba a hacer, pero necesitaba reunir el coraje para llevarlo a cabo. Abrió de nuevo sus contactos favoritos para llamar a Esme y respiró aliviado al ver que ella contestaba inmediatamente.

«¡Hola, soy Rick!».

«¡Lo sé!».

«Ya, claro. ¿Cómo estás Esme? Bien, yo también. Escucha, ¿Recuerdas cuando me dijiste que te llamara cuando tuviera pruebas de que he viajado en el tiempo... ¡no cuelgues! Déjame acabar!, ahora las tengo». Le explicó lo de la conferencia y el subsecuente interés del eminente físico y concluyó de manera triunfal. «El profesor Faulkner va a venir este sábado para verlo por él mismo. Hay espacio de sobra en el coche para ti también, si quieres venir».

El silencio al otro lado del teléfono le hizo dudar de si ella había colgado el teléfono. «No me voy a vestir de sajona, te lo digo».

Rick rió entre dientes aliviado. «No tienes que hacerlo. Tú no vas a viajar, solo quédate con el profesor Faulkner hasta que nosotros volvamos».

«¿Nosotros?».

«Sí, estabas tan enfadada conmigo, que no me diste oportunidad de decirte que Gary ya ha venido conmigo al 870».

«¡Me estás tomando el pelo!».

«¿Crees que me arriesgaría a perderte por una broma? Te juro que te estoy contando la verdad y el sábado lo verás. ¡Supongo que me creerás cuando lo veas con tus propios ojos!».

Su conversación duró otros veinte minutos y cuando Esme la finalizó, Rick sonrió, besó su teléfono móvil y dejo que todo el alivio que sentía fluyera por dentro de él mientras se sentaba en su cómodo sillón. Un día el se casaría con Esme Drake si podía salir indemne de su aventura. Rick cerró los ojos y empezó repasar los peligros con los que el se encontraría cuando volviera al siglo nueve. El principal era el riesgo de no poder volver a su tiempo. En ese caso, dejarían de sonar las campanas de boda y la oportunidad de convertirse en un Neil Armstrong de nuestros días. Pero era demasiado tarde para echarse atrás, ahora había demasiada gente involucrada.

El sábado por la mañana Esme se estaba secando el pelo en el baño, después de darse una ducha, se preguntó por que ella habría accedido. También pensó en qué ponerse. Nunca había tenido que pensar en qué ponerse para ir a unos campos traicioneros de Lincolnshire, así que decidió ser práctica y optó por unos pantalones ceñidos de cuero negro y unas botas negras del mismo material. Un suéter gris elástico bajo una chaqueta de aviador completó su vestimenta. Ella se sentó frente a un espejo y se pintó los labios, antes decidir sobre los accesorios. Eligió entre sus pendientes hasta que dudó entre dos aros plateados o su favorita reproducción anglosajona de unos colgantes de oro. Los primeros le gustaban más, pero los segundos eran más apropiados para la ocasión, además de que eran los que ella llevaba puestos cuando conoció a Rick.

Sonrió al verse en el espejo e inclinó la cabeza en ambas direcciones. La sonrisa era debida a que ella pensaba en Rick. ¿De verdad habría podido viajar en el tiempo como él estaba claramente convencido, o habría otra explicación tal y como ella imaginaba? Si algo esperaba de este día, era una prueba clara de una de las dos cosas para que ambos pudieran volver a la normalidad. Tenía que admitir lo que sentía por él. Nunca había estado con nadie con quien se sintiera tan bien estando juntos. Eso era así hasta que apareció el asunto del viaje en el tiempo. Sólo de pensarlo, apretó los labios y frunció el entrecejo. Había llegado el momento de tomarse un zumo de naranja recién exprimido. Su extravagante compra de un exprimidor era algo de lo que ella nunca se arrepentiría, la calidad costaba dinero.

Descansada y feliz ante la perspectiva de ver a Rick, se dirigió a pie hasta el laboratorio Cavendish, donde su novio, vestido de sajón, la recogió en el estacionamiento.

«Un diez en puntualidad». La saludo él. «Profesor Faulkner, esta es la Dra. Drake, arqueóloga».

«Encantado de conocerle, Profesor. ¿Qué piensas de todo esto?"

«Veo que estás muy lejos de estar convencida, pero démosle una oportunidad a Rick».

Rick sonrió y abrió la puerta para que Esme se sentara en el asiento trasero.

«¡Ya lo verán hombres de poca fe!». Cerró la puerta del coche y dio la vuelta para sentarse en el asiento del copiloto antes de que ella pudiera responder.

Cuando llegaron a su destino, Gary, también vestido de sajón les esperaba. Después de las presentaciones, el grupo se dirigió hacia el punto en el que Rick viajaba en el tiempo. El profesor Faulkner, estaba ocupado con su videocámara, intentando capturar lo que esperaba fuera un hito histórico.

Llegaron al lugar indicado por Rick, quien, con voz nerviosa, dijo, «¿Preparado Gary? Toma el brazalete». En ese mismo momento metió la mano en su túnica y cogió su colgante mientras Esme, en un gesto inconsciente, se apartó el pelo de la cara, sujetándolo detrás de una oreja, tocando uno de sus pendientes inadvertidamente.

Para su sorpresa, el aire a su alrededor se transformó en una densa niebla y ante sus incrédulos ojos apareció una grieta, abriéndose. Ella miró primero a Rick, y entonces Gary pasó por la grieta a la firme hierba del otro lado. No hubo tiempo para reflexionar porque ella cayó sin sentido a la hierba.

Tras ellos, cámara en mano, el profesor Faulkner apartó la vista de la videocámara y pestañeó. ¿Estaba soñando? Un momento, los tres jóvenes estaban al alcance de su vista, y de pronto habían desaparecido. El nunca había entendido la expresión "desvanecerse en el aire", pero si alguna vez esa expresión había tenido sentido era ahora...caminó unos pasos para inspeccionar la hierba donde habían estado hace un momento, ¡nada! Caminó subiendo la cuesta para una mejor inspección, pero no los veía por ninguna parte. Era algo impensable, simplemente habían desparecido, ¡a menos...!

¡Que hubieran viajado a otra dimensión! ¡No! ¡Imposible!

Dejó de grabar con la cámara y rebobino el aparato para estudiar las imágenes. Después de sacarle brillo a la pantalla para ver mejor las imágenes, jadeó al ver tres formas sólidas, claramente dentro de la imagen, desaparecer prácticamente sin que se hubiera dado cuenta. El profesor cortó la transmisión y la estudió de nuevo.

En la segunda visualización, se dio cuenta de algo que no habría logrado ver la primera vez. *¡Oh, dios mío!* En el momento exacto en que los tres amigos se desvanecieron la cámara pareció registrar una ondulación en el aire. Era tan ligera que el no la había visto la primera vez. Volvió a pasar la imagen de nuevo, para volverlo a comprobar, y sí, había una onda inconfundible como la neblina cuando se posa sobre el asfalto en un día de calor cuando estas conduciendo. «¡No puede ser!», dijo el en voz alta a los despreocupados que sobrevolaban el campo.

Con pies de plomo el físico se metió en el coche, en parte por la sensación de soledad de este desolado paraje y en parte por la insatisfacción con la grabación como prueba de viaje en el tiempo. ¿Qué probaba eso? ¡Nada!, solo era una grabación de tres personas que desaparecían. Cualquier espectador escéptico le acusaría de editar el video para cometer un fraude. Sentado en el coche reflexionó. Lo que acababa de observar era algo transcendental y concordaba con lo que le había contado Rick. Sin embargo, incrédulo como era, el profesor no podía negar que tres humanos normales se habían desvanecido ante sus ojos. Tenía la grabación para demostrarlo. El profesor cogió la videocámara y volvió a repetir las imágenes varias veces más, pero no logró descubrir ninguna cosa nueva aparte de lo que ya sabia.

El se reclinó contra el asiento en el respaldo del asiento del conductor y cerró los ojos para meditar. No había nada que pudiera hacer; estaba allí y esperaría. No era ningún historiador, pero sabía que el siglo nueve era una época peligrosa y ahí era donde ellos se habían ido. ¿Volvería a verlos otra vez? ¿Y cuales serían las consecuencias si no los volvía a ver? Seguro que alguien les echaría de menos, y ellos seguramente le habrían mencionado su nombre a alguien. Entonces habría una investigación policial y el escándalo sería inevitable. ¿Quién iba a dejarse convencer por una teoría sobre un viaje en el tiempo que él apenas creía?, ¡Pero que Dios era testigo de que era cierta!

Cuando Esme recobró la consciencia, se encontró a si misma mirando a Rick con cara de preocupación. Él se estaba agachando ante ella mientras le apartaba el pelo de la frente.

«¿Estás bien, amor mío?», la besó en la frente con el más tierno de los besos.

Ella sonrió, se sentía mareada. «E...eso creo».

Rick la miró intrigado. «No entiendo cómo has llegado aquí. No llevas ningún objeto anglosajón. No deberías estar aquí. Estos objetos actúan como llaves».

«En cierta manera, sí que llevo uno».

«¿Qué quieres decir?».

«Cuando esa puerta se abrió, estaba tocando esto», colocó un dedo en el pendiente. «Es una reproducción de joyería anglosajona».

«Seguro que no es por eso...».

Pero el oído de un quejido le hizo parar, su expresión se volvió preocupada una vez más cuando fue a ver a Gary quien estaba muy pálido y confuso.

«¿Estás bien amigo?».

Rick colocó un brazo detrás de su amigo y le ayudo a incorporarse.

«Esme esta aquí», dijo él, «ella ha pasado con una reproducción de unos pendientes».

Esme miró a Rick, cuyo tono le sorprendió pues sonaba acusatorio. ¿Y qué? Eran reproducciones, pero ella no se había auto invitado. Entonces se puso en pie, pero sus rodillas amenazaban ceder ante su peso, aunque ahora tenía la cabeza despejada. Así podría volver hasta el coche donde tenía una botella de medio litro de agua mineral dentro de su mochila. Ella empezó a bajar por la cuesta.

«¡Eh, no es por ahí! ¿Dónde crees que vas?».

«Me vuelvo al coche».

«¡No hay coches en el siglo nueve Lindsey!».

Esme miró a su alrededor con los ojos abiertos como platos. ¿Que era diferente? No había ningún seto al pie del campo, más hacia delante, la hierba era húmeda y aguada, ¡un pantano! No había ni rastro del profesor ni de su coche. ¿Cómo era posible? ¿Sería posible que Rick le hubiera estado contando la verdad todo el tiempo?

Cuando ella se dio la vuelta Rick estaba ayudando a Gary a ponerse en pie. Ella caminó hacia ellos. «¡Ustedes dos, díganme la verdad! ¿Estamos en el siglo nueve?».

CAPÍTULO ONCE

LITTLE CARLTON, 871 AD

«Escúchame, estamos en el siglo nueve. No puedes entrar en el pueblo como si nada. Nadie habla tu idioma. ¿Qué pasa si te acusan de brujería porque todos tenemos un doble aquí? O te podrían raptar y venderte como esclava o matarte por espía».

«Maldita sea Rick, si es así de malo como dices, ¿Por qué me has traído aquí?». Gary le desafió. «Podrías haber traído una pistola o algo».

«¿Una pistola Gary? Antes de que pudieras ni siquiera apuntar, una flecha te derribaría desde lejos».

«¡Oh, genial! Debe haber algo en lo que somos mejores que ellos».

«¿Sabes sembrar un campo o hacer la matanza porcina? No hay electricidad, ya sabes. Es un choque cultural».

Rick sonrió cuando vio que Esme estaba comprobando su teléfono móvil.

«¿Así que aún no me crees cuando te digo que estamos en el siglo nueve?».

Ella se puso roja y murmuró. «No hay señal. Tienes razón. Pero Rick, ¿es tan peligroso como dices?».

«Encarándolo inequivocadamente, sí. Casi me matan la primera vez que vine, pero cuando tracé un plan y funcionó, ha sido bastante seguro, pero es muy importante que hagas lo que yo te diga».

Miró a Gary con cara elocuente.

«¡Muy bien, oh poderoso líder!».

«Deja que te explique. Me aceptaron gracias a lo que sé del futuro y a mi dominio del inglés antiguo, les he hecho creer que soy un profeta y esperé hasta que se cumplieron mis predicciones. Entonces, convencí a un libreo que me tomara como ayudante. Mis estudios has resultado ser muy valiosos y me han recibido con los brazos abiertos».

«¿Un profeta? ¡Cuando volvamos a casa vas a hacer algunas apuestas en mi nombre!».

«Muy gracioso. De todas formas, le diré al maestro Alric que tengo dos amigos que vienen de una tierra lejana y que necesitan comida y cobijo. Tendrán que mostrarse útiles».

«¿Cómo, matando cerdos?».

«Estoy segura de que podemos contribuir con algo», dijo Esme.

«Siempre me han encantado los techos de paja».

«Ese es el espíritu. Ahora, me marcho al pueblo. Ustedes esperen aquí. Volveré después del anochecer. No den vueltas por ahí. Es vital que no los vea nadie».

«¿Cómo vas a encontrar el camino de vuelta en la oscuridad?», preguntó Esme, tan práctica como siempre. «Estará tan oscuro como una cueva. No hay contaminación lumínica en el siglo nueve».

«Usaré la linterna de mi teléfono, tengo la batería al 97 % aún».

«¿Qué diablos se supone que debemos hacer hasta que vuelvas?».

«Bueno, amigo. Puedes conocer a Esme. No se habían visto hasta hoy».

«Puedo contarle tus defectos, Rick. Eso me llevará unas cuantas horas».

Esme se rió, «¡Que idea más buena! Te sigo, amigo mío. Tenemos mucho de que hablar».

Rick frunció el entrecejo, se rascó la parte de atrás de la cabeza, se encogió de hombros y miró a Gary mientras se reía sarcásticamente y lo apuraba.

La natural curiosidad llevó a Esme a preguntarle a Gary sobre el pasado de Rick. Para su sorpresa, ella le conocía bien, porque a pesar de su enfado de antes, el resultaba ser un amigo muy leal y una influencia muy positiva, ella vio como se confirmaba todo lo que sabía de él. Cuando ya no les quedó por hablar nada más sobre el asunto, se pusieron a hablar de su situación actual.

«¿De que sirve un jefe de ventas en el siglo nueve Lindsey? No sé luchar y no tengo ninguna habilidad especial. No sé calzar un caballo u ordeñar una vaca ¿Para qué me sirven mis conocimientos de aeronáutica, de motores a gas y de ametralladoras? La verdad es que no sé como funcionan, solo lo que hacen».

«Tienes razón sobre que tener un conocimiento básico sobre un principio científico no significa que podamos construir esas cosas. Incluso un ingeniero cualificado tendría problemas aquí. No olvides que todos los inventos están basados en inventos anteriores, y pasaron cientos de años antes de que se pudieran fabricar esas cosas. Pero estoy segura de que podemos ponernos manos a la obra con algo útil para este pueblo».

«Sí, tienes razón».

Hubo un largo silencio mientras ambos pensaban en sus

circunstancias hasta que Gary dijo. «Es culpa mía de que estemos aquí, ¿sabes?».

«¿Y como es eso?».

«Trabajo de detectorista. Estaba trabajando en un campo de grano cuando encontré mi primera pluma. Era plateada, ¿sabes?». Su frente se arrugó al venirle un pensamiento a la cabeza.

«¡Claro! Rick me habló de un bibliotecario. ¡Seguro que esa pluma era suya!».

«¿Fuiste tu quien le dio ese colgante relicario, ¿verdad? Yo lo examiné. También conocí a Rick gracias a ti». Ella sonrió y parecía feliz por primera vez desde que se habían sentado en la hierba. Pero entonces empezó a temblar.

«¡Estás fría! ¡Cada vez hace más frío! Espero que Rick ya no tarde mucho. ¿A que hora amanece en esta época del año?».

«Supongo que aún faltan un par de horas». Ella sacó su teléfono móvil y comprobó la hora. «Las 18:08. ¿Ayer no se hizo de noche a las ocho en punto?».

«Un poco más temprano porque fui a comprar a la tienda de la esquina. Abren hasta las diez en punto, ¡lo que es muy útil! Salí una media hora antes del partido de la Champions League y ya era de noche entonces».

«Bien, en el peor de los casos, Rick debería estar aquí dentro de noventa minutos».

A Esme le importaba poco el futbol, sin embargo, preguntó por el partido, para mantener a Gary contento y distraído. Dadas las circunstancias en las que se encontraban. Razonó que sería muy fácil caer en la depresión. Después de hablar un poco de futbol, ella le pidió que le contara cosas sobre su trabajo de detector de metales y aquí sus intereses si coincidían, Esme le insistió para que le describiera algunos de los artefactos que había sacado a la luz, a cambio, ella le explicó las mejores técnicas de conservación e hizo algunos comentarios sobre el periodo.

Eso también le ayudó a ella a olvidarse del frío, que con el paso del tiempo iba a peor al encontrarse tan cerca de un pantano. El aire helado era húmedo y calaba hasta los huesos.

«¡Mira», silbó Gary! «¿No es ese?».

«¡Una luz, sí! ¡Ya viene!».

Rick les alumbró con la linterna del móvil en la cara. «¿Están bien? Hace frío, ¿verdad?».

«Y que lo digas».

«¡Prefiero no saberlo!».

Rick cogió a Gary de la mano y el ayudó a levantarse. Le tendió la mano también a Esme, pero ella la apartó y habló. «Rick, tenemos que entrar en algún interior, me estoy congelando, ¿esta todo despejado?».

«Más o menos», dijo él. «No hay problema. ¡Vamos!».

Esme y Gary permanecieron observando las estrellas. Ninguno de ellos había visto una noche tan perfecta sin estar comprometida por el alumbrado de la calle. El cielo parecía estar más bajo y más brillante. ¡Una maravilla! Estaba tan oscuro que estaban desorientados, pero Rick, quien había venido desde el pueblo y los guiaba con seguridad.

«Ve más despacio, Rick», suplicó Esme mientras ella iba dando tumbos entre hierbajos, con los ojos fijos en el resplandor de la linterna del teléfono.

«Lo siento, pero contra más pronto volvamos, será mejor... vayan tan deprisa como puedan. Toma mi brazo». Ella obedeció gustosamente y ahora caminaba a la luz de la linterna. Era más fácil y además disfrutaba del calor que le transmitía Rick, ahora se sentía segura. Sonrió al oír a Gary maldecir durante el camino hacia el asentamiento. Al empinarse el suelo, ellos quedaban más expuestos a la brisa, pero esta llevaba impregnada el alentador olor a madera quemada. A diferencia de en su propio tiempo, el pueblo no tenía luces en las calles y muy pocas casas tenían las ventanas iluminadas. Esme notó el resplandor amarillo de lo que podía haber sido la luz de una vela desde uno de los edificios.

«Afortunadamente...», dijo Rick, «...el Scriptorium está al final del pueblo, es lo que tenemos más cerca. Ya casi llegamos». Desató su brazo del de Esme y se lo pasó alrededor del cuello, notando como ella temblaba y la apretó contra sí.

Algunos momentos más tarde vieron el contorno oscuro de un edificio que tenían delante suyo y Rick apuntó con la linterna revelando una puerta. «Tengo que apagarlo. No queremos asustar a los monjes con magia. ¿Creen que podrán llegar hasta la puerta?».

Gary entró primero.

«¿Llamo o qué?».

«¡No!». Susurró Rick con urgencia en la voz. «Nos esperan... solo que no todo el mundo. Abre la puerta Gary».

Cuando la hubo abierto, Esme se dirigió hacia la rendija de luz amarilla y se deslizó al interior tras su nuevo amigo. Rick entró el último.

«Así que estos son tus compañeros». El maestro Alric se levantó de un barril en que el estaba sentado para saludarles, pero no entendía su extraña lengua.

Rick contestó en la misma lengua incomprensible, aunque a Esme algunas palabras le parecieron familiares. Ella dio un paso al frente y sonrió, mientras le extendía la mano. El viejo monje se quedó perplejo, pero entonces inesperadamente subió su mano hasta sus labios y entonces la dejó caer.

«Esme, las mujeres no dan la mano. No es la costumbre. Los nobles esperan que les beses la mano», dijo Rick.

«Oh, lo siento. Por favor perdóneme eh...».

«Maestro Alric».

Al oír su nombre, el ex prior sonrió y se inclinó antes Esme.

Todo lo que a ella se le ocurrió fue hacer una reverencia lo que le granjeó una sonrisa. El hombre mayor hizo un gesto hacia ella con un torrente de palabras.

Esme con expresión de sorpresa se giró hacia Rick. «¿Qué dice?».

«Dijo que debes de tener mucho frío y que hará que nos den algo de sopa para comer si le seguimos».

«¡Oh, sí, por favor!».

El hombre de pelo blanco sonrió amablemente y los llevó hacia la puerta de enfrente que daba a una habitación en la que había un fuego abrasador y mesas de madera y sillas.

Esme se apresuró hacia la chimenea, extendió sus manos y se secó ante el fuego. Ella empezó a temblar debido al contraste con el frío que había afuera. Eso le hizo estornudar tres veces en una rápida sucesión.

«¡Que Dios te bendiga!», dijo Gary, quien se había unido a ella y estaba calentándose y frotándose la espalda en la región de sus riñones.

Su huésped había desaparecido, pero no los jóvenes que entraron en la habitación llevando unas bandejas. Ellos observaron con los ojos abiertos colocando platos a los recién llegados y a menos que ella estuviera equivocada, con miedo en los ojos. Los chicos dejaron tres cuencos humeantes encima de una mesa y colocaron unas cucharas de madera al lado suyo. Siguieron un matraz y unos vasos. Rick habló en un tono tranquilizador con los sirvientes y alborotó el pelo con su mano del que estaba más cerca para ganarse una amplia sonrisa de los muchachos antes de que estos salieran, dejándoles a solas.

«Sopa de anguila, a menos que me equivoque», les dijo Rick. «Al ataque, no tienen escasez de anguilas frescas por aquí». La sopa, no solo porque estaban helados de frío, estaba deliciosa. Esme sabía que el cocinero había añadido hierbas a las zanahorias y cebollas, pero no podía identificarlas. Con cada minuto que pasaba su estado de ánimo subía y ella sintió cómo la fuerza volvía a sus huesos calentados. Una buena noche de sueño y ella podría disfrutar del siglo nueve.

Mientras yacía en la cama, su gratitud por la caliente piel de oveja que la protegía y el confort de su colchón y almohada hizo que sus ojos se le llenaran de lágrimas. Ella se había temido lo peor ahí fuera en el banco. Ahora su única preocupación era el poder maquillarse por la mañana. No había espejo. ¿La encontraría Rick tan atractiva como siempre?

En la habitación de la puerta de al lado, Rick estaba interrogando a Gary sobre su opinión sobre Esme. Entre quejidos sobre lo incómodo que era su colchón de paja, el informó a su amigo que era indigno de criatura tan perfecta. Rick gruñó y dijo, «ve a dormir; mañana tienes que enfrentarte a la vida en el siglo nueve».

La dura realidad le alcanzó inmediatamente. Esme buscó un inodoro, pero claro un inodoro con agua es una invención moderna. Buscó bajo su cama y encontró un contenedor. Al no tener más alternativa... La operación concluyó, el siguiente problema era la falta de papel. ¿No sabe esta gente nada sobre higiene? Desde luego que no. Ella se las arregló con el agua de una jarra y se lavó las manos en un cuenco. No se culpó a si misma por no traer la pasta de dientes. El plan original era que ella esperaría con el simpático profesor. Esme entró a toda prisa en el pasillo. Exasperada, tocó a la puerta de Gary. Rick contestó, tenía ojos de tener sueño.

«¿Qué pasa?».

«¡Que pasa! ¡No hay jabón ni pasta de dientes y no hay inodoro! ¿Qué se supone que tengo que hacer con este desastre? No me puedo quedar en mi habitación».

«No te preocupes ahora iremos con Gary al vertedero, le hará bien». Dijo el con un brillo de venganza en los ojos.

«¿Cómo se supone que me voy a lavarme los dientes?».

«Luego le preguntaremos a una de las mujeres. Ellas te enseñarán. Creo que usan lino áspero con saliva y sal. Te acostumbrarás».

Esme golpeó a Rick en el pecho. «¡Imbécil! Sabías que íbamos a venir podrías haber traído pasta de dientes».

«Sí, pero no sabía que iba a traer una niña llorona».

«Ojalá no me hayas traído. ¡Me quiero ir a casa!».

«Te llevaré tan pronto como resuelva un par de asuntos urgentes, te lo prometo».

«¿Y cuánto vas a tardar, Rick Hughes?».

«Lo que me cueste solucionarlo», se encogió de hombros.

La peste del vertedero dejó a Rick aguantando las protestas de los dos. *¡Y pensar que quería traérmelos conmigo!* Pero entonces se dio cuenta de lo feliz que era tenerles con él. Tenía fe en que Esme se adaptaría, pero Gary era un quejica integral, cuando no era el más payaso del mundo.

«John Harrington es mi héroe», dijo Rick cuando volvían del vertedero.

«¿Quién?».

El tipo que inventó el inodoro con sistema de evacuación por agua en el siglo dieciséis».

Rick se detuvo.

«¿De verdad pasaron otros seiscientos años antes de que a nadie se le ocurriera eso?».

«No veo por que Esme no puede llevar sus propios desperdicios al vertedero. Creía que los arqueólogos eran expertos estudiando pozos de desechos».

«Ya está saliendo a relucir el caballero que hay en ti una vez más».

«Bueno, está bien. ¿Cuál es el plan para hoy?».

«Me vuelvo al Scriptorium. Tú y Esme tienen que encontrar algo en que mantenerse ocupados. Necesito unos días para poner en marcha mi plan».

«¿Qué plan?».

«Tan pronto como esté listo, se lo contaré a los dos».

«¡Oh, gracias, poderoso señor y maestro!».

Ellos se separaron de esta guisa y Rick no vio a ninguno de sus amigos hasta la hora de la cena. Cuando se sentaron juntos a la mesa, bebiendo grandes tragos de cerveza del cuerpo entero de los monjes, Rick estaba intrigado por saber qué era lo que habían estado haciendo durante el día. No había forma de frenar el entusiasmo de Gary.

«Me he hecho aprendiz de fabricante de pergaminos. He conocido al maestro Drew, y me ha aceptado, está a cargo de la fabricación de pergaminos. Primero, seleccionas una piel apropiada del almacén. Ellos la conservan en sal, entonces la sumergen en zumo de limón, que le hace perder todo el pelo después de tres días en esta solución. Entonces estiras la piel en un marco para poder raspar la parte de la carne con un cuchillo redondeado especial. Es más fácil hacerlo de lo que parece...», hizo una pausa para tomar un largo trago de cerveza, mientras Rick y Esme intercambiaban una sonrisa al ver su entusiasmo. «...una vez limpio, se deja a secar durante al menos medio día. Les digo chicos, llegados a este punto el pergamino es una maravilla, esta limpísimo y suave, listo para usar, ¡o casi! Tenemos que frotarlo con arena para alcanzar ya la perfección».

«Gary, parece que has encontrado una ocupación», sonrió Rick. «Además una muy útil ¿Van a conservarte con ellos?».

«El maestro Drew, es ese de allí, el tipo calvo con esa frondosa barba, dice que se me da muy bien y me dijo que volviera mañana. Al menos eso es lo que creo que dijo, nos comunicábamos por lenguaje de signos, gestos con la cabeza y sonrisas, así que supongo que me ha aceptado».

«¿Y tú, Esme?, ¿Cómo te ha ido el día?».

«Rick no puedo creer lo afortunados que somos de estar

aquí en el siglo nueve y ver como vivía la gente y como era el mundo antes de que la industrialización lo estropeara. La fauna es increíble. Solo hoy he visto tantas aves de presa que, seguro que este lugar debe estar hasta los topes, podemos dar un paseo».

«¡Aún no!», Rick cortó bruscamente.

«Aparte de eso he hecho amistad con la señora Osythe. ¡Al principio creí que ella había dicho avestruz!». Rio ella. «Como Gary, voy poco a poco, pero voy cogiendo una palabra de aquí y otra de allí. ¡En unos pocos mese podré hablar con ella!»..

«Conociéndote habrás estado más que hablando».

Esme confesó, «he empezado a aprender a fabricar jabón».

«¡Jabón! ¡Qué buena idea!».

«Sabía que no te parecería bien».

«¿Por qué no? La higiene es muy importante».

«Porque la lejía es una substancia volátil. Tendré que usarla fuera de las casas donde no haya niños o animales cerca».

«¿Qué es lejía?», preguntó Gary.

«La consigues filtrando cenizas de madera quemada y es muy corrosiva. No tengo guantes protectores o gafas...pero no puedo vivir sin jabón, Gary. Empecé el proceso esta mañana: su ceniza proviene de un roble, así que es perfecta para el trabajo. Gorroneé un barril y pusc piedras del rio en el fondo. Entonces las cubrí con paja, que filtrara lo sólido de la ceniza. Después, cuando las cenizas se hayan mezclado con el agua de la lluvia, hago una masa. Y entonces lo dejo así al menos tres días, aunque podría tardar más».

«Cuando este listo te echaré una mano, no te vayas a hacer daño».

«Gracias, Rick, eres tan dulce».

«¿Cómo sabrás cuando estará listo, Esme?», preguntó Gary.

«Pones a flotar un huevo en el barril y si una parte de cáscara tan pequeña como una moneda flota sobre el agua, el líquido está lo suficientemente concentrado, de lo contrario, necesita más cenizas».

«Me inclino ante tu superior sabiduría, ¡Oh, gran sabio!».

«¡Oh, calla ya Gary!».

Ellos comieron un guisado de verduras con gran gusto y lo pasaron con la sabrosa cerveza. Los tres se sentían satisfechos con la vida. Pero Rick sabia que eso no podía durar. Se escabulló a la calle para consultar los cielos llenos de estrellas. Fuera hacía una noche típica de noviembre, pero el espectáculo celestial, garantizado por el tiempo, era magnifico. Rick observó atentamente el cielo e identificó diferentes constelaciones, pronunciándolas con su nombre anglosajón, tan diferente de los nombres actuales. Había tantas cosas que eran diferentes pero una cosa nunca cambiaba. Eso lo tenía preocupado. El deseo del hombre por la conquista y las riquezas. Suspiró y se preguntó a sí mismo cómo él, un solo hombre, iba a proceder para cambiar el curso de la historia.

CAPÍTULO DOCE

LITTLE CARLTON, 871 AD

NOVIEMBRE, CONOCIDO POR LOS LUGAREÑOS COMO *EL MES Sangriento,* porque en este mes era cuando mataban a las bestias para almacenar comida para el invierno, estaba ya bien avanzado. Esme no tuvo problemas en convencer a Osythe de que le suministrara cestas de grasa de cerdo. Ella creía que la gente no usaba esto y siempre terminaba en el vertedero. Cuando decidió que ya tenía suficiente grasa, pasó la lejía del barril a un cubo de madera, asegurándose de no salpicarse o de inhalarla. Removió la mezcla de grasa y lejía con una pala, a intervalos de dos días. Satisfecha, miró con felicidad su producto recién acabado. Entonces, rompió el bloque de jabón, cortándolo en trozos pequeños para acto seguido con un cuchillo quitarle los filos cortantes.

Llevo una pieza a su habitación, y con un sentimiento de triunfo, se quitó la ropa y se lavó con el jabón. No hacía espuma, pero en todos los otros sentidos funcionaba a la perfección. Delicado, inodoro, pero efectivo, se vistió sintiéndose una persona nueva. Habiendo acabado su trabajo y con el proceso de fabricación del jabón ya completado, decidió ir a dar un paseo, acordándose de lo que le había advertido Rick de no alejarse del pueblo. Ella se preguntaba cuáles eran sus planes y decidió abordarle a la mínima oportunidad.

Afuera, paseó sin rumbo fijo por los confines del asentamiento donde espió a tres mujeres que tenían un comportamiento extraño. La curiosidad le hizo acercarse hasta ellas, oyendo como cantaban una rima. Sólo más tarde, cuando ella pudo hacer que una de las mujeres se lo repitiera a Rick, este tradujo.

"Deja a esa mujer que no puede alimentar a su niño,
que camina hacia la tumba de una persona fallecida y
entonces camina tres pasos sobre esta diciendo tres veces
estas palabras:

'Esto es un remedio para el odioso nacimiento tardío,
esto es un remedio para el opresivo y pesado naci-
miento, esto es un remedio para el odioso pobre
nacimiento'".

Frustrada por no comprender, Esme se acercó más a las tres mujeres y se dio cuanta de que estaban llevando a una mujer embarazada a punto de dar a luz hacia una recién construida tumba. Por medio de señas, una de las mujeres señaló hacia el hinchado abdomen de la futura madre e indicó que el bebé estaba boca abajo.

¡El bebé venía de nalgas! Esme sabía sobre los peligros de un parto así porque dos años antes, su hermana mayor experimentó un trauma similar y el médico le explicó que necesitaba una cesárea. De lo contrario, la privación de oxígeno le causaría una incapacidad permanente al niño. Esme estaba a punto de hacerse cargo de la situación cuando ella se quedó observando a la mujer en estado de shock. Las tres mujeres estaban jadeando también. La razón era obvia. Aquí estaba la doble de Esme sobre la que Rick le había hablado.

«¡Esme!», gritó ella.

«Ay», dijo la mujer y su cara se deformó mientras le caían las lágrimas por las mejillas.

Ese fue le momento crucial que hizo actuar a Esme. La tomó por las dos manos y la llevó a su habitación. Allí, preparó un caldero de agua hirviendo y con gestos de la mano indicó su intención a las otras dos mujeres. Ellas parecían asustadas, pero ambas asintieron.

Esme esterilizó el cuchillo más afilado de la casa en agua hirviendo y se lavó las manos con su jabón, antes de lavar la barriga hinchada de la otra Esme. Empezó a hablar, queriendo calmar a la mujer, que tenía los ojos abiertos como platos, pero ella no la entendía. De nuevo con gestos, Esme pidió una aguja y un hilo. Una de las mujeres salió corriendo a buscarlos. Como deseaba Esme tener una botella de desinfectante. Sin ninguna solución en mente, usó vinagre sobre el área de incisión. Mejor eso que nada. Entonces, colocó un paño de lino en la boca de la paciente para que lo mordiera. La pobre mujer asintió y Esme procedió, sin posibilidad alguna de analgésicos. Sin embargo, ella hizo una rápida incisión de quince centímetros en la parte baja del abdomen y secó la sangre con un paño de lino mojado en el agua hirviendo. La otra mujer, más mayor que Esme, captó inmediatamente y sirvió de mucha ayuda al limpiarle la sangre mientras Esme entraba en el útero y ayudaba a traer al mundo a un bebe pateador cuyos chillidos ahogaron el llanto de la madre.

La segunda mujer volvió con hilo y aguja y se los dio a Esme, quien nunca había realizado ninguna operación quirúrgica en su vida, empezó a sentirse mareada y le entraron ganas de desmayarse. Pero ahora no era el momento de ser una blandengue. Después de sacar la placenta, cerró la herida con precisión, mientras la primera de sus ayudantas cortaba el cordón umbilical y enrollaba al bebé en un paño. Ella no le podía dar aun el bebé a su madre porque estaba aun mordiendo fuertemente el paño mientras Esme le terminaba de coser los puntos. Una vez el trabajo estuvo terminado, lavó delicadamente la herida con vinagre y cubrió a su paciente. La mujer recibió a su recién nacido con tal ternura que a Esme se le llenaron los ojos de lágrimas y no pudo contenerlas mientras una gran sensación de alivio le recorría el cuerpo. Ella tendría que rezar por la total recuperación de la otra Esme. Si algo salía mal, sería su responsabilidad y la justicia podría ser sumarísima en la edad media.

Expulsó esos pensamientos negativos de su mente, en un gesto espontáneo, Esme se inclinó sobre su homónima y le apartó el sudado pelo de la cara. Otra sorpresa le aguardaba, la otra Esme tenía los mismos pendientes que ella llevaba puestos. Esme jadeó y se quedó observando a su paciente, hasta que una amplia sonrisa y una frase con el tono de significar unas efusivas gracias la distrajeron. Lágrimas de alegría llenaron sus ojos cuando ella besó al bebé.

Solo en este momento Esme se dio cuenta de que una de las mujeres había desaparecido. En pocos momentos, hubo una gran conmoción en la puerta y un hombre alto de pelo castaño entró a toda prisa en la habitación. ¡Rick! Pero al mirarlo más de cerca, no era Rick. De el hombre salió un torrente de palabras que Esme no podía comprender. Ella se dio cuenta inmediatamente de que era Rinc, el marido de la mujer. ¡Que locura! Ahora su paciente estaba riéndose y apuntando hacia ella mientras de su boca salía un torrente de palabras.

Rinc miró a su recién nacido y a Esme y fue como un rayo hacia ella. En dos zancadas él había cruzado la habitación para darle un abrazo. Bajo esas circunstancias, Esme no trató de evadirle si no que respondió con otro abrazo y dijo. «¡Felicidades por el nacimiento de tu nuevo y precioso hijo!». Estas palabras, por supuesto, no las comprendió, pero entonces exclamó «¡Esme!». La señaló y después lo hizo a su esposa. Ella asintió, ella también repitió, «¡Esme!».

Con gestos de la mano, dejó claro que su homónima debía permanecer en la cama debido a los puntos y que debían darle de comer y beber. La mujer más mayor sonrió viniendo hacia Esme y la sorprendió al darle un beso en la mejilla. Rinc se sentó al lado de la cama y tomó a su hijo entre sus brazos para completar el cuadro perfecto para satisfacción de Esme. Las dos mujeres salieron de la habitación, así que ella decidió salir a tomar el aire fresco. No había dado más que unos pocos pasos antes de que un grupo de mujeres felices y risueñas la rodearan regalándole cintas que le colgaban al cuello y un chal, mientras la cubrían de besos. Esme no pudo hacer otra cosa que sonreír y dar las gracias tartamudeando y aun así las mujeres parecían entenderla.

No estando ella acostumbrada a ser una heroína, Esme se puso roja de vergüenza, inclinó la cabeza y se fue a su habitación llevándose sus regalos con ella. Mientras iba de camino, le preocupaba la recuperación de su homóloga, pero intentó no pensar en ningún desenlace fatal. Su preocupación tenía que ver con la punta del cordón umbilical que seguía unida al útero. Ella no estaba segura, pero esperaba y rezaba porque las encinas naturales de la mujer, con el tiempo, lo disolviera. Gracias a Dios, ella había recordado tener precaución y esterilizar el hilo de coser. Le quedaba tanto por aprender sobre la vida en el siglo nueve.

Cuando Rick regresó, corrió hacia ella y la abrazó. Ella no pudo evitar comparar la sensación con el abrazo de Rinc. Se sentía igual, dijo ella para sí misma, excepto que los brazos de Rinc eran más fuertes debido al trabajo manual.

«He oído que has salvado a una madre y a su hijo. Ellos me han contado que la mayoría de las veces que el niño viene de nalgas pierden a los dos, o en el mejor de los casos hacen daño al niño con unas pinzas ásperas. Eres la sensación del pueblo. ¿Pero cómo es que sabías hacer una cesárea?».

Ella le contó las tribulaciones con su hermana hace dos años y como ella había estudiado todo lo que pudo encontrar sobre el tema.

«Nunca pensé que me sería útil después de la operación de Lizzie y de que la pequeña Amelia naciera. Ni siquiera pensé que se pudiera hacer sin anestesia ni antisépticos. Esperemos que Esme no coja una infección. ¡Ha sido tan valiente, Rick!».

«Y tú también, cariño. No te preocupes por ella. Si se parece en algo a ti, se pondrá bien. Es un hueso duro de roer, ¿verdad?».

Esme le miró fijamente. «¿Eso es lo que piensas de mí?».

«¡Es un cumplido, tonta! Aún no había tenido oportunidad de decírtelo. La mujer mayor que estuvo contigo en el nacimiento, ella es la madre de Rinc y el padre de Esme es un rico vasallo. El quiere conocerte. Lleva algo entre manos». Él notó como fruncía el entrecejo mientras ella había medio formulado una pregunta.

«¿Qué?».

Ella sacó su teléfono móvil y paso unas fotos. «Mira, aquí hay una de Lizzie y Amelia, aquí solo tiene unos pocos meses».

«¡Madre mía! Tu y Lizzie sois muy parecidas, casi podríais pasar por gemelas. Ella es mayor que tu, ¿verdad?».

«Solo dos años. ¿Oh, me haces un favor?».

«¡Lo que sea! Pide por esa boquita».

«Cuando encontré a las mujeres en el cementerio, estaban caminando sobre una tumba y estaban cantando. ¿Puedes averiguar que era lo que estaban diciendo, por favor?».

«Por supuesto. ¿Ocurre algo malo?».

«Oh, estaba pensando, que ya sé por qué estoy aquí».

Rick frunció el entrecejo y se rascó la parte trasera de la

cabeza. Ella ya había aprendido a reconocer ese gesto como señal de confusión. «¡Vamos, ilumíname!».

«¿Has dicho que el padre de Esme era rico? Esto explicaría porque la esposa de un simple campesino lleva unos pendientes tan caros, idénticos a los míos. Ya ves, Rick, por eso estoy aquí. Toqué los pendientes cuando se abrió el portón».

«¿Portón, así es como lo llamas?».

«¿Cómo lo llamarías tú?».

«Supongo que portal y portón significa lo mismo».

Ellos estuvieron discutiendo sobre esto y los eventos de día hasta que Rick decidió que tenía que encontrar al padre de Esme, pero no fueron más lejos de la puerta. El noble, un hombre robusto y musculoso de ojos azules penetrantes, hundidos bajo espesas cejas y una cara larga enmarcada en una barba rizada, les interceptó. Tenia la cabeza calva, excepto por la parte de atrás que le caía hasta los hombros y se juntaba con la barba. El pelo que mostraba ya algunas canas le daban una apariencia de dignidad y ferocidad.

Al ver a Esme, el noble dio un paso atrás, jadeó, hizo la señal de la cruz y le habló a Rick.

«¿Qué está diciendo?».

«Dice lo mucho que te pareces a su hija y que podrían ser gemelas idénticas».

El hombre escuchó la traducción de Rick y asintió con la cabeza en señal de aliento y confirmación.

Esme se sintió obligada a sonreír y el noble, dio un paso adelante y le tomó la mano en la cual le colocó un sólido brazalete de oro de exquisita factura. El creador lo había forjado en giros cerrados bordeando la banda central con otras bandas más finas siguiendo el mismo camino tortuoso, pero estas tenían tachuelas de puro oro en relieve.

«E...es precioso», tartamudeó Esme.

«Es tuyo», dijo Rick, «es un regalo por lo que has hecho por su hija».

«¿El qué? ¿Por cortarla?» rió Esme, sabiendo que el noble no podía entenderla. Ella se giro hacia él extendiendo el brazo para enseñarle el brazalete y luego a Rick.

Su evidente placer por el brazalete hacia que las gracias fueran superfluas, pero el agradecido abuelo se inclinó y sonrió. Antes de que ninguno de los tres pudiera expandirse en este intercambio, una mujer se apresuró hacia ellos. Esme la reconoció de inmediato, era la mujer mayor que había asistido en el parto.

«Mi esposa». El noble la presentó y Esme le comprendió en inglés antiguo. Ella sonrió a la mujer, pero apenas la entendía, y acudía a Rick en busca de ayuda.

«¿Qué pasa?», preguntó Esme, preocupada de que la mujer quisiera que le devolviera el brazalete. Nada de eso, la madre estaba ansiosa por su hija y quería que Rick le preguntara a Esme si debía guardar reposo.

«Dile que, durante los próximos cuatro días, estaré cuidándola y lavándole la herida, en los cuales ella no se podrá mover. Tardará unas seis semanas en curarse del todo y su marido debe abstenerse de su derecho conyugal durante todo este tiempo».

Rick, pareciendo avergonzado, refirió esta información a la mujer, quien sonrió a Esme con una mirada de tal benevolencia que se le acercó y la cogió de la mano. La mujer le dio un abrazo antes de, para su sorpresa, arrastrarla con urgencia hacia la calle, diciéndole algo a Rick. El tradujo, «quiere que vayas con ella».

«De acuerdo».

La mujer le llevó hasta su casa, donde había estado Esme la primera vez que pisó el pueblo, y una vez alejadas del hedor de las calles, Esme quedó sorprendida por los coloridos adornos de las paredes. El delicioso aroma a comida horneada hizo que se le hiciera la boca agua. En el centro de la habitación, sobre el fuego abierto, había un horno de piedra. La mujer abrió la puerta y sacó una bandeja de pasteles. Tenían un color dorado y olían a miel. Eso explicaba su urgencia anterior. Si se hubiera retrasado más se hubiera quemado lo horneado. La mujer puso la bandeja encima de una mesa, encontró un paño de lino y lo puso en una cesta de mimbre. Entonces puso los pasteles dentro de la cesta y se la dio a Esme.

«¿Para mi?».

La mujer sonrió señalando hacia ella y en un suave movimiento plantó un beso en la mejilla de Esme.

En su habitación Esme probó el pastel de miel, lamiéndose los labios sin dejar una miga. ¡Que amables eran estos sajones! Había sido un día agotador y ella se preguntaba si podría aguantar sin cenar ahora que ella se había comido el postre. Una llamada a la puerta tomó su decisión por ella. Gary estaba frente a ella atravesándola con la mirada. «He oído que te has convertido en matrona».

«No exactamente, pero tenía que hacer algo por esa pobre mujer».

«Eres la heroína del momento, Esme».

«¿Dónde esta Rick?».

«Dijo que volvería en unos minutos, tenía que encargarse de algo, aunque no me dijo qué. Se ha vuelto demasiado misterioso para mi gusto».

«Me dijo que vendría a cenar; que allí nos veríamos».

Esme suspiró, «La verdad es que no tengo mucha hambre, pero supongo...».

De camino al comedor, Esme pensó en las palabras que había pronunciado Gary. Más o menos lo que ella misma había pensado antes de que viniera el noble. Rick le irritaba por que no compartía su plan con ellos. Estaban todos juntos en esto, al fin y al cabo. No es que ella tuviera prisa por regresar al laboratorio de arqueología. Ella consideraba una visita al año 871 como unas vacaciones culturales y fascinantes. En cualquier caso, ella no quería marcharse sin enseñar a la matrona la importancia de una buena higiene. Dios sabía como eso reducía el rango de mortalidad en los nacimientos.

«Cuando Rick venga debemos sacarle qué es lo que pretende hacer aquí».

«Tienes razón, no puede dejarnos sin saberlo».

CAPÍTULO TRECE

LITTLE CARLTON, 871 AD

Después de una comida consistente en un estofado de cerdo con cerveza, Esme buscó al cocinero, arrastrando a Rick con ella para que le hiciera de intérprete. Ella quería sonsacarle la receta, aunque ella no necesitaba vencer ninguna resistencia ya que su reputación de salvadora de su homónima le predecía. Así, ella descubrió que su suposición de que la grasa de cerdo terminaba en el vertedero no era cierta. Los sajones la usaban para hacer manteca de cerdo, uno de los ingredientes esenciales que ella tanto admiraba. La maternal cocinera le explicó como ella cortaba los trozos de cerdo en cubos, cangrejo, manzanas peladas y sin el corazón, cebolletas a trozos y puerro, un puñado de guisantes y cerveza negra completando los ingredientes del guiso le añadía trigo hervido. Esme dejó encantada a la cocinera al decir que las proporciones con las que esta tenía que lidiar eran mucho más grandes de lo que ella nunca prepararía. Esme tendría que reducir la proporción de ingredientes a una escala mucho mas pequeña. Pero estaba segura de poder reproducir el estofado solo para cuatro personas en el futuro.

Este pensamiento la hizo girarse rápidamente hacia Rick.

«¿No es hora de que nos expliques a Gary y a mi qué planes tienes? Solo sabemos que has estado parloteando algo sobre salvar vidas».

«Tienes razón Esme y lo siento. Vamos a mi habitación con Gary y se los cuento».

Ellos se sentaron como pudieron en el mobiliario espartano; Rick echaba tanto de menos el sillón de su casa de Cambridge.

«Hablé con Rinc y el noble, el que te dio el brazalete, y entonces les advertí que en los alrededores hay un gran ejército vikingo. Lo que sabemos es que tú, ni Gary, han encontrado ningún artefacto posterior al año 870 y la ultima excavación aquí tampoco trajo mucha luz sobre el asunto. Eso me lleva a la conclusión de que el asentamiento de la isla se convirtió en un desierto después de un ataque vikingo, lo que implica que ellos mataron o esclavizaron a esta gente. Eso es lo que deseo impedir».

«¿Les has dicho lo que va a suceder? ¿Y qué te han dicho?», preguntó Esme.

«Ahora tengo unas buenas credenciales como profeta. Así que no han dudado de mis palabras, pero como todo buen líder sajón, el suegro de Rinc decidió enviar espías para confirmar la existencia del campamento vikingo en Torksey. Es fácil comprender lo difícil que les resultaría mudarse de aquí por culpa de ellos. Esto ha sido toda su vida y aquí esta su hogar, pero cuando vean la magnitud del ejercito vikingo, cambiarán de opinión».

«No veo por qué ellos se tienen que ir», murmuró Gary.

«¿Eh?».

Gary tenía una expresión de tener la cabeza en otra parte.

«Míralo de esta manera, podemos volver al siglo veinte uno, coger uno o dos objetos, volver y vencer al ejercito vikingo».

«¿De qué estás hablando Gary?».

«De pólvora, viejo amigo. Conocemos la preparación: potasio, nitrato y todo eso. Nada mas fácil que hacer granadas llenas de trozos de hierro. Cuando vengan los vikingos, podemos lanzárselas y les destruiremos».

Esme se puso en pie de un salto, parecía que le saliera fuego por los ojos.

«¡Eso es la cosa más inmoral y ridícula que he oído en toda mi vida! ¿Qué es? ¿Un chiste?».

«¡No, voy en serio!».

Rick intervino suavemente antes de que la discusión llegara a mayores.

«Esme tiene razón, Gary. ¿Te acuerdas de ese estudiante de Barnsley? ¿Dave no sé qué?».

«¿El que siempre soñaba con ayudar a los sajones con una metralleta en la batalla Hastings?».

«¿Dave Ogley?».

«¡Ese! ¡Tu idea es tan buena como la suya!».

Esme, con la cara roja se sentó en la cama y en un tono calmado dijo, «Creía que el plan era salvar vidas no provocar una masacre. Los vikingos también tienen niños, ¿¡sabes!?».

«Además, todavía no sabemos si los efectos que nuestra interferencia podrían causar cambios en el futuro», dijo Rick, quien parecía más inseguro a cada minuto que pasaba. «Sin embargo, tengo un plan que creo no causará impacto alguno, pero hasta que hable con el profesor Faulkner otra vez, no puedo estar seguro».

«¡Será mejor que no hagamos nada que evite que podamos nacer!».

«Exactamente, Gary. ¡A eso es a lo que me refiero!».

«¿Crees que se puede cambiar el curso de la historia, Rick?», preguntó Esme.

«Tenemos que volver a nuestro tiempo y descubrir más cosas sobre el tiempo en el sentido amplio de la palabra. Yo creo que no existe como nos han hecho creer. Si el tiempo es lo que creemos, ¿Cómo explicamos las premoniciones?».

«Mucha gente las tiene. Mi abuela las tenía», dijo Gary.

«¡Cuéntanoslas!».

«¡Esta bien marimandona! Era la Segunda Guerra Mundial. Mi yaya tenía el pelo rizado, así que la llamaban 'Ricitos'».

«Ah, ya veo». La cara de Esme había vuelto a la normalidad.

«La cosa es que solo mi abuelo y su hermano la llamaban así, Charles, la llamaba por su nombre. El tío Charlie era capitán de un dragaminas en el río Humber. La cosa es que, él siempre llevaba puesta su bufanda favorita de seda junto con su uniforme de la marina. La yaya estaba haciendo las tareas del hogar una mañana sobre las once en punto y el abuelo estaba trabajando cuando ella oyó una voz que le llamaba desde la sala de estar: *"Ricitos, Ricitos"*, al principio, ella no podía creer lo que estaba oyendo, pero entonces lo oyó otra vez y fue corriendo a la habitación. Allí delante de la chimenea con su bufanda blanca atada alrededor del cuello estaba Charlie de uniforme de capitán. El sonrió con la más triste de las sonrisas antes de desvanecerse ante sus ojos».

Los labios de Esme se separaron en una expresión indescifrable. «Entonces ¿qué pasó?». Ella respiró.

«El abuelo vino a casa a comer y encontró a la yaya fuera de sí. *"Algo le ha pasado a nuestro Charley"* Gritó ella, por supuesto, tenía razón. A la mañana siguiente, a las once en punto el cartero llamó a la puerta con un telegrama del almirantazgo. Una mina alemana había destrozado el barco matando a todos los tripulantes que iban en él. Lo único que pudieron recuperar fue la bufanda blanca de Charley. Se la llevaron por su valor sentimental».

«Qué historia tan triste, chaval. Pero Esme tiene razón. Eso es lo que hace la guerra. Mata o mutila a nuestros seres queridos. No importa si eres alemán, inglés, sajón o vikingo. Da lo mismo».

«Es sorprendente que tu yaya supiera lo que había pasado veinticuatro horas antes de recibir la noticia», contribuyó Esme.

«De hecho era mi bisabuela, pero he dicho yaya para abreviar. Y el telegrama tardaría en llegar probablemente un día o dos. Una historia que me han contado, así que no puedo ser mas exacto».

«Sí, pero viene perfectamente al caso, Gary», dijo Rick. «Incontables personas han tendido premoniciones y todas ellas desafían la lógica del tiempo tal y como lo conocemos. Por eso es que debemos volver y averiguar más. También podemos dar con una solución para la gente del pueblo».

«¿Podemos?».

«Necesito vuestra ayuda, Esme. Necesitaré información sobre la topología del siglo nueve en Lindsey. Vamos a necesitar información sobre la reclamación de las tierras. Pero se los explicaré todo esto en un lugar más apropiado, en Cambridge».

«¿Con una 100 % malta como Dios manda?». Gary adornó la pregunta con una risotada.

«¿Por qué no?».

«¿Y que le vas a decir a esta gente?».

«Lo mismo que la última vez; que volveremos tan pronto como nos sea posible».

«Esperaba poder ayudar a la matrona con la higiene».

«Puedes ayudarla cuando volvamos Esme. Te necesito en Cambridge».

Esme se levantó y se dirigió hacia la puerta. «Estoy agotada, ha sido un día muy largo». Ella sonrió por encima del hombro, «me alegro que me necesites contigo, Rick, buenas noches».

Rick apagó el candelabro, la única fuente de luz, y la habitación se sumió en la oscuridad, no importaba cuantas veces el había hecho eso, nunca se podía acostumbrar al humo picante de la mecha. Arrugó la nariz y metió la cabeza bajo la manta para evitar el olor.

«¿Rick?», se ecuchó desde el otro extremo de la habitación.

«¿Qué Gary?, ¡Duérmete!».

«Siempre metiendo prisa para todo. Estoy preocupado de si podremos volver a casa».

«¿Por qué? Volvimos la ultima vez, ¿no?».

«¿Cómo sabes que funcionará otra vez?».

«Vamos a volver, Gary. ¡Duérmete!».

El silencio duró unos cinco minutos en los que Rick también preocupado pensó. *¿Y si tiene razón?*

«¿Rick?».

«¡Ooh! ¿Ahora qué?».

«Sí, me tengo que quedar, me gusta hacer pergaminos. Pero tendremos que trazar un plan para encargarnos de los vikingos».

«¿Granadas otra vez?».

«¿Qué plan vamos a hacer cuando estamos demasiado cansados por la falta de sueño? Te juro que si no te callas la boca los vikingos te van a parecer Los Teletubbies».

«¿Quién?».

«¡Cállate Gary!».

Al fin en paz, pero a Rick se le había pasado el sueño. El yacía en la silenciosa oscuridad, pensando en la topología, los vikingos y en ambas Esmes.

A la mañana siguiente, después del desayuno, Rick paró a Gary que se dirigía al Scriptorium.

«Volvemos a Cambridge a través del portal».

«¿Así es como lo llamas?».

«Asegúrate de llevar puesto el brazalete de Garr. Iré por Esme».

«¿Crees que sus pendientes retro funcionarán?».

«Lo han hecho al venir aquí, por si no te habías dado cuenta. Ahora lleva su propio brazalete sajón de oro sólido».

«Es verdad».

Los tres amigos, con el mínimo de adioses, salieron del pueblo, más allá del cementerio, hasta el borde del pantano. Con calculada precisión, Rick intentó encontrar el lugar exacto que ellos habían usado antes.

«Escúchenme los dos, a la de tres, toquen sus objetos sajones y pasaremos por el portal».

«¡Espérennos!», dijo Gary para sí mismo con los dientes apretados.

«¡¡Uno-dos-tres-cuatro-cinco!».

Como en previas ocasiones, Rick miró con la máxima atención para comprender mejor las ondulaciones del aire. No tuvo tiempo para el análisis, pero parecía como si la materia estuviera siendo reemplazada, cambiada. Así era como el explicaba la niebla que les envolvía y la raja perfectamente definida con la solidez del paisaje del siglo veintiuno al que ellos se apresuraban, porque su vida dependía de ello. Lo que fuera que le sucediera a sus cuerpos y cerebro era evidentemente requerido para la transición. Rick fue el primero en recobrar la conciencia y para su deleite, vio los pantalones de cuero de Esme, su visión empezaba a clarificarse. En cuestión de minutos, los tres estaban sentados intentado recuperarse del mareo, la secuela no deseada de la transportación.

«¡Puta madre! ¡Lo hemos conseguido!», sonrió Gary. «Me pregunto si me despedirán por ausencia no justificada».

«Lo dudo», dijo Rick, «¡Mira allí!», ellos siguieron el dedo extendido con la mirada. Viniendo del campo con determinación en zancadas, el profesor Faulkner se estaba dirigiendo hacia ellos.

«Espero una explicación jovencitos».

«¡Profesor!, ¡Cómo me alegro de verlo! ¿Cuánto tiempo hemos estado fuera?», Rick lo saludó.

El físico miró su reloj. «Unas tres horas».

«¡Imposible!», gritó Gary, «¡Hemos estado allí un mes! No he terminado los pergaminos y...»,

Esme y Rick intercambiaron las miradas, pero no dijeron nada.

CAPÍTULO CATORCE

CAMBRIDGE, 2017 AD

El profesor Faulkner se sentó inmóvil al volante de su Audi allí estacionado. Sus pasajeros esperaron a que se pronunciara sobre lo que había visto, consumidos por la curiosidad. Dado su estatus académico, todos suponían que él sería la persona que descifraría lo que les había sucedido. Pero quedaron decepcionados, porque era él quien necesitaba explicaciones.

«¿Qué ocurre cuando saltas de una dimensión a otra? ¿Qué se siente?».

Rick se giró en el asiento del copiloto y miró a los otros dos.

«Sólo puedo hablar por mí, es como si hubiera presenciado un cambio de materia. Es como una niebla envolviéndome y que se reemplazara a si misma con...ehh...solidez. No sé explicarlo muy bien, pero es como si el aire ante mi se partiera en dos. Lo llamo portal, y yo entro al portal. Pero al hacerlo afecta a mi cuerpo. Me desmayo, pero cuando me recupero, el único efecto extraño es un mareo. ¿Están de acuerdo, chicos?».

«Sí»., dijo Gary.

«Yo también. ¿Tiene alguna explicación para esto, profesor?».

«No querida. Hasta donde ha avanzado la física hoy en día, no hay ninguna explicación para ese fenómeno. Presumo que todos mantienen que han retrocedido en el tiempo. ¿Tienen alguna prueba que lo demuestre?

Esme extendió su brazo derecho y agitó la mano. ¿Qué tal esto? Es un regalo».

El magnífico brazalete de oro brillaba en la fría luz otoñal de Lincolnshire.

«Un suntuoso regalo, ¡Desde luego! Pero no sé como eso puede probar tu visita al pasado. Quizá debieron haber llevado la videocámara. ¿Para la próxima? Intenté capturar el momento de su desaparición. Pero no dice mucho. ¿Verdad? Ha sido 'ahora me ves y ahora ya no'».

«Como cuando pasas por un agujero negro», dijo Gary.

«¡No sea ridículo joven! Un agujero negro quizá pueda existir en el espacio, pero no en la Tierra, y en cualquier caso, la física nos dice que la cantidad de energía necesaria para crear un agujero negro es tal que si un humano entrara sería su muerte. Supongo que no estoy hablando con tres fantasmas». El profesor se rió de su ocurrencia.

«Debe dehaber una explicación y estoy decidido a encontrarla», dijo Rick.

«Con el conocimiento que poseemos hoy en día, solo podemos hacer hipótesis más o menos creíbles», dijo el físico y tamborileó los dedos en el volante del coche.

«En mi caso, hipótesis increíbles», murmuró Rick. «Voy a leer todo lo que pueda sobre el asunto cuando regrese a Cambridge y luego hablaremos del tema».

«Una idea excelente, Rick», giró la llave de arranque y salió del campo.

«No olvide dejarme en Louth».

«¿No vienes con nosotros, Gary? ¿No puedes conseguir unos días libres en el trabajo?».

«Lo siento, Rick. ¿En que puedo ayudar yo de todos modos? Estoy pensando en fundar una pequeña compañía».

«¿De verdad? ¿Qué tipo de compañía?».

«Una compañía de fabricación de pergaminos. Seguramente habrá demanda de pergaminos en nuestra época, ¿no?».

«¡Se usan para cocinar!».

«Los pergaminos duran miles de años», dijo el profesor Faulkner, «dudo que el papel pueda durar más de doscientos cincuenta».

«¿Lo ven?, sé que hay un mercado de encuadernadores, archivistas, necesitaré un estudio de mercado. Pero se me dan bien esas cosas».

El profesor dejó a Gary en Louth, todavía hablando para sí mismo sobre pergaminos.

Esme se despidió en la puerta de su apartamento y Rick prometió llamarla al día siguiente. Ya en la universidad, Rick se giró hacia el profesor y le dijo, «Profesor, llegaremos al fondo de todo esto, ya lo verá».

«Así espero, querido muchacho. Estamos en los albores de un descubrimiento histórico. Pero necesitamos pruebas irrefutables. Tal como están ahora las cosas, seriamos el hazmerreir de todo el mundo».

«Necesito unos cuantos días para estudiar de manera que podamos discutirlo de un modo más inteligente. No quiero desperdiciar su tiempo con idioteces».

«Incluso los mejores físicos del mundo no saben nada sobre la naturaleza del tiempo, Rick».

«Le llamaré cuando esté listo».

Se despidieron de mano y Rick se retiró a su habitación, con la cabeza repleta de ideas.

Después de las privaciones que había pasado en el siglo

noveno, gestos cotidianos como abrir el frigorífico o coger una lata de cerveza helada, tomaba un nuevo significado, como también lo hacia el encender la lámpara de al lado del armario. Suspiró profundamente, "*¡Ah me encanta la vida en el siglo veintiuno!*". Se sentía demasiado cansado para empezar su investigación y tocaba acostarse pronto.

A la mañana siguiente, despertó como nuevo, bendiciendo las camas y colchones modernos, muchos mas cómodos que su catre anglosajón con un colchón relleno de paja. Duchado y afeitado, otro lujo, telefoneó a Esme y le dio instrucciones detalladas de la investigación topográfica del siglo nueve. Se quedó muy satisfecho por su falta de argumento o insistencia sobre la investigación topográfica del siglo nueve. Lo achacaba al cariño que ella le había tomado, al asentamiento que ellos habían dejado atrás y a el respeto hacia las dificultades que ahora el se enfrentaría con la investigación sobre física.

Rick tenía una teoría sobre lo que le había ocurrido. Al menos tenía por donde empezar. Se suscribió a tres diferentes bibliotecas universitarias estadounidenses en línea. Las tarifas por el acceso a los periódicos académicos no eran exorbitantes y lo consideró un dinero bien gastado. Afortunadamente, podía hacerlo. Entró en los archivos de Cambridge gratis por el pase que venía con su puesto de investigador.

Hacia el final de la mañana, había guardado más de veinte periódicos académicos, todos ellos relevantes para comprobar su teoría. Cuando hubo acabado de descargarlo, se dejó caer en el sillón con un bolígrafo y un bloc de notas en la mano. Arriba de la pagina escribió: ¿Existe el tiempo? Debajo de eso, añadió *velocidad de la luz, protones* y después de unos pocos minutos, la página estaba llena de conceptos similares. La última entrada fue *¿Cuerdas cósmicas?*

Una vez hecho esto, tenía una serie de preguntas que explorar de los periódicos académicos antes de ponerse a la tarea. Cogió un bolígrafo, pasó la página y empezó a dibujar su revolucionario nuevo concepto en forma de diagrama. Esto le ayudaba a ordenar las ideas. Con el transcurrir del día, se involucró tanto en su investigación que solo los quejidos de su estómago le recordaron que debía comer algo.

Dejó su libro de ejercicios, ahora medio lleno con notas y decidió comprar comida rápida en la ciudad. Después de meses de comida indudablemente saludable pensó que una hamburguesa y unas patatas fritas no le harían ningún mal. También compraría una pinta de cerveza decente.

A Rick le venía bien estar solo. Tenía que reflexionar sobre lo que había descubierto. De acuerdo, quizás el no pudiera entender las misteriosas formulas matemáticas, pero, ¿y qué? Podía estudiar las conclusiones que provenían de dichas fórmulas. Lo que había aprendido hoy era que el Profesor Faulkner no exageraba cuando dijo que los físicos no entendían el tiempo. Rick sonrió con aire de suficiencia. La vida estaba llena de paradojas. ¿Qué pasaría si un filólogo diera con el mayor descubrimiento del siglo veintiuno en física? Si su teoría era correcta, le dejaría al profesor Robin lo de los símbolos matemáticos que el necesitaba.

Dos días más pasaron antes de que considerara que su teoría estaba lista para ser comprobada. Cuando llamó al profesor, fue rechazado por una secretaria que le dijo que el profesor no estaría disponible hasta la tarde. Rick decidió esperar y leer sus notas otra vez para ordenar sus ideas.

Su teléfono móvil sonó antes de lo esperado. Una buena señal. Significaba que el Profesor Faulkner estaba impaciente por seguir con la investigación. Rick decidió que el quería hacer esto en un territorio que le fuera familiar e invitó al físico a su universidad. El académico aceptó de inmediato, diciendo que les interrumpirían menos en ese lugar.

Ambos se sentaron en sendos sillones, uno frente al otro y

Rick habló.

«Empecé a preguntarme por qué el portal estaba en Little Carlton y que importancia tenía que tuviéramos dobles en el siglo nueve. Al tocar mi colgante relicario aquí en Cambridge no me transporta al asentamiento sajón profesor, he llegado a la conclusión que el tiempo y el universo no existen tal y como los conocemos».

«Entonces, ¿cuál es tu explicación muchacho?».

«Creo que Einstein se acercó a la respuesta cuando habló de *"espeluznante acción a distancia"*».

«¿Te refieres a las partículas cuánticas?».

«Sí, en particular sobre cuando dos partículas se afectan la una a la otra, pero en este caso, dos seres humanos idénticos a distancia en el espacio tiempo».

«Si lo que dices es verdad, ¿qué me dices sobre la mecánica de todo ello? Los físicos han tenido bastantes problemas usando un interferómetro, mandando un protón de vuelta a su tiempo para que se enrede con otro». El viejo académico se sentía confuso y preocupado.

«De alguna manera, hemos sido transportados fuera del espacio tiempo».

«No me diga que cree en universos paralelos Dr. Hughes».

«No. Creo en algo que nunca antes nadie ha postulado».

Los ojos del profesor se iluminaron y el se inclinó hacia delante. «¿Y qué es?».

Rick hizo una pausa, sabiendo demasiado bien que este era un momento crucial.

«Vera, no creo en la teoría de Einstein de la expansión del universo por el Big Bang, No creo que el universo este gobernado por los efectos del Big Bang, si no por algo distinto. Sé que hay hoyos negros y agujeros de gusano y cuerdas cósmicas o supercuerdas, piezas de alta densidad. Energía en vacío que ensucia el universo».

«Pero...».

Rick levantó una mano para anticiparse a sus objeciones.

«Creo que el universo es como una piel de leopardo, con infinitas manchas. Voy a dejar la exacta naturaleza de cada mancha para que lo averigüen los científicos, pero creo que nuestra tierra es una de esas manchas y representa solo un 'Ahora' en el espacio. El universo está lleno de otros 'Ahoras'».

«¡Madre mía Rick, eso es revolucionario!».

«Espere, no he acabado. Mi teoría se sostiene en un punto crucial ¿Qué contestaría si le pregunto si una pequeña cuerda cósmica pudiera existir aquí en nuestra atmósfera, aquí en la tierra?»..

«Diría que no lo sé y que tendría que investigar la física de...».

«Eso es lo que pensaba. Pero digamos que por un momento sería posible durante un instante, combinar esto con el resto de lo que he dicho; entonces cabría la posibilidad de que esa cuerda ejerciera una gravedad increíble sobre un lugar como un campo en Little Carlton. ¿Cierto? ¿Al hacerlo no podría crear un agujero de gusano, usando energía negativa, haciendo una raja en el espacio y el tiempo, para que la gente pasara sin peligro? Y esas personas se estarían moviendo más rápido que la velocidad de la luz en una perfecta sincronía a nivel atómico. Me refiero a nuestros dobles, por supuesto. Llegados a ese punto debemos declarar que las reglas racionales de Einstein no se aplican cuando las partículas se afectan las unas a las otras, incluso a años luz de distancia».

«¡Papel y boli, Rick! ¡Tengo que anotar esto que estás diciendo!». Los ojos del profesor se iluminaron de excitación asustando al filólogo. ¡El físico le estaba tomando en serio! En el peor de los casos había provocado una reacción profesional.

El científico murmuraba mientras escribía las fórmulas, «...perfecta sincronía de protones a gran distancia causando una reacción global, pero constituyendo un sistema. ¡Relatividad cuántica!». Gritó las dos últimas palabras dando un susto a Rick. «Lo que tenemos aquí es causas y efectos invertidos, joven».

Rick frunció el ceño por la dificultad del concepto y pensó que era mejor salir por la tangente.

«Con mi teoría, profesor, no hay ningún problema con la paradoja del abuelo, porque no retrocedemos en el tiempo arriesgándonos a interferir en el presente. En mi sistema yo podría saltar a un 'Ahora' diferente, matar a mi abuelo y aún así, volver a nacer».

El Profesor Faulkner sonrió a Rick.

«Esto va a llevar muchísimo trabajo y me atrevo a decir que tiempo para pasarlo a lenguaje matemático. Pero, Rick, ya no estamos en la época de Galileo, y nadie va a amenazarnos con torturarnos o quemarnos en la hoguera. Piénselo, tenemos científicos en Colorado que pueden medir el tiempo a una décima parte de una millonésima parte de un nanosegundo usando un láser. Y también está el gran colisionador de Hadrones en Cern fundiendo protones a la velocidad de la luz. Este no es el tipo de gente que va a cerrar su mente a una teoría revolucionaria sobre viajar en el tiempo hacia el pasado».

«Mi teoría es muy vaga, ya me doy cuenta, y no soy un científico, no tengo credibilidad, pero algo nos ha ocurrido. Viajamos al pasado, o mejor, visitamos un 'ahora' diferente porque el tiempo ya no existe».

«Me vas a necesitar para plasmar todo esto en papel con todas las ecuaciones necesarias. Pero, Rick, nunca dudes de que te creo. Grabé el momento en el que te desvaneciste, recuerda, y aún no te lo había dicho, pero grabé la interferencia del aire contigo. Por supuesto, necesitamos pruebas irrefutables pero tu las puedes conseguir con o sin matemáticas».

«¿Cómo?».

«Regresando y grabando todo hasta que la batería se agote. Incluso te podrías llevar un par de baterías extra ya cargadas».

«¿Pero no dirían los escépticos que simplemente es un video editado, como los de la teoría de la conspiración sobre el aterrizaje del hombre en la luna?».

«¿Pero no podrían decir eso si continúas trayendo objetos antiguos como el brazalete de la Dra. Drake?».

«Tengo que pensarlo detenidamente».

«Como todos. Estoy muy contento de que me encontraras desde el principio. ¡Esto es tan emocionante! Aunque hay una gran objeción a tu teoría. Los agujeros de gusano son increíblemente pequeños y solo los átomos pueden pasar. Sería imposible para un cuerpo humano, a menos...».

Entró en una profunda reflexión, de la que Rick le sacó al hacerle una pregunta.

«Profesor, ¿existen instrumentos capaces de medir las alteraciones gravitacionales cuando abramos el portal la próxima vez?».

«Hay instrumentos de precisión conocidos como gravímetros que se usan para medir los cambios en el eje gravitacional de la tierra. Un gravímetro esta diseñado para medir las diferencias de aceleración gravitacional más que magnitudes absolutas. Es algo que deberíamos probar, la próxima vez. Pero por ahora debo volver a mi laboratorio. Tu sugieres que el tiempo se ha desvanecido del universo, y creo que tienes razón, pero hay un hecho irrefutable, querido muchacho: todos nos hacemos viejos. En cierto sentido, todas las personas somos unos viajeros en el tiempo. ¡Y el tiempo es algo precioso!».

Rick rió. «Tiene razón, debemos apresurarnos. El pasado y el futuro existen tanto como el presente. Todo el tiempo se encuentra a nuestro alrededor. Así que es una irresponsabilidad malgastar...lo que quiera que sea esto».

CAPÍTULO QUINCE

CAMBRIDGE, 2017 AD

El móvil de Rick llevaba ya un buen rato vibrando y amenazaba con caerse del borde de la mesa de café al suelo. Sin darle tiempo a coger la llamada ni impedir que se cayera el teléfono, leyó en la pantalla del teléfono un mensaje de Esme.

«¿¡Hola, cómo estás!? ¿Estás bien?».

«Un poco perdido, a decir verdad», replicó Rick, «he acabado mi investigación y el Profesor Robin ha estado aquí».

«¿Ah sí? ¿Alguna novedad?».

Rick la bombardeó con una detallada explicación sobre lo que él había descubierto y subrayó su teoría de la transportación cuántica.

«¿Bucles cósmicos? ¿El profesor se lo ha tomado en serio?».

«Sin ninguna duda. Está trabajando en ello ahora mismo. Te aseguro que esta emocionadísimo».

«¡Me lo imagino! Nunca pensé que mi titulo de arqueología me llevaría a algo así», exclamó Esme.

«Ya que lo mencionas, ¿has hecho algún progreso sobre la topología de Lindsey?».

«Me estoy concentrando en el área más cercana a Little

Carlton, pero como bien sabes, Rick, lo que es hoy Lincolnshire, es muy diferente al Lincolnshire del siglo nueve. Vastas zonas de tierras de cultivo de hoy en aquellos días eran pantanos o estaban bajo el nivel del mar en el siglo nueve. Como me sugeriste, estoy buscando refugios aislados por tierras altas como Little Carlton, entre ese asentamiento y donde se encontraba la costa en el siglo nueve por lo que he podido averiguar. Qué extraño...», ella dudó y Rick oyó un crujido de papeles al otro lado del teléfono. «...ah, ¡Aquí esta! Estoy encontrando documentos del siglo ocho, lo mas útiles. En 1796 los académicos documentaron la pérdida de paisaje desde Grimsby y Cleethorpes en el norte este de Lincolnshire, así como en Mabblethorpe y Sutton, casi seguido hasta Skegness en el sur. Me estoy concentrando en la zona de Saltfeetby».

«¿Qué has averiguado?», Rick conocía a Esme, y como era una concienzuda investigadora, pero su creciente entusiasmo le hacia querer que ella fuera al grano, exasperantemente, no lo hizo.

«El asentamiento de Saltfeetby está documentado desde el año 1806, el nombre viene del inglés antiguo *salt* y *fleot* mezclado con escandinavo antiguo y significa: *"Alquería o ciudad cerca del lago salado"* ¿Sabias Rick que los romanos construyeron una orilla? El nivel del mar alcanzó la orilla, o mejor dicho la zona de delante que era una gran marisma que se utilizaba para pastorear y también la utilizaban aves rapaces. Esto es importante para nuestro plan; tenemos una marisma costera con una elevada zona de influencia, acompañada de una serie de yacimientos de sal a lo largo de la cabecera de la playa». A Esme su entusiasmo le traicionó la voz. «Creo que existe una extensa red de rutas comerciales a lo largo de la costa. Ya sabemos todo sobre Saltfeetby Rick, encontré cierto numero de rutas de la Agencia de Mapeo Nacional que recorren la costa sin función aparente». Hizo una pausa para ver que decía Rick, pero él no dijo nada.

«¿Ves lo importante que es esto, ¿no?».

«Creo que me he perdido».

«¡Caramba Rick! Lo que estoy diciendo es que hagamos un poco de trabajo de campo cuando regresemos al siglo nueve. Nos llevamos uno de estos mapas antiguos, una brújula y seguimos estas rutas, buscando un islote seco que nos sirva para nuestro plan».

«De acuerdo. Cuenta conmigo. ¿Crees haber identificado esos lugares?».

«Dos o tres. En el mapa de la orilla romana se llama Crooked Bank, pero es lo mismo. Tengo evidencias arqueológicas de que posiblemente daten de las inhumaciones de la edad de bronce».

«¿Tan antiguas?».

«Cuernos, un diente de mamut y regalos que llevaban a las tumbas todo bien conservado en las playas de los alrededores de Lincolnshire. Lo que significa...».

«Los asentamientos humanos de la zona son incluso anteriores a la época en la que estábamos interesados».

«No creo poder identificar ningún lugar con total seguridad en este momento, sin estar allí físicamente. Necesitaremos un barco, por supuesto».

«Podemos preguntarle a Rinc. Él tiene contactos».

«Entonces ¿tienes pensado volver?».

Rick consideró el tono de voz de Esme. A menos que él estuviera equivocado, ella quería viajar al siglo nueve con él.

«¿No estás un poco asustada?».

«¿De los vikingos, quieres decir? No mucho, si tu cronología es correcta, tenemos tiempo antes de que ataquen Little Carlton».

«De acuerdo, pero no podemos desperdiciar demasiado tiempo investigando. Vamos a necesitar un poco de suerte».

«¿Vas a llamar a Gary?».

«Voy a verle ahora mismo».

«Bien, pero mantenme informada».

«Lo haré, pero tengo que hablar primero con el Profesor Robin. Le prometí mantenerle al tanto».

«Bueno te dejo entonces para que hables con ellos».

«Bueno y oh, bien hecho, luego te llamo.»

En cuanto Rick colgó el teléfono llamó al Profesor Faulkner con el simple propósito de contarle que los tres viajeros del tiempo estaban a punto de partir en otra expedición. Lo que no esperaba era la entusiasta exposición natural que lo saludaba desde el otro lado del aparato.

«La teoría del Big Bang, el principio del universo, produjo materia y antimateria en cantidades iguales. Pero ese no es el mundo que vemos hoy, Rick. La antimateria es muy extraña. ¡Es un gran misterio!», dijo el. «Aunque este rompecabezas es conocido desde hace décadas y pocas pistas se han conseguido aún, permanece como uno de los grandes misterios de la ciencia. Cualquier cosa que podamos aprender sobre la naturaleza de la antimateria cuando tú abras ese portal, contribuirá a la resolución de este dilema».

«Asumiendo que cuando pasaste por el portal, sus cuerpos viajaron más rápido que la velocidad de la luz. Esto significa que tu estructura atómica se convirtió en antimateria, anti gravitacional. Rick, el hecho de que no hayáis muerto en el proceso, es lo más desconcertante de todo. ¡Muy simple con el conocimiento que poseemos hoy en día, somos como los hombres de las cavernas intentando comprender la electricidad!».

«Pero profesor, cuando volvamos a Little Carlton, ¿puede

traer su equipo para medir la interferencia con la gravedad de la tierra?».

«Rick, que yo sepa, la única gente que está trabajando en la antimateria en este momento está en Brookhaven, EEUU y en Shanghai ningún laboratorio dispone del equipo adecuado. Estamos hablando del enorme y caro Acelerador Relativista de Iones Pesados y esta gente esta trabajando a un nivel subatómico, desde luego no al nivel de un cuerpo humano. ¡Ni siquiera puedo contactar con ellos!, ¡Dr. Hughes, me han etiquetado de científico loco, totalmente fuera de sus cabales!».

«Entonces, ¿me está diciendo que volvamos del portal, y que no puede medir nada?».

«Querido muchacho, siento decepcionarte, pero los físicos solo hemos descubierto recientemente que no podemos explicar la mayor parte de la materia y de la energía en el universo. Así, que lo que estoy diciendo es que solo podemos trabajar en teoría de momento. El proyecto AEGIS en el CERN (el Centro Europeo de Investigación Nuclear) se formó para hacer test experimentales de gravedad en anti hidrógeno y esta ahora en su fase final de construcción. Un segundo experimento, GBAR que estudia el comportamiento anti gravitacional de la materia en reposo, ha sido aprobado recientemente en el CERN, y un tercer experimento ha sido propuesto en Fermilab. Ya ves querido amigo, el progreso en ambos campos es enorme, pero va a paso de tortuga comparado con lo que tú te has topado, si me permites usar ese término».

«Por supuesto, profesor. Tiene razón, literalmente me he topado con eso». Rick tocó el colgante dentro de su camisa y sonrió irónicamente. «¿Así que no va a venir con nosotros a Little Carlton esta vez?».

«Prefiero quedarme mejor en Cambridge trabajando en la parte teórica sobre lo que he aprendido de tus viajes en el tiempo. Esto tiene la pinta de ser el documento científico más explosivo del siglo. Pero todavía estoy luchando con los aspectos matemáticos del problema, por no mencionar la realidad física de lo que te pasa. Por ejemplo, no entiendo como tú, Rick, y tu homónimo, Rinc, son dos entidades separadas cuando viajas al pasado. Teóricamente deberías rematerializarte en él, al estar allí, en el siglo nueve. Pero no es así, lo que me deja perplejo. Y, sin embargo, estoy seguro de que la explicación es muy sencilla y la tenemos ante nuestros ojos».

«Contactaré con usted cuando regresemos, profesor».

Hubo un largo silencio al otro lado. Lo que el profesor estaba pensando en ese momento podría haber desanimado a Rick y hacer que perdiera su resolución. *¡El tipo no parece tener ninguna sensación de peligro! No debe comprender las partículas subatómicas. Espero que regrese de una pieza, sano y salvo!"*

«Sí, por favor, hazlo. ¡Y cuídate!».

«¡Lo haré!».

Rick colgó el teléfono e hizo su tercera llamada. La mañana se estaba pasando sin haber conseguido nada hasta el momento. Encontró a Gary, con su habitual "yo" alegre y tuvo que aguantar las últimas noticias sobre el potencial de negocio de la fabricación de pergaminos. Cuando sacó la idea de volver al Little Carlton sajón, su amigo no hizo esfuerzo alguno en convencerle de que no fuera. Al contrario. Se estaba perdiendo sus clases de fabricación de pergaminos. Quería refinar su técnica bajo la experta ayuda del maestro Drew, y confiaba en poder hacerlo. Y sí, él se encontraría con Rick y Esme en la estación de Lincoln, como la otra vez. Rick no podía ponerse su traje de sajón en su casa en Louth.

Ya solo le quedaba a Rick llamar a Esme. Ellos podían coger el tren de las 14:01 desde Cambridge y estar en Lincoln a las 16:45. La invitó a una comida a base de Sushi en un restaurante japonés bastante cerca de su universidad. Esme estaba muy entusiasmada, al no haber ido nunca a ese lugar. Ella le aseguró que le encantaba el pescado y así además podrían viajar sin tener el estómago pesado. Ella apareció llevando una gran bolsa de viaje, abultada por un paquete de color marrón.

«¿Qué tienes ahí?».

Su hermética mirada le trajo a Rick viejos recuerdos.

«Tendrás que esperar para verlo, es una sorpresa».

Ella echó a andar con la espalda recta antes de que Rick pudiera decir palabra.

Ellos compraron sus billetes con tiempo de sobra y al llegar vieron a Gary refunfuñar sobre la tarifa del nuevo aparcamiento de Lincoln Central.

«Cuatro libras con cincuenta. ¡Que robo!». Eso sí, las plazas son anchas, no como en otros sitios. Aun así, deberían tener más consideración con la gente que usa todos los días el tren para viajar. Malditos taxistas, siempre se llevan todos los privilegios. Deben estar nadando en dinero».

«¿Vas a parar de quejarte alguna vez, Gary?», bromeó Esme.

«Solo cuando está enfermo», replicó Rick, «entonces se acojona».

Ambos rieron y Gary retiró su boleto del estacionamiento de la ranura y puso el coche en marcha cuando se levantó la barrera.

En Louth, tomaron la decisión de esperar hasta la mañana siguiente. Se hizo pronto de noche y prefirieron dejar el siglo con el amanecer de noviembre.

CAPÍTULO DIECISÉIS

LITTLE CARLTON, 871 AD

En una típica mañana soleada de noviembre Esme se unió al desayuno. Gary se quedó sin respiración al verla, «¿Qué caraj...».

El jugo de naranja de Rick se le fue por otro lado y le hizo toser. Con los ojos saltones se le puso la cara roja.

«Por sus reacciones, intuyo que les gusta mi vestido».

«Está increíblemente...quiero decir se supone que eres la reina, ¿o qué?».

«Vamos, Gary, un monarca llevaría un traje mucho más lujoso. Este es un traje típico de la nobleza».

«Qué tela.¡Y con una puta tiara!».

A Rick se le fue la tos y miró pensativo.

«¡Entonces es eso lo que había en el paquete! ¿Pero a que viene lo de ese traje?».

«Viene a que... si quiero que me traten con respeto en el siglo nueve, no puedo ir vestida como una campesina».

«Te da un aire elegante, si me lo preguntas».

«Nadie te ha preguntado, Gareth».

«Oh, ¿Ahora soy Gareth, su señoría? Me ceñiré a la fabricación de pergaminos, no querrá juntarse con la escoria».

«Basta, Gary. Si quiere ir vestida de gala es su decisión. Y nunca se sabe. Quizás nos termine siendo útil».

«¡Sabía que lo entenderías!».

«¿Entenderlo? ¿Qué es lo que hay que entender? ¿Qué te pasa hoy Esme?».

«Por favor. Será mejor que nos pongamos en marcha». Dijo ella ajustándose el brazalete de oro macizo. En el campo en Little Carlton, en el lugar de siempre, Rick di de nuevo las instrucciones. «Cuatro, tres, ¡dos!, ¡uno!».

De nuevo vieron como se abría una grieta y los amigos, cogidos de la mano, se impulsaron hacia delante con la vista nublada. Rick recobró la visión y miró hacia su izquierda y vio a Gary sacudiendo la cabeza para despejarse. Al principio veía todo temblar y no escuchaba.

Gary dijo, «Maldita sea, ¿donde esta Esme?».

Rick, a punto de un ataque de pánico, se puso en pie de un salto.

«La tenía cogida de la mano cuando cruzamos. ¡Esme! ¿Dónde estas? ¡Maldita sea!».

Corrió hacia el borde del campo y observó el verde apagado de los pantanos. ¡Esme!

No hubo respuesta.

Gary fue junto a Rick y le rodeó el cuello con un brazo. No te preocupes. Debe ser por ese bonito traje que lleva. Voy a regresar para asegurarme de que está bien».

«Voy contigo».

«No, tu no. Tenemos una constitución diferente. Soy como un caballo de guerra y tu eres como un...pony».

«¿Un qué?».

«¿Un qué?».

«¿De verdad no lo pillas, amigo? Un caballo en miniatura,

voy a ir solo. Volveré en un instante. Esperemos que con una campesina sajona».

Con sentimientos encontrados, Rick observó como se desvanecía entre la niebla. La inestabilidad que el sentía probaba que era verdad lo que Gary había dicho.

Rick se sentó en la hierba y esperó y esperó. Después de lo que pareció una eternidad, se torció para coger su móvil del bolsillo trasero de su pantalón. Gruñó cuando vio que sus esfuerzos habían sido en vano. Obviamente, no había señal y por lo tanto no había reloj digital. Aunque en el cielo había una capa de nubes uniformes, no podía ver la posición del sol tampoco. Gary hacia mucho tiempo que se había ido. ¿Qué debería hacer? Podría ir al Scriptorium para calentarse y comer algo. ¿Pero y si volvía Gary? Tenía que encontrar a Esme tan pronto como fuera posible. Al final pensó que lo único que podía hacer era esperar.

Si alguien le hubiera preguntado a Gary si era un amante de la naturaleza, él hubiera dicho que no. Su mundo estaba entre las bibliotecas y los libros, hasta hoy. El no tenía ninguna opción mas que pasar el tiempo mirando lo que había a su alrededor. Con respecto a los pájaros, se dio cuenta que sabía muy poco para poder identificarlos. ¿Pero quién no reconocería el curioso personaje regordete de pecho rojo que se movía acercándose cada vez más a sus pies? Sus diminutos ojos redondos le observaban y Rick se sintió agradecido por su compañía mientras la escasa luz del atardecer se extinguía cada vez más.

Cuando el petirrojo le abandonó, Rick se sintió muy solo, enfrentándose con la dura realidad de la situación. En menos de una hora se haría de noche. Había estado esperando todo el día que Gary regresara y dado que Esme había desaparecido, no había ninguna garantía de que Gary regresara. Rick se puso en pie sintiendo la rigidez de sus piernas y empezó a caminar deprisa para devolver la circulación a sus piernas que todavía le temblaban. Mientras caminaba, la niebla empezó a envolverle, para alivio suyo una grieta apareció en el aire ondulante, a través de la cual entró Gary. No había ni rastro de Esme, pero tan pronto como Gary se recobrará de su viaje en el tiempo podrían ponerse en marcha para buscar comida y refugio.

El se agachó junto a Gary y le dio unos golpes en la cara, pensó que de ese modo podría acelerar el proceso de recobrar la consciencia. Gary pestañeó hasta que abrió sus ojos azul claro y estos se enfocaron en Rick.

«Ni rastro de Esme. Se ha desvanecido».

Rick respiró profundamente, «¡la gente no se desvanece en el aire!».

«¡Los putos viajeros en el tiempo sí!».

«¿Y por qué has tardado tanto?"».

«¿Qué he tardado mucho? Vine en cuanto vi que no había nadie a la vista. ¡¡Carajo, aquí ya es casi de noche!».

«¡Exacto, he estado esperándote todo el día a que regresaras!».

«Sabes lo que eso quiere decir, ¿no?».

«Lo se».

Ellos debatieron sobre el diferente lapso del tiempo entre los dos siglos mientras caminaban hacia el pueblo. Ambos sabían que esta conversación solo era para posponer hablar sobre el destino de Esme. Primero, se reunieron alegremente para comer y se sintieron mejor con el estómago lleno. No fue hasta la hora de irse a la cama cuando sacaron el tema de Esme.

«¿Rick?». La voz de Gary se podía oír de nuevo en la oscuridad.

«¿Qué?».

«Todavía pienso que esto ha sucedido por haberse cambiado de ropa».

«Pero, escucha, juro que la estaba cogiendo de la mano cuando entramos por la grieta».

«Entonces, ¿por qué no estaba Esme cuando pasamos?».

«Una cosa es segura...ella no ha vuelto a nuestro siglo. No la he visto...lo que significa...».

«¿Qué?».

«Está aquí en el 871, pero en otro sitio, ¿lo ves? He tenido la razón todo el tiempo. Ese maldito vestido la ha llevado a otra parte».

«¿Pero dónde? Esme podría estar en cualquier lugar del siglo nueve. En Inglaterra, en Europa...o en el mundo». Termino con un tono de voz débil, casi inaudible.

«¡No!»-

«¿No?».

«Escúchame, Rick, Esme no estará lejos. Solo es cuestión de encontrarla o que ella consiga volver aquí. Será mejor que nos durmamos.

«Tienes razón, no tiene sentido que pensemos lo peor».

«¡No! Buenas noches».

A la mañana siguiente, se vistieron y tuvieron una acalorada discusión.

«Maldita sea, Rick, había planeado en practicar la fabricación de pergaminos. ¡No en primeroexplorar los pantanos de Lindsey!».

«Esme venía conmigo, las cosas han cambiado, ¡Por los clavos de Cristo! Necesito tu ayuda. No debemos olvidarnos de que no estamos aquí para aprender a hacer pergaminos».

«Quieres salvar a Rinc y a su familia y a Garr, ¿por que no te los llevas contigo?».

«¡Eso es exactamente lo que haré! Por mi puedes quedarte haciendo pergaminos hasta que vengan los vikingos y te hagan pedazos». Rick se dirigió al pueblo y tocó educadamente a la puerta. El sajón la abrió y al ver a su doble le agarró y le metió en la casa.

«¡Bienvenido, amigo mío!, ¿Estás solo? ¿Dónde están tus

compañeros?».

«Es una historia muy larga y difícil, Rinc. De momento estoy solo y buscando ayuda».

«Entonces has venido al lugar adecuado, Rinc. ¡Esme! ¡Muévete mujer, necesitamos cerveza!».

Esme, llevando a su bebe en brazos desde la habitación que ellos usaban como dormitorio, sonrió tímidamente a Rick.

«¡Esme! ¿Cómo está tu pequeño?».

«Bien, te lo agradezco, Rick. Le hemos llamado Wyne, como el padre de Rinc, ¿Quieres cargarlo?».

Ella le pasó el pequeño bulto a Rick, quien le meció entre sus brazos y dijo suavemente, «Wyne, tu nombre significa "amigos" y te deseo que tengas cinco buenos amigos el resto de tu vida». El se giró hacia Rinc, «es un muchacho precioso y si cuando se haga un hombre puede contar con cinco buenos amigos será muy afortunado».

«Eres muy afortunado, Rick y di siempre la verdad. Los espías del padre de mi esposa han regresado de Torksey y como dijiste, los hombres del norte han construido un gran campamento allí. Nuestros días de paz están contados».

«Por eso es que necesito tu ayuda. Necesito un barco y unos brazos fuertes para navegarlo».

«Garr tiene un barco. Tres de nosotros es suficiente para manejarlo fácilmente. ¿Dónde deseas ir?».

«Hay un río que lleva a Saltfeetby. *En nuestro siglo es el Long Eau, me pregunto por que nombre lo llamaran ahora o si ni siquiera sigue aún el mismo curso.* Tenemos que seguir el curso de ese río durante seis kilómetros y medio, Rinc».

«Bebe, luego iremos a la casa de Garr. Estará preparándose para descuartizar a un cerdo».

«Odio interrumpirle en un trabajo de tal importancia».

«Por ti, Rick, un gran profeta, vendrá gustosamente».

Eso resultaba muy cierto y ellos entraron fácilmente en

conversación mientras remaban por los pantanos, siguiendo el meandro del río.

«¿Qué ha pasado con tus compañeros? ¿El tipo que se parece a Garr y la que se parece a Esme?».

«Gary está bien. Está haciendo pergaminos con el maestro Drew en el Scriptorium. Pero estoy preocupado por Esme».

«¿Cómo es eso?».

«Ella ha desaparecido del pueblo, iba vestida con buenas ropas de mujer perteneciente a la nobleza».

«¡Que extrañas circunstancias! La hermana mayor de mi Esme es una noble, Leofwen se llama, su padre la casó bien. Se parece mucho a Esme».

«¡Lizzie Leofwen! ¡Es increíble! ¡Pero ahí es donde estará ella!».

«Rinc, ¿dónde vive Leofwen?».

«Hasta no hace mucho, vivía en el castillo del rey en Lincoln, pero hace poco, ella y su marido se mudaron a Gainsborough, hace unos tres inviernos para la boda del Rey Alfredo y ellos se quedaron allí desde entonces». Rick trató de hacer memoria. ¡Por supuesto! *El rey Alfredo se casó con Ealswitha, hija de Aethelred Mucill jefe de Gaini de ahí es donde la ciudad toma su nombre. Maldita sea, ¡Gainsborough está demasiado cerca de Torksey se han mudado ahí por comodidad!*

Rick no dijo nada más de momento sobre el tema, pero sabía que tendría que ir a Gainsborough para encontrar a Esme. Primero, sin embargo, necesitaba completar la misión.

Era difícil juzgar lo lejos que ellos habían avanzado, pero cuando vio tierra firme, le pidió a Gary que parara. Mientras los dos amigos estaban ocupados atando el bote ye estibando los remos, Rick miró furtivamente el mapa que había hecho Esme y las líneas que ella había trazado. Intentaría seguir esa ruta si la tierra no era demasiado pantanosa. Contaba con una brújula escondida en su muñeca y se dirigirían hacia el este. El problema era la falta de puntos de referencia. A donde llegaba la vista, ellos solo podían ver praderas planas intercaladas con juncias y juncos.

«¿Hacia adonde nos dirigimos?», preguntó Garr.

«Por aquí», contestó Rick. «Debe haber un islote en un par de kilómetros. Los protegerá de los hombres del norte, a ti y tu familia Rinc y a ti, Garr. Tendrán que turnarse las guardias. Hay muchas aves y anguilas para el guiso de Esme.

«Cuanto antes mejor. Antes del mes sangriento deben mudarse aquí».

«De acuerdo, antes del final de marzo estará bien».

«¿Cómo salvaremos a nuestros vecinos del pueblo de la ira de los hombres del norte?», preguntó Garr y Rinc le miró con severidad.

«¿Qué? Por supuesto, no podemos abandonarles a su suerte. Debo encontrar otros lugares en los próximos días. Pero mi prioridad son ustedes y sus familias. Por eso hemos venido desde tan lejos. Considérennos unos ángeles mandados por Dios».

«¿Por eso es que se parecen a nosotros, Rick?».

«¿No está claro, Rinc?». Rick, que estaba deseando cambiar de tema preguntó, «¿No hay alguna manera de dejar una señal para que podamos encontrar este lugar otra vez? A Rick todo el paisaje le parecía igual, interminables montones de hierba, agujeros inundados de agua y grupos de juncos.

«Podríamos cortar algunos juncos y hacer un poste indicador», dijo Garr dubitativamente.

«Esa no es una mala idea», dijo Rick. «Por supuesto, tendremos que quitar la señal después para que el islote permanezca en secreto».

«¿Pero dónde está ese islote?», había cierto tono de desafío en la voz de Garr.

«Sé paciente Garr, aún no hemos llegado». Después de una

mirada furtiva a su brújula, señaló.

«Está por allí». Ellos habían tomado un rumbo invariable al sureste. «Cortemos algunos juncos y hagamos la señal».

Garr sacó un cuchillo bien afilado de su cinturón y poniéndose de rodillas en el agua embarrada, cortó los gordos juncos. Le pasó un buen puñado de juncos a Rick y a Rinc, quienes lo sacaron del lodo empalagoso y succionador, sin importarles el barro que se adhería a sus zapatos y sus pantalones, Garr retomó los juncos, los ató fuertemente con unas hierbas y, preparando un agujero en el húmedo suelo con su cuchillo plantó la señal. Rick admitió que habían hecho una señal muy efectiva y mirando hacia atrás pudo verlos al menos ya a una distancia de trescientos metros. Después de recorrer otros ochocientos metros, repitieron la operación. No había necesidad de hacerlo de nuevo porque después de ochocientos metros la tierra se empinaba de manera claramente perceptible y el islote quedaba a la vista.

«La pregunta es, Rinc, ¿puedes construir una pequeña casa en el islote?».

«No hay manera de traer madera de nuestro pueblo», dijo pensando en voz alta.

«Tendremos que construir con adobe y juncos. Hay mucho barro para hacer el adobe. El techo se puede hacer de cañas. La zona esta llena de ellas».

«Y como combustible, mira ese hueco. ¡Como que me llamo Rick que es una turbera! Puedes ir sacándolo de ahí a tiempo para que Esme encienda el fuego. Tu y Garr tendrán que venir a menudo para construir la casa, Rinc. Sé que será duro de combinar con tu otro trabajo», Rick puso deliberadamente una mirada de lejanía en los ojos, «pero», dijo en la voz de profeta más creíble que pudo poner, «salvarán sus vidas y las de Esme y Wyne».

«Haremos todo lo que nos digas, Rick».

CAPÍTULO DIECISIETE

LITTLE CARLTON, 871 AD

Rick convenció a sus compañeros de que fueran con él a Saltfeetby porque les insistió en que tenía asuntos urgentes en Gainsborough. Desde el pequeño puerto comercial, cogerían uno de los muchos veleros que surcaban las costas de Lindsey y entraban en el estuario.

Este era el plan, pero era difícil de ejecutar porque los dueños del barco eran reacios a aceptar a tres desconocidos buscando pasaje.

La suerte estaba de su lado en la forma de un mercante nacido y criado en Little Carlton quien reconoció a sus amigos, aunque no los había visto desde que eran adolescentes. Suerte que tenían, pensó Rick. El mercante accedió sin vacilaciones a llevarlos a Gainsborough, de donde él venía. Se dedicaba al comercio de piel de focas que eran abundantes a lo largo de la costa. Tenía muchos contactos en el puerto de Trent y llevaba una buena vida gracias a su mercancía.

Partieron de inmediato después de comer y navegaron a muy buen ritmo gracias a la brisa que soplaba en dirección desde el noreste. Pronto, sus remos se estrellaban contra las olas marrones del estuario del Humber, donde el viento que soplaba de popa les impulsaba hacia la boca del río Trent. Ellos cogieron la esperada marea alta y navegaron río abajo y ataron la embarcación a un muelle para descargar. Rinc y Garr echaron una mano y Rick recorrió el muelle en busca de información. Había reparado en dos mujeres con marcas de haber pasado la viruela que vendían sus cuerpos antes de avistar a un campesino, quien le dijo lo que quería saber.

Sus amigos se le unieron con la atención puesta en el bullicio que había en el muelle.

«Ustedes dos, vamos, tengo las indicaciones para ir al ayuntamiento, no está lejos del río, por allí». Después siguió un corto debate seguido de que Garr no quería acompañar a Rick, pero Rinc fue inflexible y dijo que no le dejaría solo y desprotegido.

La ciudad, un importante centro de comercio, también presumía de ser una capital real de Mercia, pero en años reciente había dejado de tener ese galardón. Como resultado de ello, el ayuntamiento estaba magníficamente adornado con puertas talladas en cuyo interior se podían observar muchos bellos tapices que adornaban las paredes. Los dos guardias corpulentos de la entrada les preguntaron el motivo de su visita y Rick, en un acto reflejo, respondió, «hemos venido con un mensaje para Lady Esme».

El guardia gruñó satisfecho, pero observando a Rick y a Garr, dijo, «tendrán que dejar sus armas aquí».

Ellos entregaron sus cuchillos y los guardias les permitieron el paso.

Esme está aquí, yo tenía razón.

Un grupo de gente reunida alrededor de una mesa captó la atención de los tres hombres. Algunos de ellos llevaban buenas ropas y entre estos nobles, Rick captó las trenzas doradas de Esme. Sin desear llamar la atención sobre él o sus compañeros, se abstuvo de llamarla, pero se deslizó entre los transeúntes hasta que le pudo hablar al oído».

«Soy yo, Rick».

«¡Rick!, sabía que me encontrarías».

«Rinc y Garr también están aquí. ¿Hay algún sitio donde podamos hablar en privado?».

«Sígueme».

Ella le guio hasta la parte trasera del ayuntamiento, más allá de la mesa, a través de una de las muchas entradas a un tabique. Entraron a un corto pasillo en el que había más puertas, y Esme, dirigiéndose a una de ellas, se sacó una llave escondida en su manga y la abrió.

«Esta es mi habitación, cortesía de mi "hermana" Leofwen. Ella está en la habitación de al lado con su marido, el funcionario de alto mando y magistrado Eowa. Rick, creo que ella es la razón por la que vine aquí».

«Eso ya lo sabía, tan pronto como me contaron que la esposa de Rinc tenía una hermana noble que era parecida a ella».

«¡Es extraordinario! Espera a que la veas. ¡Es idéntica a Lizzie! De todas maneras, hay un problema, Rick, no puedo regresar a Little Carlton hasta que lo solucione».

«¿Qué sucede?».

«Te he dicho que el marido de Leofwen es un funcionario de alto mando, el heredero murió hace cinco años, el rey le dio sus tierras a Eowa, saltándose a su hijo, Aethelwulf. Ahora están distanciados. Aethelwulf reclama que esas posesiones son suyas y niega la existencia de un testamento».

«Pero si hay testamento, no hay nada que Aethelwulf pueda hacer, Eowa es el legitimo dueño».

«El testamento no existe aquí en el cartulario de la abadía».

«¿Y entonces?».

«El funcionario Eowa lo ha pedido varias veces, pero el

abad, que es un amigo de Aethelwulf y apoya su reclamación, refuta su existencia. ¡Es un caradura mentiroso y no es digno de ser un hombre de Dios!».

«Pero, Eowa podrá mandar a alguien para que lo consiga».

«Ese es el problema. Aethelwulf tiene el lugar custodiado por sus guardias y sus hombres conocen a todo aquel que tiene relación con Eowa y sabe leer. La disputa cada vez va a peor, están intimidando a los campesinos de Eowa con violencia. Ahí es donde entras tú, Rick. Ya he hablado con Eowa y está de acuerdo. Iba a mandar a un hombre por ti a Little Carlton, pero nos has ahorrado el trabajo».

«A ver si lo entiendo bien. ¿Quieres que vaya a la abadía y recupere el documento?».

«Eso es».

«¿No habías dicho que está protegido por guardias?».

«Puedes moverte por allí libremente haciéndote pasar por monje. Y además a ti no te conocen».

«Perdona, ¿que me haga pasar por un monje? No estoy cualificado para ello».

«¿Qué quieres decir?».

«No tengo entrenamiento religioso. Todo lo que sé es lo que aprendí en el colegio. Es una idea de locos, podrían matarme».

Esme abrió los ojos como platos. «El peligro será mínimo, Rick. ¡Vamos, puedes hacerlo por mí!».

«A menos que lo solucionemos, Leofwen y Eowa no se irán de Gainsborough y ya sabemos lo que pasará si se quedan aquí este año».

«Sí, ya lo sé. Pero, hay un problema».

«¿Cuál?».

«No tengo ropas de monje y por si no lo has notado no tengo hecha la consura».

«Ya he conseguido un hábito fabricado de lana de oveja negra, es de color gris oscuro: del mismo color del que llevan los monjes. Y con respecto a la consura, yo te la haré. Prometo no arrancarte la cabellera, Rick. ¡Oh, vamos, no pongas esa cara! El pelo te volverá a crecer».

«Si accedo a hacerlo. ¡Me deberás una muy grande!».

«Entonces, ¿lo harás?».

Por su irónica cara, Rick sabía que él podría discernir el documento correcto si lo tuviera en la mano. Lo más importante era que se abriera paso hasta el cartulario. Necesitaría una excusa para justificar su presencia en la habitación. Tenía que pensar como hacerlo. Esme le sacó de sus pensamientos, «Vamos, Rick, será mejor que conozcas a mi "hermana", ella no sabe que no soy su Esme, por cierto».

Rinc y Garr habían podido comprender muy poco de lo que el le había contado, así que Rick se lo explicó rápidamente. Rinc parecía preocupado y hablaba con Garr en voz baja. Ambos hombres cambiaron su comportamiento cuando fueron admitidos en la habitación de Lord Eowa. Su repentina actitud servil reñía con el espíritu democrático del siglo veintiuno de Rick. No tenía ninguna intención de agachar la rodilla ni bajar la mirada.

El funcionario, sin embargo, no les dio importancia a las formas de Rick porque necesitaba su ayuda. En vez de eso, miró a Rick y luego a Rinc desconcertado, «¿Son gemelos?», preguntó. Rick se apresuró a contestar antes de que Rinc pudiera decir palabra.

«Sí, así es».

Leofwen parecía muy sorprendida y miró con severidad a Rick. Ella había crecido en Little Carlton y sabía que Rinc no tenía ningún hermano. Rick le guiñó un ojo y añadió, «pero Rinc es el marido de Esme».

«Te recuerdo de tu boda, hermano». El funcionario se acercó a Rinc y le puso la mano en el hombro en un gesto de buen corazón. Entonces frunció el ceño. «Pero no me acuerdo de tu hermano gemelo».

«Yo también os recuerdo, milord, pero mi hermano estaba lejos el día de la boda».

Ellos conversaron un rato hasta que Esme interrumpió.

«Necesitas las instrucciones, Rick. Pídele al funcionario que te dé los detalles».

«¿Cómo has podido convencer a Leofwen de que eres su hermana sin hablar su lengua?».

«Me las arreglo con mi astucia natural. Pero es bastante más complicado».

Rick se enfrascó en una larga conversación sobre la disposición de la abadía y le repitió las instrucciones para llegar a la habitación donde se encontraba el documento. Entonces, caminó hasta un armario, abrió un cajón y sacó una navaja. Le dijo a Rick que se arrodillara y cuando el filólogo obedeció, levantó su pelo y empezó a cortar.

Para horror suyo, Rick vio caer al suelo su caballera color castaño, por el rabillo del ojo vio a Garr riéndose y Esme parecía preocupada, pero fue Leofwen quien paró a su marido. Para alivio suyo ella dijo, «dame la navaja, marido. No hay nada mejor que el toque de una mujer para un trabajo delicado». Él sintió el frío acero pasar suevamente por su cuero cabelludo y apreció la sistemática naturaleza de su afeitado. Pronto ella dijo estar satisfecha del resultado de sus esfuerzos.

«Bienvenido, hermano Rick», rió Garr.

«No». Dijo Eowa, «usa otro nombre. No debemos hacer que las sospechas recaigan sobre Rinc».

«Entonces, seré el hermano Garr», Rick miró con cara de pocos amigos al hombre que estaba sonriendo.

Vestido con un hábito gris y unas sandalias, Rick parecía un monje. Su pasado académico le ayudaba a portar un aire de ratón de biblioteca.

En su cabeza, rondaba la idea de una historia para presentarse ante la puerta de la abadía. Con su conocimiento sobre historia anglosajona, podría aprovechar el presente estado de Inglaterra en su beneficio. Recordó que los vikingos bajo el mando de Ivar el deshuesado ya había capturado Nottingham y pronto atacaría Burgred desde su reino de Mercia. Fingió ser un profeta que había realizado servicios en Little Carlton; quizás si aparentaba ser un visionario que recorría las tierras para ayudar a la gente, eso funcionaria en la abadía. Recordó los sermones de Wulfstan sobre el fin del mundo. Es verdad, solo estaban en el año 870 y Wulfstan escribió esos sermones en el año 1010 pero el se había aprendido el *Sermo Lupi ed Anglos* de memoria, debido a sus estudios, lo repasó en su mente y sonrió ampliamente al recordar el efecto que tuvo en los contemporáneos de Wulfstan. ¡Que mejor que usarlo antes de que él naciera! La amenaza de los vikingos ya es real ahora como lo será después.

Consiguió entrar en la abadía haciéndose pasar por el hermano Garr y escupió su historia de manera muy creíble, tanto que un hermano le llevó a ver al Abad.

«Padre», Rick luchó por recordar el sermón y dijo, "*reconoce lo que es verdad: este mundo esta en peligro, y se acerca a su final; y así contra más tiempo permanezcamos en este mundo peor será; ya que imperará la maldad antes de la llegada del anticristo*"».

«Hijo mío, ¿Por qué hablas de esa manera?».

«Estas no son mis palabras, padre», dijo Rick, «si no que están inspiradas por el espíritu santo y son verdad. Esta es mi misión, recorrer las tierras y caminos y salvar a tantas almas como me sea posible». Fingió esa mirada de lejanía, "a la luz de lo que está por venir. ¡La muerte es inminente!».

«¿Te refieres al apocalipsis? ¿Estas diciendo que el día del juicio final esta cerca?».

«Así es, y mi misión es tal que debo empezarla desde la iglesia misma. He sido enviado por obispos y arzobispos para comprobar que las casas del señor están en orden. Le imploro, padre que me permita rezar por mis hermanos». Rick confiaba en su memoria. Había aprendido el larguísimo *Sermo Lupi ad Anglos* hasta la ultima palabra y sabía que podía recitarlo adornándose con florituras. Eso le garantizaría tener toda la credibilidad que necesitaba en la abadía. *Y también desearía inspeccionar sus documentos.* Pero se guardó esta frase para si mismo. No debía presionar tan pronto.

«Puedes dirigirte a nuestra comunidad en la sala capitular después de que los hermanos hayan terminado de comer. ¿Querrías unirte a mi para la comida, hermano Garr? Le presentaré a los hermanos y después diré una oración, debo decir que estoy deseando escuchar su discurso».

«Deberías, lo escribió uno de los más espirituales intelectuales del siglo once».

Rick sonrió y se inclinó ante el viejo abad, animado por el respeto que este le confería. El se animó ante el impacto que únicamente las primeras líneas del sermón evocaron.

La habitación capitular, un simple espacio rectangular lleno de filas de bancos de madera, insuficientes para sentar a todos los presentes, tenía paredes de duro ladrillo. Los constructores no habían tenido problema en cubrir con yeso la chapuza.

Rick respiró profundamente y empezó con la oración, repitiendo las palabras que había dicho antes al abad y procedió con confianza en sí mismo. Hizo un barrido visual de la habitación, mirando las caras tensas de los monjes, como reacción ante el mensaje que él estaba anunciando. La acústica de la habitación, aumentada por el alto techo, le dio a su voz un fuerza y profundidad que no sabia que poseía. *"Pero todos los días hacían una maldad tras otra, cometiendo injusticias y violando la ley por toda esta tierra..."*. Hizo una pausa para mantener el suspense con satisfacción ante los rostros indignados de los monjes. Wulfstan sabía como ganarse a su audiencia, reconoció Rick, pero él también usaría su inteligencia. Más adelante en el sermón, había referencias al tiempo de Wulfstan que él tenia que cambiar. ¿Si hacia alguna referencia al tiempo actual coincidirían los hechos con los lugares? Sería una pena arruinar todo el crédito que se había ganado dentro de estos muros.

Rick no tenía de que preocuparse. Su mente despierta le salvo en varias ocasiones. Cuando se equivocó una vez, a nadie le importó, ya que nadie en la habitación le creía capaz de pronunciar tan poderoso discurso. El orador concluyó, *"Y deja que reflexionemos sobre el gran juicio que todos deberemos pasar, y permítenos salvarnos del infierno eterno y ganarnos la gloria y la dicha que Dios nos reserva a aquellos que hemos hecho su voluntad en la tierra. Que Dios nos ayude. Amén"*.

«¡Amén!», la palabra reverberó en la abarrotada habitación al unísono de más de un centenar de voces. El abad se levantó de su asiento, su semblante iluminado de fuego espiritual. Se dirigió a los monjes, quien pedían silencio los unos a los otros para oír sus palabras, cansados como estaban después de concentrarse en el monólogo de Rick.

«Compañeros de Cristo, hoy hemos tenido el privilegio de escuchar las palabras del hermano Garr. Guardémoslas en nuestros corazones cuidándolas como a un tesoro, reflexionando sobre lo que el espíritu santo nos ha enseñado», se giró para señalar a Rick, quien se esforzaba en parecer humilde. «La reunión ha terminado. Marchaos en paz y reflexionen. ¡Reflexionen!».

Rick aceptó de buen grado los halagos del abad en la ya silenciosa habitación, siguiendo el ensordecedor movimiento de los pies en el éxodo.

Ahora, el momento perfecto para atacar.

«Padre, ¿me da su permiso para inspeccionar los documentos de la abadía? No es que espere encontrar algo mal. Es solo una formalidad. Sin embargo, estoy obligado a llevar a cabo esta tediosa tarea».

El viejo abad parecía desconcertado ante la petición por unos instantes, pero recobró la compostura.

«Por supuesto, hijo mío. Te acompañaré a la biblioteca donde se guardan».

Desmoralizado, Rick se dio cuenta de que había dos corpulentos hombres armados en la puerta de la biblioteca. Claramente trabajaban para Aethelwulf. Un seguro contra la gente que como él podrían conspirar para robar el testamento que servía como prueba en la disputa contra Eowa. Ellos le miraron con expresión de severidad a Rick, pero el abad les hizo un gesto tranquilizador con la cabeza mientras les dijo, «todo está bien».

Llevó a Rick hasta una estantería que albergaba pergaminos fuertemente enrollados. Bajo las estanterías había un armario. El abad desenganchó un manojo de llaves y buscó entre las mismas la que abría la puerta del armario. Con una exclamación de satisfacción, la insertó en la cerradura para poder coger un gran volumen encuadernado en madera. Tambaleándose con evidente esfuerzo, el viejo depositó el libro sobre la mesa más cercana con un suspiro de alivio. «Allí hermano tiene nuestro cartulario. Contiene una copia fiel de todos los documentos de la estantería. Desde aquí podrá relacionarlos. Le deseo dicha en su agotadora lectura». Después de los cumplidos de rigor, el abad salió de la habitación. Rick vio como la cabeza de uno de los guardias se asomaba por el marco de la puerta mirándole de manera intimidatoria. *Paso a paso. ¡Primero tengo que encontrar la maldita cosa!*

Estudió el primer documento, notando que era de una fecha muy antigua y se reprobó a si mismo. Él, como filólogo, no debía dejarse cautivar por lo pergaminos. Era una oportunidad única en la vida para aprender muchas cosas, pero no estaba aquí para eso. Pasó las paginas con renovados bríos. ¿Qué era lo que sabía él? El Conde Aethelred había muerto en 866, así que él fue directamente al primer documento con fecha posterior a ese evento. Trataba de la donación de una pequeña porción de tierra de una viuda a la abadía. Interesante, pero irrelevante. Estudió cinco documentos más que no tenían relación entre sí, todos del año que buscaba, pero al sexto, tuvo que reprimir una exclamación. No quería llamar la atención de los guardias.

Empezó a leer y después de solo las primeras palabras típicas de introducción: *En el nombre del único y sagrado hijo de Dios, Jesucristo. Yo, Burgred, Rey de Mercia*...entonces ojeó el resto traduciendo febrilmente, hasta que se detuvo en las palabras, *donación y transferencia*... entonces reparó en los nombres de Conde, *Aethelred y Eowa*... este era el documento que andaba buscando. Entonces encontró el número del documento, echó la silla hacia atrás, con cuidado de no hacer ruido, y caminó de puntillas hasta la estantería. Sus dedos recorrieron los números hasta que paró en el 27/66.

Casi llegó a tener en sus manos su codiciado premio, pero entonces se detuvo, si lo tomaba ahora dejaría un hueco en la estantería. No iba a ser tan estúpido. Moviéndose cuidadosamente hasta el final de la estantería cogió el ultimo pergamino numerado como el 16/71, entonces, junto los pergaminos adyacentes para cerrar el hueco y quitando la etiqueta 16/71, no dejó señal alguna de que faltara un documento. Tan rápidamente como pudo, intercambio el 16/71 por el 27/66 escondiéndose este ultimo en su túnica.

¡Si me registran estoy perdido!

Una vez más, tendría que ser un consumado actor. Empezaría distrayendo a los guardias. Cogió el pesado cartulario, lo dejó caer al suelo de la biblioteca con un sonido ensordecedor.

Ambos guardias se apresuraron a entrar en la habitación para ver lo que había sucedido.

«¡Oh, Dios mío!», Rick fingió una angustia extrema, «el bendito libro es demasiado pesado para mis pobres brazos. Me temo que no he podido sujetarlo. Espero que no se haya dañado».

«Que final tan triste para un trabajo bien hecho», dijo Rick, «he comprobado que no hay ninguna irregularidad y quería recolocar este volumen en su sitio. ¿Podría alguno de ustedes, que son jóvenes y fuertes colocarlo en su sitio?».

«No se preocupe, hermano. No se ha dañado. Yo lo haré».

«Que Dios te bendiga hijo», Rick sonrió, pero emitió una ansiosa mirada al otro guardia quien estaba caminando ojo avizor concentrándose en la estantería llena de documentos.

El más joven de los dos cogió en peso el volumen dejándolo en el armario y cerró la puerta.

«Dios mío, eres un tipo fuerte. Desearía que el señor me hubiese dotado con más fuerza. Pero no debo gastar su precioso tiempo en charlas ociosas. Iré a buscar al padre Abbott y darle las buenas noticias sobre lo bien que se encuentra su documentación».

El guardia más viejo se giró hacia su compañero y asintió, «Todo en orden aquí».

Rick se marchó forzándose a si mismo a mantener un ritmo constante mientras cada fibra de su ser le pedía salir corriendo de allí. No tenía ninguna intención de buscar al abad, pero quería salir de la abadía sin levantar sospechas. Aún le quedaban dos últimos guardias para salir por la puerta de la abadía.

Les había mentido. «Debo llevar las buenas noticias a la abadía de Lichfield».

Los guardias se miraron el uno al otro. Esto no pareció ningún problema a sus oídos no académicos. Así que ellos gruñeron unas pocas palabras y le dejaron pasar. Rick continuó con su ritmo lento hasta que dio la vuelta a la esquina de la carretera donde caminó lo suficientemente rápido como para que le diera una punzada en el costado antes de llegar al ayuntamiento. Razonó que, si el abad tenía alguna sospecha sobre la desaparición del hermano Garr, el lo iría a comprobar a la biblioteca y comprobaría el 27/66. En ese caso el encontraría la sustitución y daría la alarma. Si así era, Rick no quería ser cazado en las calles de Gainsborough.

Con la falta de aliento, explicó todo al satisfecho Conde Eowa, quien agarró el documento contra su pecho y le pidió a Rick que aceptara una recompensa por su valentía.

«El único regalo que imploro de usted, mi señor es que si os envió alguien con un mensaje abandonéis Gainsborough de inmediato y sin preguntas, y que me acompañe con Leofwen a donde yo me establezca. Esto no se me ocurriría si no pensara que no están en peligro. ¿Lo comprende mi señor?».

«¡Qué sugerencia más extraña! Pero os debo mucho, Rick, ¿o debo llamarle hermano Garr?», rió. «¿Cómo me puedo negar? Lo haré».

Rick le cogió la mano. «Espero con todo mi corazón que no tenga ningún problema».

El Conde le chocó la mano y le dijo, «Sé que recibo tu mensaje, y lo recibiré seriamente».

«Por mi parte, debo deshacerme de este traje de monje. Pronto buscarán al hermano Garr y el documento que les falta».

«Y no nos encontrarán a ninguno de los dos, ni a esto», dijo el Conde Eowa, señalando el pergamino que iba a esconder en la caja fuerte y mencionando que se debía marchar ahora mismo para hacerlo.

La mayor preocupación de Rick no era quitarse el traje de monje, si no que ahora la consura podría delatarle. Afortunadamente, Esme había pensado en todo y le dio una nueva túnica, esta vez de color verde y con capucha.

«Cuando sea necesario deberás ponerte la capucha, hermano».

«¡No me vaciles, graciosita! No estarías tan contenta si supieras como pagarás tu deuda con el Dr. Hughes».

«¿Por qué, ya lo has decidido?».

«Aún no. He estado demasiado ocupado pensando en que debíamos hacer a partir de este momento».

«¿Me lo vas a contar al fin?».

El notó la sinceridad en su voz y lo que le convenció fue la admiración que sentía hacia Esme por como se las había apañado ella sola. De momento, eso sería suficiente.

CAPÍTULO DIECIOCHO

LITTLE CARLTON, 871 AD

Fortalecido por el éxito de su aventura en el monasterio, Rick decidió que era hora de mantener la cita con el comerciante de focas en la taberna donde habían quedado en el puerto. Esme los acompañaría, pero Rick rechazó que visitera ese traje de la nobleza. Mientras explicaba a su reticente novia que ese tipo de vestidos incrementaría los peligros a los que ellos se pudieran enfrentar. Una joven noble frecuentando la zona del muelle resultaría una perspectiva demasiado apetitosa para los bajos fondos que lo frecuentaban. Como mínimo la considerarían objeto de un secuestro y así poder pedir un suculento rescate por ella.

«Te lo debo, Rick, te haré caso en todo lo que me digas, de momento así lo haré», añadió ella apresuradamente. «Me voy a guardar estas ropas en una bolsa, para así poder llevarlas puestas en el pueblo».

Con Esme vestida de una manera menos llamativa, los cuatro partieron hacia su cita en el muelle. La Taberna Wade, un desagradable hotel, del tipo de los que Rick pensó nunca entrar otra vez, estaba lleno de prostitutas, borrachos, comerciantes, marineros y jugadores. Ellos encontraron al capitán de su velero sentado a una mesa en la esquina, bebiendo cerveza en una jarra de barro en la compañía de dos miembros de su tripulación. Toda ilusión de una estancia pacífica mientras bebían una jarra de cerveza se esfumó cuando Rick se acercó directamente a ellos.

Entre ellos y su objetivo había un grupo de borrachos tambaleándose precariamente alrededor de un barril que les servía como superficie para jugar a los dados. Inadvertidamente, Rick tropezó contra el jugador que estaba a punto de lanzar sus dados. La culpa había sido del borracho ya que se tambaleó hacia Rick justamente cuando en ese momento pasaba a su lado. Al chocar contra el brazo del marinero hizo que a este se le cayeran los dados.

«Oye, ¡recógelo!». El marinero puso cara de estar enfadado, escupiendo todo el tiempo gotas de cerveza al hablar a Rick. El filólogo formó la frase, "¡recógelo tu, zoquete!", solo en su mente, pero solo consiguió decir, «recógelo...», cuando Garr le apartó, diciendo, «ha sido culpa mía, ¡te he empujado, sin querer, Rick!».

Garr buscó por el suelo húmedo y las manchas pegajosas de cerveza, y encontró el dado y lo apretó contra el beligerante puño del jugador que tenía los ojos rojos y quien mientras gruñía lo cogió sin ni siquiera dar las gracias, volviendo su atención de nuevo hacia el juego para alivio de Rick.

«¿Por qué has hecho eso? No me has empujado».

«Porque no quiero que ese bruto te destroce tu fea cara, ya está bastante fea tal y como está».

«Gracias, colega. Supongo que puedo pasar por alto el insulto».

«¿Qué insulto?», Garr puso cara de no haber roto nunca un plato.

Ellos se unieron a los tres marineros y, presentando a Esme, aceptaron la invitación a una cerveza. El posadero, cuya anchura rivalizaba con su altura, les anunciaba los tipos de cerveza que les podía ofrecer mientras, sus sufridas rodillas no podían igualar la fortaleza de su florida complexión, su rudeza era compensada por una gran mata de cabello y barba blancos. Con tanta rapidez como sus sufridas articulaciones le permitían o le lastraban, el bondadoso tipo volvió con una enorme jarra de cerveza con cuatro tarros sobre una bandeja.

«Asómate ahí fuera y mira si ha subido la marea», el mercante le ordenó a uno de los marineros.

«Yo también iré», dijo mirando a Esme con expresión de cautela, «¡tengo la vejiga a punto de estallar!».

Los dos hombres se quedaron en silencio durante un tiempo y cuando el marinero volvió, regresó sin Rinc.

«Los guardias le han apresado», dijo el miembro de la tripulación, «algo sobre que es un monje, les dejé estirándole del pelo, diciendo que era falso».

«Yo iré», dijo Garr, empujando con fuerza el hombro de Rick mientras este trataba de levantarse. «Y ponte esa maldita capucha, ¡Por el amor de Dios!».

Garr regresó, sonriendo todo contento, mientras Rinc seguía con la cara roja.

«Nos hemos librado de esta, pero ahora cuando nos vayamos, sal por la puerta trasera y nos vemos en el barco. Estaban buscando al hermano Garr», sonrió él. «No les dije que yo me llamaba Garr».

«Creía que me iban a arrancar el pelo de cuajo», dijo Rinc con tristeza, «uno de los brutos juraba que yo era un monje. Si te ven Rick, ¡estás acabado! Por cierto, la marea ya ha subido. Machémonos de aquí».

Al final los guardias no interceptaron a Rick y él se unió a los otros en el barco mercante. La tripulación, soltó amarras y zarpó y la nave se dirigió rio arriba hacia el estuario. Con toda la piel vendida, los mercaderes habían cargado el barco de barriles de cerveza de Gainsborough y contaban en hacer un gran negocio con ellos en Saltfeetby. Una pena que ellos no contaran con la buena suerte porque un gran barco vikingo venía a toda velocidad río abajo, la proa del barco brillaba con la imagen de un lobo gruñendo, fabricado de plata resplandeciente.

Tres garfios afilados surcaron el aire hasta clavarse en la borda del barco mercante. Rinc y Garr trataron que cortar las fuertes cuerdas que salían del gancho, pero no les dio tiempo antes de que los vikingos abordaran el velero. Era inútil resistirse pues los vikingos les superaban en número y por mucho. Los hombres del norte apartaron de un empujón a Rick, mientras se dirigían hacia los barriles. El mercader tuvo el infeliz impulso de colocarse, cuchillo en mano entre ellos y el primer barril. Su cabeza cayó rodando por el suelo del barco y un vikingo, riéndose a carcajadas le dio una patada que la mandó por encima de la borda hasta que cayó en el río, dejando al cuerpo sin cabeza emanando sangre.

El más alto de los vikingos, un gigante, gritaba órdenes en lo que a Rick pensaba que sería danés. Sus hombres cargaron los barriles y los transfirieron al barco pirata vikingo. En cuanto a Rick, él estaba repasando frenéticamente todo lo que sabía de los vikingos cuando el jefe se le acercó y le quitó la capucha de la cabeza.

Este vikingo, para sorpresa de Rick, se dirigió a él en lengua sajona. «¿Así que escondes el hecho de que eres un monje cristiano?».

«No lo soy», dijo Rick, quien ahora tenía una idea clara en su mente. «Fingí ser un monje porque los cristianos no saben nada de los verdaderos dioses. Tenía que disfrazarme para seguir con vida».

Los ojos de hombre del norte se estrecharon denotando sus

sospechas, «¿Qué quieres decir? No eres uno de nosotros. No me tomes por tonto».

«Comparto tu Dios y sus conocimientos, ya que soy un hechicero. ¿No aprendió Odín el alfabeto rúnico al clavarse a si mismo con su espada a un árbol durante nueve días? Yo también lo he aprendido atándome durante una semana sin agua. Veo que eres un poderoso guerrero. Dame tu hacha y te inscribiré las runas en el mango que te harán invencible en la batalla».

Los ojos del guerrero se iluminaron de deseo, pero era evidente que todavía sospechaba de Rick.

«¿Por qué harías eso por mi?».

«Para que nos dejes marchar a mí y a mis amigos y no compartamos la suerte de ese desgraciado».

El vikingo echó un vistazo al cuerpo sin cabeza y rió. «Era un idiota mercader, ¡arriesgando su vida por unos barriles de cerveza!». Miró a Rick con astucia. «Pero tú, amigo mío, eres mucho más sabio. Has hecho un trato muy sensato. Vendrás conmigo y cumplirás con tu parte del trato. Los otros pueden irse».

«¡No lo hagas!», gritó Esme. Rick deseó que ella no hubiera atraído la atención de los vikingos hacia si misma, una preciosa mujer era un gran botín.

«Cállate Esme», gritó el en inglés moderno. «Sé lo que estoy haciendo y estaré de vuelta en Little Carlton antes de que te des cuenta. Vete mientras puedas, no querrás ser la doncella del escudo de un vikingo, ¿verdad?».

«¿Qué idioma es?». El oírlo levantó de nuevo las sospechas del vikingo.

«La lengua de los hechiceros. La moza practica brujería», dijo Rick, sabiendo el miedo que eso inspiraría en un supersticioso vikingo. De hecho, miró a Esme horrorizado y empujó a Rick hacia un lado del barco. «¡Basta ya!», ordenó él. El guerrero no podía apartarse lo suficientemente rápido de la bruja.

Mientras el gran barco se deslizaba grácilmente río abajo hacia Gainsborough, Rick talló unas runas en el mango del hacha de batalla. Sabía demasiado bien que las runas, los símbolos del lenguaje nórdico, eran más que solamente letras para los vikingos. Eran presagios, signos y portadoras de un poder místico. Su plan había funcionado y él conocía los pasajes de la poética Edda sobre el *Sigdrifumál,* donde la valkiria *Sigrdrifa* daba consejos sobre las propiedades mágicas de las runas. Rick empezó tallando el arco simbolizando a Tyr, el Dios de la guerra. Cuando hubo acabado, el alto vikingo agarró el hacha y estudió el trabajo del sajón detenidamente. Lentamente una amplia sonrisa se extendió en su cara.

«¡Nadie sobrevivirá a la ira de Einar Elufsson! ¡Que así sea! ¡Ven!». Una enorme mano agarró a Rick por la nuca y le impulsó hacia el centro del gran barco entre las hileras de remos y al lado de uno de los barriles robados. Usando la parte afilada de su hacha como palanca, el guerrero abrió la tapa del barril. Mientras rodeaba el borde del barril gritó unas órdenes, y pronto un vikingo llegó con dos huecos para beber. Einar tiró a un lado la tapa y metió uno de los vasos en forma de cuerno en la espumosa cerveza.

«¡Aquí! Bebe conmigo, amigo mío». El guerrero también llenó el otro cuerno, rodeo con su enorme brazo el cuelo de Rick y se lo llevó a los labios. Rick imitó al vikingo y consiguió pegar un trago tan largo como su secuestrador. «¡Bien! Ahora eres mi hermano. ¿Cómo te llaman?».

«Rick...hijo de Hugh».

«¡Ah, Rick Hughsson! ¡Amigo mío!». El vikingo tomo otro enorme trago de cerveza y Rick hizo lo mismo. Empezaba a sentirse bastante contento.

«¿Einar?».

«¿Qué?».

«Te ruego no ataques en esta ciudad». Ellos se estaban acercando al muelle de Gainsborough.

«¿Por qué no?».

«Hay unos hombres que me persiguen y me quieren hacer daño».

«Me intrigas, Rick Hughsson, te mantendré a salvo y te llevaré conmigo a Londres».

A Rick le encantó la idea. La oportunidad de ver el Londres del siglo nueve era demasiado buena para desperdiciarla. Por supuesto. Estaba cerca de Yuletide en el 871 y los daneses habrían acabado de derrotar a al rey Alfredo en la batalla de Wilton. Ahora el "gran ejercito pagano" se marcharía de Reading para sitiar Londres, pagado por Alfredo. Desechó estos pensamientos, y se preguntó qué asuntos le traían a Einar a Gainsborough. No quería tener nada que ver con eso. Considerándolo todo, probablemente estaría más seguro como prisionero de los vikingos que con un hombre libre en Gainsborough.

«¿Londres?». Fingió preocupación. «Nunca he estado allí antes».

«Nos uniremos al resto de nuestros hombres y allí tu conocerás a nuestro líder Halfdan "abrazo ancho"».

Otro plan se formó en la mente de Rick. «Estaré encantado de conocer a tu gran príncipe», Einar se rió y le dio una palmada en la espalda tan fuerte que por un momento pensó que iba a vomitar. Afortunadamente Rick logró no tirar la cerveza y tomó otro trago. Por el rabillo del ojo, vio un vikingo que saltaba a la orilla con una amarra en la mano la cual ató expertamente alrededor de un anillo que había en el muelle. Otra cuerda voló por el aire y el la cogió al vuelo y la ató a la popa del barco donde quedó también atada.

«Te dejaré abordo Rick. ¿Tengo que atarte al mástil?».

«Te doy mi palabra, de que me quedaré aquí». Le tendió la mano que le fue aplastada hasta que se quejó.

«¡No te bebas todo el barril de cerveza mientras estamos fuera!». Otro poderoso golpe en la espalda dejó a Rick tambaleándose. «¡No eres un guerrero, amigo mío, pero me caes bien!». Einar soltó una carcajada mientras saltaba a la orilla junto con sus hombres.

Rick hundió el cuerno en el barril y lo sacó derramándose la espuma por los bordes. Podía beberse otro cuerno entero sin emborracharse. Era una cerveza de calidad muy superior a la que el alegre posadero les servía.

Se apoyó en una cuerda en espiral y observó las elegantes líneas del gran barco vikingo. Solo entonces sintió como unos ojos le observaban. Pro supuesto, Einar no era tan tonto como para dejar su barco sin vigilancia. Rick levantó la mano hacia los tres daneses que evidentemente habían estando hablando de él. Ellos le sonrieron y le dirigieron el sorprendentemente moderno gesto de un pulgar hacia arriba. *"Vaya eso es digno de saber. Estaré atento a otros gestos. Podrían ser dignos de un estudio académico"*.

Con es pensamiento se sentó para disfrutar de su cerveza, tranquilo por estar a salvo, al menos de momento, y sus compañeros también lo estarían, a estas horas deberían de haber llegado a Saltfeetby.

CAPÍTULO DIECINUEVE

LONDRES, NAVIDADES, 871 AD

El gran barco se deslizó en el estuario del Támesis y Rick tuvo su primera sorpresa. Sus estudios le habían enseñado que el Londres anglosajón era una pequeña ciudad subdesarrollada. En lugar de eso, encontró un próspero y bullicioso centro rodeado de los viejos muros romanos. Una estimación conservadora de la población daría alrededor de unos 8.000 habitantes. Como académico, no tenía la menor intención de que se le escapara la oportunidad de estudiar la ciudad. Si era necesario, huiría de sus captores, pero tenía pensado convencer a Eliaf que le permitiera recorrer las calles de Londres.

«Si te dejo dar una vuelta por la ciudad, ¿Qué me darás tu a cambio, sajón?».

«¿Qué es lo quieres, amigo mío?».

«Usa tus runas mágicas para hace mi barco invencible e insumergible».

«Lo haré, pero no necesitas ambas cosas».

Eliaf sea quedó mirándole, no era un hombre que tolerara que le contradijeran. «¿Qué quieres decir?».

«Si lo convierto en invencible, está claro que es insumergible, ¿no?».

Eliaf soltó una risa atronadora y Rick sintió otro poderoso golpe en sus hombros.

«Necesitaré un martillo y un cincel afilado para hacerlo, ¿pero entonces me dejarás dar una vuelta por la ciudad?».

«Con otra condición».

«¿Cuál?».

«Después de tres noches, te quiero de vuelta en el barco, tengo planes para ti, Rick Hughson».

«Te doy mi palabra».

Ellos escupieron en sus manos y las chocaron para sellar el acuerdo.

Rick se puso manos a la obra con el martillo y el cincel y talló unas runas de unos veinticinco centímetros en el espacio que había desde la proa hasta la figura en forma de cabeza en la popa. Pronto se corrió la voz entre la tripulación de que el sajón era un hechicero y estaba haciendo el barco invencible y Rick recibió muchas sonrisas mientras el estaba haciendo el trabajo. Cuando quitó la ultima viruta de madera y esta cayó en el agua, Rick tuvo una idea. Se puso en pie, miró al cielo y gritó en inglés moderno, tan alto como pudo, sabiendo que nadie le entendería, «Oh, gran Odín, cuida de este velero y mándale gran fortuna, y ya que estas en ello, ¡mándamela a mi también!».

Eliaf vino corriendo. «¿Qué estas gritando, Rick Hughson?».

«Una invocación en la lengua de los hechiceros, Eliaf pide al gran Odín que imbuya a mis grabados la invencibilidad».

El vikingo sonrió e inspeccionó los grabados recién hechos en la popa.

«Recuerda volver después de tres noches, amigo mío». Rick dio un paso sobre el bloque de madera colocado para bajar del barco al muelle. «¡Espera! ¡No puedes irte!».

«¿Pero y nuestro acuerdo?», Rick parecía ofendido.

Eliaf gritó una orden y un danés se apresuró ante Rick. Con los ojos clavados en el hombre mientras Rick temblaba. Los vikingos intercambiaron un aluvión de palabras y el recién llegado saco su espada, sosteniéndola ante la cara pálida de Rick. *"¿Había Eliaf renegado de su pacto?"*.

«Dice que le devuelvas su espada después de tres noches o te cazará como a un jabalí y te degollará al mismo, ¿Comprendido?».

«¿Por qué me presta su espada?».

«¿No creerías que te iba a mandar desarmado por la ciudad, ¿verdad? Sujétala con tu cinturón y los malintencionados se lo pensarán dos veces».

A Rick le invadió una gran sensación de alivio.

«Os doy las gracias a ambos. Te devolveré la espada dentro de tres días».

Eliaf lo tradujo al danés, miró severamente a Rick y después se dio la vuelta.

Como Rick había imaginado, el sistema de carretera romano prevalecía en la ciudad. Mientras caminaba a través de las cuadradas calles, se empapó de todos los detalles, notando el enorme desagüe que se extendía de norte a sur río abajo, flanqueado por dos vías principales. Las murallas romanas estaban todavía intactas pero solo más tarde supo que muchos comercios de metales, textiles y de fabricación se habían mudado de lo que es hoy el West End hacia el interior de las murallas, por precaución de los movimientos del ejercito pagano. Rick hizo una nota mental de los pequeños detalles. Los sonidos y las imágenes del siglo nueve se marcaban en su memoria, pero como filólogo, quería aprender algo especifico de sus estudios. Casi por culpa del destino, se topo con un taller donde se podían ver unos pergaminos embarcados. Pensando más en Gary que en sí mismo Rick entró para investigar. Un comerciante se apresuró a preguntarle si podía serle de ayuda.

«No estoy interesado en comprar pergaminos», dijo Rick, «busco volúmenes acabados». «Entonces deberías continuar por esta carretera, al otro lado, mi hermano se dedica a vender volúmenes. Nos los traen desde Quentovic».

Rick estaba fascinado. «¿De verdad? Estoy muy interesado».

Después de obtener instrucciones más precisas, Rick siguió caminando hasta atravesar una imponente puerta lateral y anunció a un tipo de hombros ligeramente caídos, de nariz bulbosa que su hermano le había enviado a inspeccionar algunos volúmenes de Frankia.

El hombre, deseando obedecer, miró la tonsura de Rick con satisfacción. Casi toda su mercancía la vendía a los monasterios. Él explicó: «Tengo contactos de ultramar con monasterios de gran riqueza y mecenazgo, gobernados por abades que tienen el favor de la corte de Frankia. Admire la belleza de estos salterios».

Rick pasó las páginas sintiéndose un privilegiado. Estos libros se perderían para las generaciones futuras, las personas del siglo veintiuno serían los últimos en ignorar su existencia. La proximidad a la costa del canal y el emporio comercial de Quentovic significaría que estas abadías tenían conexiones con el Londres anglosajón. El comerciante dejó a Rick a solas para que inspeccionara los volúmenes, convencido de que la haría una buena venta a su bien hablado visitante.

Tan pronto como el estuvo seguro de que no le estaban mirando, Rick cogió su teléfono móvil de dentro de su túnica. No lo había encendido aún desde que llegó al siglo nueve, así que la batería debería estar totalmente cargada. Con manos temblorosas revisó la pantalla y con alivio y regocijo comprobó que la batería estaba al 98 %. Página por página, fotografió el más bello de los volúmenes. Le llevo tiempo, pero para alivio suyo, nadie se dio cuenta, capturó imágenes de todo el trabajo. ¡Qué trabajo iba a publicar cuando volviera! Su cerebro académico se puso a toda máquina como si estuviera formulando las primeras líneas de un resumen para un artículo en Cambridge. Este volumen combinaba la medida estética de los guiones de visualización epigráficos carolingios con un uso idiomático de la decoración insular. Rick sabía que era una oportunidad de investigación que no debía dejar escapar, un manuscrito que revelaba conexiones entre Inglaterra y Francia a través del texto, de la decoración, del tipo de letra y del método de fabricación. Estaba como loco de alegría, pero se contuvo al preguntar sobriamente al dependiente por el precio del volumen, y mintió que volvería por este si conseguía la aprobación del abad. Salió del local silbando una alegre canción.

Rick luchó contra el deseo de encontrar un lugar escondido para comprobar las fotografías que había tomado y regocijarse con ellas. No merecía la pena correr el riesgo de que alguien le viera en posesión de un articulo tecnológico del siglo veintiuno. El móvil estaba bien escondido y podía esperar hasta estar en su casa en Cambridge. Con este descubrimiento, Rick había averiguado más de lo que nunca se hubiera imaginado sobre Londres y no quería nada más que regresar a Little Carlton a través de su portal, a su propia era y hacerse famoso académicamente hablando. Una vez en casa, estudiaría el salterio.

Pensando en lo valioso que se había vuelto ahora su móvil, sopesó la conveniencia de moverse por una ciudad abarrotada y considerada peligrosa. Así, el regresó al barco vikingo y le dijo a Eliaf que la ciudad le había decepcionado. Devolvió la espada a su dueño, se unió a la tripulación que estaban sentados alrededor de un barril de cerveza y aceptó gustosamente un cuerno. Fascinado se sentó para escuchar las cadencias de una leyenda contada por uno de los miembros mas viejos de la tripulación.

Rick no entendía las palabras, pero reconocía el ritmo y las alteraciones de los sonidos. Después del recital, otros empezaron a tocar instrumentos; silbatos, tambores y liras, cantando y charlando, cada vez en tono más alto contra más cerveza que consumían. A Rick le pareció fascinante y quedó decepcionado cuando la temprana oscuridad del mes de diciembre llevó el entretenimiento a su fin. Imitó a los demás, que después de aliviarse desde el borde del barco, se fueron a dormir, arropados con sus capas.

Las olas mecían la embarcación y esto tuvo un efecto tranquilizador haciendo que Rick cayera rápida y profundamente dormido, despertando con la luz de la mañana y el graznido de las gaviotas. Su estómago se quejaba insistentemente. No había comido nada sólido desde el día anterior, así que quedó muy agradecido cuando un danés le dio un pequeño trozo de pan plano que partió y devoró.

Antes de que el día hubiera avanzado mucho, Eilaf vino a él.

«Ya que estás de vuelta entre nosotros, Rick Hughson, podemos ir juntos para que conozcas al líder de nuestro ejército».

«¿Halfdan "Abrazo ancho"?». Rick se maravilló de que fuera a conocer a un líder tan importante y se preocupó de que eso pudiera llevarle a algo peligroso. «¿Piensas que eso es inteligente?».

«¿Tienes miedo, sajón?»

«Podría no gustarle al príncipe y hacer que me degüellen».

«Y podrías gustarle y que te colmara de regalos».

«En cualquier caso, hemos llegado a un acuerdo y te tienes que ceñir a el». A Rick se le vino el mundo encima porque había estudiado la vida de los hijos de Ragnar Lothbrok y su reputación de feroces despiadados había traspasado siglos. Ellos habían conquistado Northumbria y East Anglia e Ivar el "Deshuesado" había desviado su atención hacia Irlanda. Ahora se esperaba que su hermano Halfdan capturara Londres y Eliaf que llevara a Rick para que se conocieran.

De los barcos vikingos, Rick perdió la cuenta del número cuando llegó a sesenta, estaban todos bien defendidos por una empalizada de madera con estacas afiladas acabadas en punta y dentro de esta enorme fortaleza, un enorme número de tiendas cobijaban a las tripulaciones de los barcos. Eliaf entró y, arrastrando a Rick del brazo, lo metió en una gran tienda rodeada de otros refugios más pequeños fabricados en lino.

Custodiando la entrada había dos centinelas, con sus musculosos brazos cruzados. La gran envergadura de estos, hizo a Rick sentir como si fuera un conejo listo para correr a toda velocidad a través del campo, pero sintiendo su reticencia, Eliaf le impulsó hacia delante diciendo algo en danés que hizo que abrieran la solapa de la tienda. Su captor vikingo le dio un poderoso empujón en la mitad de la espalda para que entrara, haciéndole tambalear.

Había cuatro hombres que estaban alrededor de una hoguera de piedra charlando y calentándose la espalda.

Rick los miró aterrado. Todos ellos tenían las manos en las armas de sus cinturones y cada uno le sacaba más de un palmo de altura a Rick. Ninguno media menos de metro ochenta y dos. El más alto levaba su pelo rojizo colgando por un lado de la cara porque por el otro lado tenía afeitada la cabeza y desde ahí partía un tatuaje azul que giraba en torno a una oreja y un ojo hasta un lado de su boca. El efecto era tan intimidatorio que Rick estaba seguro de que le iban a fallar las rodillas. Pero el vikingo explotó en saludo sincero a Eilaf y su amplia sonrisa dejó al ojiabierto Rick más calmado. Este era Halfdan. Recibió el saludo de Eliaf y observó como los dos guerreros se fundían en un abrazo rompe huesos. Como se alegraba de no haber sido atrapado en ese momento.

«¿Qué me has traído, un monje?».

«No, he traído un hechicero sajón. Tiene el don de las runas y dice poder ver el futuro».

«¡Por Odín!», Halfdan miró a Rick con ferocidad, escudriñándole antes de girarse hacia un camarada, «¡Hrothgar! Ve a buscar al profeta de un solo ojo. Veremos que es lo que nuestro adivino piensa de él».

Rick olió al profeta antes de verlo. Del adivino de un solo ojo y barba gris, emanaba tal peste que sugería que dormía con las cabras. El filólogo arrugó la nariz y Halfdan dejo escapar una risotada atronadora. «Tienes razón sajón, este desagraciado apesta. Uno de estos días lo voy a tirar al río». Esto lo dijo Halfdan en inglés antiguo para que Rick, por primera vez, pudiera convencerle. El continúo hablando en la misma lengua, pero esta vez al recién llegado. «Hombre sabio, escucharás lo que dice el sajón y me darás tu opinión cuando te la pida».

«Sí, milord», fue la respuesta, así que el hombre también hablaba esa lengua.

«Dices poder ver el futuro», se acercó y miró a Rick con lo ojos entornados y llenos de agresividad a poco más de una mano de distancia. Ahora era el momento de aguantar la mirada sin vacilar. El esfuerzo le hizo sudar a Rick, pero consiguió sostener la mirada implacable del vikingo.

«Así es», dijo con la confianza de aquel que está seguro de lo que dice.

«Entonces, cuéntame el futuro, ¿cómo será mi muerte?».

«Este ejército se dividirá, tu marcharás al norte y en dos inviernos te declararás el primer monarca de Jorvik. Pero, milord, un consejo. Harías bien en mantenerte alejado de Irlanda». Rick recordó que Halfdan moría allí intentando recuperar al país a los sucesores de Ivarr. El profeta medio ciego dejó escapar un terrible gruñido y se dio la vuelta para mirarle a la cara.

«¿Qué ocurre?»:

«El sajón dice la verdad. Irlanda le traerá desdicha, milord».

«¿Y lo demás? ¿Seré ese rey que dice él?».

«Él dice la verdad, señor».

Eliaf sacó el hacha de su cinturón. «Grabó estas runas en el mango, también». Se las enseñó a Halfdan. «Ahora esta es un arma invencible».

«¡Por Thor!», Halfdan miró el arma y la sostuvo bajo la nariz del hombre de la barba gris. «¿Qué piensas viejo?»

«!Milord, el sajón tiene el don de las runas!».

«¿Cuánto quieres por él?».

Rick tragó saliva y apenas se atrevía a respirar. ¿Le estaban vendiendo como esclavo?

Halfdan caminó en círculo y miró al viejo profeta.

«¿Cuánto?».

Rick temblaba y rezaba porque le hombre sabio pudiera convencerle de que Halfdan le liberara.

«El destino decreta otra cosa, milord. El sajón debe regresar a una tierra lejana».

El vikingo dio unos pasos hacia la delgada figura y cogiéndole por las axilas le levantó del suelo. «Di la verdad, viejo, a menos que quieras que te prenda fuego en la hoguera. Hablas así para no tener rival con quien compartir la riqueza que acumulas para tus murmullos, ¿No es así?».

«¡No! Hazme daño y la venganza de los dioses caerá sobre ti, hijo de Ragnar, y tendrás que caminar para siempre en los dominios de Hela desnudo».

Rick aprovechó su oportunidad, «Suéltale, Halfdan, ancho abrazo. El viejo dice la verdad». Durante un momento, la expresión de locura en los ojos del vikingo, le hizo a Rick temer lo peor. El guerrero aplacó sus vengativos deseos balanceando al viejo sobre las llamas y lanzándole lejos antes de que sus ropas harapientas se incendiaran. Lo extraño fue que el hombre de barba gris no muriera allí y si más tarde de un infarto.

«¡Fuera de mi vista, charlatán!», rugió Halfdan, liberando a su víctima.

Se giró hacia Rick, «no puedo ir contra el deseo de los dioses que guardan un reino en el norte para mí. Eres libre de ir a donde quiera que la muerte te espere, sajón. Eliaf, liberarás a este hombre».

«Te oigo, mi señor». El alto vikingo se inclinó.

«Mantente alejado de Irlanda», Rick hizo un último intento para salvar al señor de la guerra de su destino, sabiendo, sin embargo, que un hombre no puede escapar de este.

Fuera de la tienda, Eliaf cogió a Rick por el brazo, «¿Dónde te esperan, amigo? ¿No puedo convencerte para que te quedes conmigo?».

Rick sacudió la cabeza. «Debo regresar a Lindsey y...». Fingió de nuevo su mirada de lejanía y entonó con voz profunda. «... desde allí en cuya tierra donde los hombres vuelan como pájaros y navegan bajo las olas como los peces».

Eliaf soltó su brazo como si estuviera tocando carbón al rojo vivo.

«No puede existir tal lugar, sajón».

«¡Te digo que así es!».

«¡Por Thor! volaría como un pájaro. Eres un hombre extraño, Rick Hughsson. ¡Que Odín te proteja!».

Ellos se separaron como amigos, siendo Rick consciente de su vulnerabilidad. Un viaje de doscientos cuarenta kilómetros en diciembre del siglo nueve, para un académico desarmado y fuera de forma, era...el buscó la palabra mas apropiada... ¿desalentador? ¿Desconcertante? ¿Prohibitivo?

El partió a pie siguiendo el curso del río Támesis hacia el viejo puerto de Londres.

CAPÍTULO VEINTE

LINDSEY, NAVIDAD, 871 AD

MENUDO *ÆRRA GĒOLA* (DICIEMBRE EN INGLÉS ANTIGUO, lengua de los sajones), Rick, sentado sobre un bolardo de madera observando el gris y húmedo mundo que rodeaba al Támesis, se sentía de muchas maneras, excepto festivo. Faltaba una hora para el anochecer, el viento golpeaba con fuerza y la humedad calaba hasta los huesos, penetrando por entre su túnica y haciéndole temblar tan fuerte que apretaba los puños. Si se quedaba allí se arriesgaría a coger una pulmonía, pero ¿adónde podría ir? Tenía un par de monedas prácticamente sin valor, no era suficiente para comprar un poco de pan. Por no hablar ya de comprar un pasaje en un barco.

Sin idea alguna del día que era, Rick se liberó de pensamientos nostálgicos sobre una abarrotada Oxford Street durante las vacaciones de Navidad y de Sloane Square donde recordaba los árboles navideños brillando con luces azules. Tales pensamientos eran fútiles. Se preguntaba si su vida acabaría allí, en un día cualquiera de adviento de este monótono siglo nueve. Desesperanzado se abrazó a si mismo tan fuerte como se abrazaba la niebla a las revueltas aguas del

Támesis. Tenía que llegar a Lindsey, pero la ruta a pie era imposible de realizar en esta época del año. Aparte de su falta de energía y el peligro de viajar solo y desarmado, seguramente las carreteras estaban intransitables debido al barro. Incluso en las superficies asfaltadas de su propia era, nunca hubiera contemplado andar doscientos cuarenta kilómetros. Miro sus pies. Sobretodo no con su calzado. Un fugaz sonido de pánico le hizo ponerse en pie de un salto. Un momento de exposición a esa humedad recalcitrante y moriría por entumecimiento. Golpeó sus pies contra el suelo y ejercitó los dedos para recuperar la circulación. Encontrar refugio era la salvación. Buscando una taberna o una posada, caminó por la orilla del río. Al fin, escuchó voces y una luz humeante que parpadeaba sobre una puerta le llamaba como una sirena tumbada sobre una roca atrayendo al marinero naufragado. Una ola de aire fétido le envolvió cuando entró en la taberna. A pesar del olor a sudor la calidez del lugar restauró sus esperanzas de supervivencia. El fuego de leña en una esquina le atrajo y a pesar de su miseria, sonrió al resonar en su cabeza el dicho "le atrae como la polilla a la luz". Su frágil cuerpo podría ahora parecerse al de una frágil polilla de armario teñido igualmente de un color beige amarillo.

Al principio, Rick no notaba el calor del fuego, tal era su frígido estado, pero conforme la vida volvía a sus miembros, casi lloró por el dolor cuando por poco se quema las manos. Precipitadamente retiró las manos del fuego y con cuidado de no llamar la atención, observó a la gente con disimulo. Al contrario que en la casucha del lado de Trent, donde había conocido al comerciante, que Dios le tenga en su gloria, los clientes que frecuentaban esta taberna junto a la ribera del río tenían caras toscas, pero honestas. Manos llenas de callos que agarraban jarras de cerveza le decían que eran campesinos acostumbrados al trabajo duro. Aparte de necesitar una buena ducha urgentemente, estos tipos eran lo que Rick, en su delicada situación, consideraba la sal de la tierra. Se burló de sus propios pensamientos. *¡Rick Hughes, el famoso filólogo reducido a sus clichés!* Al fin estaba caliente y no sentía que su vida pudiera estar en peligro ni por las fuerzas de la naturaleza, ni por ningún otro individuo. El hecho seguía siendo que no tenía dinero ni para comprar comida, ni bebida. Su propia sustentación debía ser su prioridad.

Aunque era inútil, pues no tenia dinero, Rick se acercó al mostrador donde el posadero estaba vertiendo cerveza en una jarra de un barril inclinado en una cuna. A la derecha del barril colgado de un calvo en la pared había una lira, la precursora del arpa. Una idea se le pasó por la cabeza mientras su corazón latía a toda velocidad al pensamiento de, "¡Estoy salvado!".

Cuando el dueño del local se giró de cara a la habitación con la jarra en la mano, Rick le miró a los ojos.

«Casero, soy un juglar y desearía cantar para usted y para su gente si me presta su lira».

La sospecha podía verse en los ojos hundidos del tabernero.

«Nunca te he visto antes por aquí y aunque digas que eres un juglar, ¿cómo sé que tus aullidos no espantarán a mi clientela? De todas formas, no voy a pagarte. ¡Olvídalo!».

«Cantaré a cambio de una cerveza y un trozo de pan. ¡Vamos, les encantará y se quedarán más tiempo y el dinero correrá en gran cantidad!».

Un momentáneo destello de avaricia apareció en los expresivos ojos del anfitrión y Rick sabía que tendría éxito en convencer al hombre.

«¿Cómo te llamas, extraño?».

«Rick, el Juglar».

«¿Qué vas a cantar, Rick el juglar?», el hombre dejó la jarra de cerveza encima del mostrador.

«¡Ya lo sé! El hombre que le temía al mar. Les encantará».

La sonrisa fue cálida, «Asi será». Alcanzó la lira. «Aquí tienes, ahora siéntate allí.».

«Gracias».

«Silencio para el juglar». El dueño de la taberna señaló hacia Rick quien, tomando ventaja del repentino silencio, tocó unas notas. Todos los ojos estaban puestos en ál, así que anunció, "soy un viajero y voy a cantar para vosotros '*El hombre que temía al mar*'. El no esperaba ningún aplauso ni tampoco lo recibió, pero le animaron los murmullos de aprobación. En su habitación de la universidad de Cambridge a menudo había disfrutado recitando versos y rimas anglosajones con su guitarra. 'El hombre que temía el mar', verso que aparecía en El Libro de Exeter, era quizás la canción más famosa que había sobrevivido hasta el siglo veintiuno. Rick iba sobre seguro ya que se sabía la letra de memoria. Pensaba que ojalá tuviera su fiel guitarra, pero dado que las palabras eran más importantes que la música, se puso a ello. A pesar de tener doce cuerdas el rudimentario instrumento, no era difícil de tocar y así ganó confianza inmediatamente. Cuando llegaron los primeros versos, después de su reciente exposición a lo elementos, cantó con emoción:

Yo, descuidado y miserable.
He resistido en el mar helado
Resintiendo el exilio de invierno
Desprovisto de hermanos de sangre, y aquí muchos
vasos fueron levantados en alto por los sonrientes
campesinos, para brindar por Rick.
De mi barba cuelgan carámbanos.
Mi cuerpo cubierto de granizo.

Cantó el verso con tanto sentimiento y expresividad que los hombres empezaron a animarle y a aplaudirle sus esfuerzos.

Impartió el miedo y el sufrimiento y al final, después de seis minutos cantando, transmitió la soledad que el compositor del poema había pretendido. La actuación fue recibida por el público mucho mejor de lo que Rick hubiera esperado.

La tradición dictaba que le invitaran a beber, recibió vasos de cerveza rebosantes de espuma provenientes de todos los rincones de la habitación. La cabeza todavía le daba vueltas por lo mal que lo había pasado antes porque lo que él más deseaba era sobretodo comida. El posadero debe haber recordado las palabras de antes y vino con un trozo de pan cortado por la mitad y dentro de este un trozo de queso. Nunca en su vida nada le había parecido algo tan bueno a Rick

«Cántanos otra canción cuando estés listo, ¿Lo harás?».

Rick tenía la boca llena, solo podía asentir. Mientras masticaba la comida, su mente pensaba en la idoneidad de las canciones en inglés antiguo que conocía. No tenía un repertorio muy amplio: cinco quizás. Descartó dos, una por ser demasiado triste, la otra porque estaba llena de referencias a tiempos más modernos. Su elección recayó sobre *Los Destinos del Hombre.* Esta tenía un final feliz, animaba a los hombres a expresar su gratitud por las habilidades con las que nos había bendecido Dios. Era una buena elección y esta vez, los hombres dieron un paso al frente para colocar una moneda en la mesa, al lado de Rick, logrando una pila bastante decente de monedas. *Parece que tengo mucho éxito como músico.* Rick terminó el entretenimiento vespertino con su canción favorita en inglés antiguo. *El trotamundos.* Quizás era porque le gustaba tanto esa canción o quizás porque le había cogido el truco a la lira de doce cuerdas, pero dio una actuación magistral. Llevándose el aplauso y las monedas, Rick aceptó más cerveza y comió hasta que su cuerpo le advirtió que era hora de irse a dormir. ¿Pero, dónde? Se dirigió hacia el fuego y se sentó al lado, con la espalda contra la pared. Durante unos pocos minutos, habló con un joven que le preguntaba cosas sobre tocar el arpa y entonces se le cerraron los ojos y se quedó dormido.

Cuando se despertó sobresaltado, las señales del alboroto anterior habían desaparecido. La débil luz del amanecer se filtraba por las sucias ventanas y las cenizas grises de la chimenea no emanaban calor. Agradecido de que nadie le hubiera despertado y desalojado de allí, Rick bostezó y estiró la espalda y las articulaciones. ¿Y ahora qué? Tenía todo el día por delante y no estaba más cerca de Lindsey. Comprobó su monedero y para alivio suyo, aún lo tenía, con unas pocas monedas en su interior. No tenía ni idea de su valor, pero esperaba que valiera una fortuna. Aunque le valdrían para comprar un poco de pan y mantenerse con vida, eso seguro. Pero ¿tendría bastante para comprarse un pasaje en la costa? ¿Se arriesgarían los marineros a salir al mar durante el invierno?

Otro problema le preocupaba; su ropa era demasiado ligera. Pero sin dinero, ¿cómo podría conseguir ropa que abrigara más?

«¡Buenos días, Rick!», el fuerte saludo interrumpió sus pensamientos.

«Ah, buenos días, posadero. Gracias por dejarme dormir junto al fuego».

«Después de lo que tu actuación me hizo ganar, era lo menos que podía hacer. ¡Ven!, Mi esposa está preparando la comida. Come con nosotros».

«Con mucho gusto», Rick miró al buen samaritano, «pero...».

«¿Qué te preocupa?».

«Quería decir que no puedo quedarme a actuar esta noche».

«Pero puedes desayunar con nosotros igualmente».

Rick detectó decepción en la voz del hombre y le dio pena.

En la habitación trasera, había un alegre fuego crepitante y una mujer robusta de mejillas rojas con hoyuelos le sonrió. «Así que este es nuestro trovador».

«Buenos días, señora», saludó Rick, «y gracias a ambos por su amabilidad hacia un pobre viajero».

«¿Dónde vives, Rick el juglar?», preguntó su anfitrión.

«En la costa, en un lugar llamado Lincoln».

«He oido hablar de ese lugar, pero dicen que está muy lejos».

«En temporada seca, estará a una semana a pie. Pero busco un pasaje en un barco que me lleve a la costa».

«¿Qué, con esas ropas?, te morirás de frío».

«No tengo nada mejor, señora».

La mujer levantó su pesado cuerpo del banco y caminó hacia un baúl que había cerca de la pared. Al levantar la tapa, a Rick le pareció ver por un momento una prenda de piel antes de que ella lo escondiera tras su amplia espalda. Mirando a su marido, ella dijo, «¿recuerdas el robo cuando nos fuimos de la posada hace un año? Nadie lo ha reclamado y he pensado en dárselo a nuestro juglar. Podría salvarle de las garras de la muerte».

«¿Por qué no? No nos costó nada».

Ella se puso tras Rick, quien estaba disfrutando de su huevo de ganso y le colocó el abrigo por encima de los hombros. Para su sorpresa, entonces ella levantó una capucha sobre su cabeza. Encerrado en piel de lobo desde su calva hasta la mitad de su espalda. Se tapó también el pecho con el abrigo y se sintió cómodo y caliente.

«No, no puedo pagar esto», tartamudeó Rick.

«No queremos que nos pagues, extraño», dijo el posadero con tono brusco.

«Perdónenme. No quiero ofenderles, pero han sido tan amables conmigo. Nunca les olvidaré».

«No es nada, querido. No te preocupes. Como dijiste en

aquella canción tan bonita que cantaste ayer. Debemos dar gracias por lo que tenemos. Y si una persona puede ayudar a otra...».

«Que Dios la bendiga señora. Por cierto, ¿Saben alguno de los dos si alguien navega en esta época del año?».

«Hay hombres que sí que lo hacen. Un hombre tiene que ganarse el pan, ¿No lo crees así?».

«Por supuesto. ¿Dónde podría encontrar a uno de esos hombres?».

El posadero rió. «Rick, no sé de dónde vienes, pero supiste llegar al puerto de Londres. Esta posada está al lado del muelle. Seguro que antes o después entra un barquero. Sal ahí y busca a ver quien quiere llevarte. Alguien irá río abajo hoy».

Despidiéndose de la amable pareja, Rick salió al implacable aire de diciembre, agradecido por su nuevo abrigo de piel. Se preguntaba como un borracho dueño de la prenda la habría podido dejar atrás. El suelo estaba resbaladizo por la humedad, Rick miró al cielo, no parecía que amenazara lluvia.

Encontró una cuerda de amarre en el muelle de un pequeño barco y preguntó la posibilidad de conseguir un pasaje hacia el este.

«¿Hasta la costa? No lo sé, pero si quieres venir a Sceaping, la isla de Sheep te daré un pasaje. Me voy pronto. La marea habrá subido para cuando llegue allí. Puedes encontrar pasaje hacia el norte desde allí».

¡La isla de Sheppey, en la boca del estuario, perfecto!

«¿Qué le lleva a Sceaping amigo?».

«Las ovejas. Compro su queso y lo vendo en el mercado de la ciudad. Me gano la vida decentemente con eso también».

«¿Cuánto quiere por llevarme allí?».

«Nada, tengo que ir de todas formas. Me alegrara tener compañía».

«El hombre manejaba su pequeña embarcación con envidiable habilidad. Rick, no siendo un marinero, reconocía las dificultades de navegar río abajo contra el viento y la corriente, con el peligro añadido de chocar contra un banco de arena. Sin embargo, para el medio día, Rick estaba atando la cuerda que le había lanzado su capitán.

Ellos chocaron las manos y Rick marchó en busca de otro barco. Preguntar a los hombres que hacían trabajos de carga y descarga no resultó muy útil. En el mejor de los casos recibía un brusco gruñido y en el peor un escupitajo al suelo y una maldición. Al fin un viejo trabajador dejó su fardo en el suelo con cierto aire de alivio al tener excusa para hacerlo.

«Por allí», el señaló con un retorcido dedo artrítico, «ves allí el barco con la vela desplegada. Date prisa. Zarparán de un momento a otro para aprovechar la marea. Van hacia Garwic. Eso está cerca de donde tu quieres ir».

Rick le dio las gracias al hombre, dejando al plebeyo rascándose la espalda. *¿Garwic? ¡Primera vez que lo oigo!*

El dueño del barco, un tipo jovial que vestía una túnica marrón demasiado ceñida para su barriga, sonrió a Rick.

«¿Quieres pasaje para Lindsey? Ahí es donde nos dirigimos, al sur de la región, pero te advierto. No atracaremos esta noche, es demasiado tarde, no llegaremos hasta mañana por la mañana. ¿Te viene bien?».

«Me viene bien, pero no tengo mucho dinero, capitán».

«No, pero tienes dos brazos. Puedes ayudar a cargar en Garwic».

«Trato hecho. ¿Pero que negocios te traen a Lindsey?».

«Vamos por las limosas. Las pescan allí, las engordan y las vendemos».

«¿Limosas? ¿No son aves?».

«Si, están deliciosas. No me digas que nunca has probado una».

«Nunca».

«¡No sabes lo que te pierdes joven! En una cazuela de hierro con un poco de agua durante cinco minutos para mantener la carne húmeda, luego la bañas en manteca de cerdo otros cinco minutos».

Rick miró la ajustada túnica con diferentes ojos. Era un hombre con un apetito insaciable, estaba casi babeando al pensar en el asado de ave.

«¡Muévete! La marea no espera, ¡Vamos pandilla de vagos!».

Las víctimas de la lengua del marinero, "la pandilla", dos tímidos plebeyos, se acercaron y bajaron la vela rápidamente. Pronto, el barco estaba en el centro del canal y se dirigía a mar abierto.

Recorrer la costa este durante el mes de diciembre no era tarea fácil pero dado las buenas condiciones meteorológicas podía hacerse, incluso en una primitiva balsa. Rick mentiría si no dijera que estaba en un grado de extrema ansiedad al ver las olas verdes moverse a gran velocidad para estrellarse contra la orilla, que no mostraba ningún signo de vida. Cuando las aves marinas decidieron que el mejor curso de acción era refugiarse, un hombre si se creía sabio, debía hacer los mismo. La peor parte de la aventura fue la noche en el barco anclado al muelle sin parar de balancearse. El siglo nueve no ofrecía la seguridad de que los barcos pudieran ayudarse contra la oscuridad con la ayuda de luces, sirenas o faros, ni siquiera con la ayuda de simples boyas marcadoras, de manera que un marinero tendría que estar loco para navegar de noche. El efecto del insistente movimiento de las olas sobre el anclado velero mareaba a Rick y antes del amanecer, el ya había tenido que ir dos veces a vomitar por la borda del barco.

Uno de los "vagos", con sonrisa mellada sintió pena de él y le dio agua para enjuagarse la boca y pan para que no tuviera el estomago vacío. Antes del mediodía, el barco atracó en el puerto de madera de la ciudad portuaria de Garwic. Para sorpresa de Rick, en total ignorancia de su existencia, descubrió que era un puerto comercial muy concurrido. La diferencia del paisaje del siglo nueve con la de la era de Rick era que en la última, con la reclamación de las tierras, la costa se encontraba a veinticinco kilómetros más al este y Garwic ya no existía. Excepto, recordó Rick mientras cargaba al hombro con otra jaula llena de limosas, como la fuente arqueológica de un alijo de monedas sajonas.

Las pobres criaturas no paraban de quejarse en su sufrida oreja hasta que el descargo esta ultima jaula en el suelo del puerto.

«Le deseo que llegue sano y salvo, capitán y gracias por el pasaje».

«Has cargado más jaulas que esos dos vagos juntos, amigo mío, ha sido un buen intercambio».

Un recuerdo del siglo nueve que Rick sabia que se llevaría a Cambridge era la amabilidad de la gente normal. Estos tiempos pudieron haber sido convulsos, pero si no te metías con ellos, el buen corazón de las gentes de a pie prevalecía.

Lo que necesitaba por encima de todo era encontrar el camino hacia Little Carlton y dirigirse hacia allí. Le ayudó el hecho de que había recordado lo de los hallazgos Garwic. El alijo de monedas que habían desenterrado cerca de la actual, para la época de Rick, Heckington. En cualquier caso, se encontraba a sesenta y cinco kilómetros al sur de Little Carlton. Incluso Rick, en su débil estado, podría caminar esa distancia en unos pocos días, sobretodo ahora que tenía un buen abrigo que lo protegería de las inclemencias del tiempo.

Salpicado y manchado de barro y sin afeitar, Rick cojeaba, le dolía el pie y tenía una ampolla en sus partes. Su furtiva aproximación al pueblo fue totalmente debida a la vergüenza que sentía por su apariencia. No quería que Esme le viera en ese estado. Afeitarse con agua helada no era una privación. Hubiera sufrido en Cambridge por afeitarse con cualquier cosa que no fuera agua caliente, pero hoy, para asearse, no importaba lo fría que estuviera, tener agua parecía un lujo. Después de una limpieza entumecedora, pero minuciosa, Rick decidió no ponerse su abrigo nuevo en favor de una túnica limpia, de lana. Ahora, estaba listo para ver a sus amigos y sugerir un regreso al mundo de la duchas calientes, los CD y whisky de malta.

CAPÍTULO VEINTIUNO

LITTLE CARLTON, NAVIDAD 871 AD

«¿Quién te crees que eres, Dios?». Los ojos de Esme parecía que echaban humo, ella colocó las manos en la cadera e inclinó la barbilla hacia delante. «Solo porque hayas sacado algunas fotos, Rick Hughes, no significa que tuvieras que escoger entre la vida y la muerte».

«No sé qué quieres decir».

«¿No lo sabes? ¿O no lo quieres saber? Es una pena que no puedas usar tus malditas fotos de todos modos». Rick odiaba discutir con Esme. Ella siempre ganaba cualquier acalorada discusión que tuvieran o al menos le hacia sentir que lo hacía. ¿Por qué estaba siendo tan poco razonable después de todo lo que había sufrido para tener las fotos en su móvil? ¿Ya se había olvidado que el les había salvado a ella y a Gary de los vikingos?».

«No veo por que no».

«¿No? Tendrías que contar al mundo como las conseguiste: un pequeño problema de viajar en el tiempo. ¿Cómo vas a hacerlo?,¿Listillo? Me gustaría que me lo explicaras, pero no puedes ¿verdad?».

«Esas fotos son demasiado importantes como para divulgarlas. ¿Te imaginas el furor en los foros académicos?».

«¡Mira, quédate con las fotos! ¿Pero que derecho tienes tú para decidir el destino de las gentes de aquí?

Tú mueres, tu vives, tú mueres, tu vives...tú mueres. Hazle entrar en razón, Gary. Que parece que yo no puedo».

En estos momentos Gary tenía una sonrisa sardónica en la cara, disfrutando del desconcierto de su amigo. Ahora Esme había le había puesto en su lugar. El hecho de que pensaba que tuviera razón no ayudaba a como se sentía Rick.

«Esme tiene razón. Nosotros tenemos la obligación moral de salvar a tantos vecinos del pueblo como podamos. Tú no puedes solo salvar a Rinc y a su familia y a Garr por la estúpida razón de que se parecen a nosotros».

«No lo comprendes, Gary, ¡Ellos son nosotros!». Rick enganchó un dedo en el cuello de su túnica y lo apartó de su garganta. «De todas formas, ¿cómo se supone que vamos a mover a cien personas desde Little Carlton con su ganado, y hacia dónde? En la isla de Rinc no hay sitio suficiente».

Esme intervino una vez más.

«¿Así que entonces te vuelves a Cambridge, te lavas las manos y los dejas aquí para que los vikingos practiquen el lanzamiento de hacha, mientras el Dr. Hughes escribe su fantástico artículo sobre el desconocido salterio sajón, no es eso?».

Gary se puso en pie, con expresión atronadora, «No voy a dejar al maestro Alric aquí para afrontar una muerte segura. El pobre hombre no le haría daño a una mosca».

«Otra cosa, si no volvemos ahora, nos perderemos la navidad».

«¡Buahh, El pobre pequeñín de Rick se va a `perder a Santa!».

«¡Si no puedes contribuir con nada inteligente, mejor cállate la boca Gary!».

Esme se calmó un poco. «Escucha Rick, voy a dejártelo tan claro como me sea posible. No voy a regresar a Cambridge hasta que estemos seguros de que toda esta gente está a salvo, ¿de acuerdo? Lo que tu hagas es cosa tuya». Su cara relejaba pena, «ten cuidado con lo que decidas hacer, nuestro futuro juntos está en juego».

«¡Ale!».

Ella se dio la vuelta para mirar a Gary, «¿Eso es todo lo que tienes que decir? ¿Ale?».

Gary parecía herido. «Me quedo, por supuesto».

Sin mediar palabra, Rick se puso en pie, enrolló su mapa, lo metió bajo el brazo y abandonó la habitación de Esme.

Gary observó la puerta y frunció el ceño.

«¿De qué va todo esto? Ey, por favor, no, Es».

Gary pudo ver que la arqueóloga estaba a punto de llorar y no quería que eso sucediera. Él no sabia como consolar a las mujeres.

Con un esfuerzo supremo, Esme reprimió las lágrimas.

«Y pensar, Gary, cada día que él no estaba aquí, me he estado preocupando por él y rezando porque volviera sano y salvo. Incluso decidí que iba a casarme con él. Solo para descubrir... que quiere ser Agamenón».

«¿Perdona?».

«Ya sabes, como en la obra de Esquilo, cuando Agamenón tiene que salvar a su hija y liderar las tropas griegas hacia Troya; debe hacer las dos cosas, pero no puede hacer ambas».

«Te seré sincero; me he perdido Esme».

«Rick sabe que debe de salvar a los lugareños, pero tiene un descubrimiento increíble para su carrera así que debe de volver a Cambridge. No puede hacer las dos cosas, ¿Lo entiendes?».

«Supongo».

Esme miró a Gary. Ella había ido gustándole cada vez mas a pesar de su postureo. Lo que a ella mas le gustaba era su jovialidad y eso había salido hoy a la luz, una vez más cuando habló del destino del maestro Aylwin. Gary no tenía nada de héroe, pero tenía principios. Ella deseaba poder decir los mismo de Rick. ¿Cómo podría ella darle su corazón a un hombre que no le importaba si otros vivían o morían?

Los dos amigos charlaron durante un rato hasta que Rick entró blandiendo el mapa en la mano.

«¡Lo tengo!». Sonrió a las caras estupefactas. «¡Vengan aquí!». Desenrolló el mapa encima de la mesa y señaló un lugar, Redbourne. «Lo que ellos llaman *Hredbourna,* significa "reedy burn", hace referencia a un río cerca del rio Ancholme, es un pueblo medieval desierto, se llamaba Hayes».

«¿Un pueblo medieval desierto?», preguntó Gary

«Sí, mira los contornos, en la era sajona...quiero decir, ahora en el año 871...era una isla rodeada de tierra pantanosa. Se encuentra entre dos ríos en forma de V. Más tarde, en el siglo doce, se construirá un monasterio, pero ahora debería estar vacío».

«Pero Rick, no nos sirve», dijo Esme en tono apagado.

«¿Eh? ¿Por qué no?».

«¿Pretendes llevar a esta gente cincuenta kilómetros en la dirección equivocada hacia los vikingos? Gainsborough esta aquí». Ella tocó el mapa.

«Lo sé, pero aún le separan veinticinco kilómetros de pantanos. Los daneses ni sabrán de su existencia».

«Oh, ¿no? ¿Y si bajan por Ancholme?».

«No lo harán. No pueden. No te guíes por este mapa. Recuerda que el canal moderno está canalizado, dragado, equipado con esclusas... esto es el año 871 y el río esta sedimentado por el estuario. Ni siquiera las grandes barcas poco profundas de lo vikingos podrán navegar por él, pero si los pequeños barcos de los lugareños».

«Podría funcionar», dijo Gary.

«Tendremos que planificar el tiempo cuidadosamente, y hará falta la colaboración de todo el mundo. La logística es terrible. Los barcos son demasiado pequeños para seguir la ruta de la costa, lo que quiere decir que habrá que trasladarlos por tierra».

«¿Cuánto tiempo crees que tenemos?».

Los registros históricos como la crónica anglosajona dicen que los daneses se establecerán en Londres el próximo invierno y lo pasarán allí para cuando llegue la primavera invadir Northumbria».

«¿Quieres decir en el 873?».

«Sí, pero no podemos estar seguros de que ellos no manden una avanzadilla este invierno. Lo que podría salvar a Little Carlton es su relativo aislamiento, pero piensa en tus hallazgos, Gary, demuestran que este pueblo cayó ante los vikingos. La cuestión es, ¿podemos acabar a tiempo antes de que suceda? ¡Y no quiero parecer cobarde pero no quiero estar aquí para cuando lleguen los vikingos!».

«Yo tampoco».

«Estoy de acuerdo en que es un buen plan», Esme añadió su opinión. Rick volvía a parecer él y ella respiró aliviada.

La navidad en Little Carlton (Yuletide) resultó ser una extraña mezcla de prácticas cristianas y paganas. Vino un sacerdote a celebrar el nacimiento del salvador, pero el banquete fue menos virtuoso. Muchos de los hombres del pueblo pasaron la navidad totalmente borrachos. Gary estaba contentillo, pero sabía cuándo parar de beber, Rick permaneció sobrio porque quería aprovechar la ocasión para advertir al pueblo del peligro que corrían por los vikingos y un profeta borracho no parecería muy creíble.

Se dirigió al pueblo, pidiendo disculpar por arruinar la atmósfera festiva que se respiraba y acordaron mantener una asamblea cuando la fiesta hubiera concluido. Sintió cierto aire de rechazo en el ambiente, lo vio claramente en las caras de dos herreros del pueblo que estaban hablando, susurrándole algo al hombre que tenían al lado.

«Tenemos que convencer a esta gente», dijo más tarde a Gary y a Esme.

«Hablaré con el maestro Alric».

«Y yo tendré unas palabras con la señora Osythe. Si podemos ganarnos el apoyo de las mujeres, convencerles será mas fácil».

A pesar de la supersticiosa creencia en las palabras de un profeta, las reticencias de la gente del pueblo fueron difíciles de superar.

«No vamos a poder conseguirlo sin Edric, y ¿cómo vamos a poder levantar un pueblo sin un herrero? Él se encarga de reparar todas nuestras herramientas. Necesitaremos músculo para trasladar el equipo. Rick, ¿estás seguro de que los vikingos vendrán a nuestra isla?», dijo el padre de Esme, el vasallo.

«Lo estoy, y he visto lo que hacen. Os violarán, degollarán o esclavizarán a todos vosotros. Convénceles Edric».

Las terribles palabras de Rick no tuvieron efecto sobre el herrero con cara de perro y un grupo de amigos, quien, de manera comprensible, no querían dejar lo que pacientemente habían creado durante años con el sudor de su frente. Una persona del pueblo, algo más razonable buscaba el liderazgo de Rick y él, con la ayuda de Osborn, el vasallo, organizó la mudanza a Hayes. Ellos esperaban que hiciera un tiempo seco para sacar los barcos del agua. Y cargarlos en las carretas. La gente del pueblo cargó ollas y sartenes y las pocas posesiones esenciales que se querían llevar y las metieron en unas cajas.

Solo cuando las carretas tiradas por bueyes estaban listas

para partir, los herreros y sus amigos hicieron un movimiento para amenazar a Rick. Le amenazaron con matarle y destruir las carretas y los barcos. El herrero se puso ante Rick, con expresión furiosa empeorada por sus anchas y peludas cejas y sus musculosos brazos que le colgaban a cada lado de las caderas.

«No destruirás mi negocio ni reducirás este pueblo a una aldea, ¡No te lo permitiré!».

Rick, apocado, dio dos pasos atrás, apartándose de la figura fornida, patizamba, envuelta en un delantal de cuero marcado por quemaduras. La retirada solo sirvió para que enfadara más al grupo furioso que tenía ante él. Una mano gigante golpeó a Rick mandándole al suelo.

«¡Basta ya!». La perentoria voz del vasallo, Osborn, se elevó sobre los truculentos murmullos. En un instante su espada apretaba la garganta del herrero.

«Ponle una mano encima al profeta otra vez y esparciré tus tripas por todo el pueblo». Trazó una línea en la garganta del artesano que no sangraba. ¿Comprendido?».

Con los ojos desencajados, Edric dio un paso atrás y murmuro. «Esto no está bien».

«Lo que no está bien...», dijo el vasallo, tendiéndole la mano a Rick para ayudarle a levantarse, «...es vuestra negativa a escuchar las palabras de advertencia del profeta. Preguntaros a vosotros mismos ¿Qué gana él con todo esto? Él desea salvar vuestra miserable piel y ¿a´si es como se lo agradecéis?». Miró con dientes apretados al grupo de amigos del herrero. «¡Pandilla de zoquetes! Si pierden su negocio será por su culpa, es su elección», continuó el vasallo, «es una pena que Dios no les haya dado un cerebro tan grande como sus músculos. Con todas las casas que habrá que construir y campos que arar, un herrero haría una pequeña fortuna. Les digo que vengan con nosotros».

«Y yo te digo que no voy a ir a ninguna parte».

«Edric tiene razón. Nos estamos mudando por nada».

«Es tu elección», dijo Osborn, «pero ten esto presente, tócale un pelo al profeta y serás hombre muerto. ¿Está claro?».

El éxodo comenzó a finales de abril, los caminos empedrados que pasaban por carreteras eran farragosos, así que fue agotador cubrir los cincuenta kilómetros de distancia que les separaba de su destino. Rick usó su mapa y su brújula para llegar al río Ancholme, pero para alivio suyo, a pesar de la diferente topografía del terreno sajón a la de su mapa, su intuición resultó ser correcta. Ellos botaron los barcos y tomaron tierra en una isla grande, suficiente para albergar a las setenta y siete personas que ellos habían llevado hasta allí. Montaron las tiendas provisionales y todos los hombres empezaron con las tareas de construcción de las casas. Escogieron un montículo como el mejor lugar para construir el nuevo pueblo.

Ni Rick, ni Gary tenían ninguna experiencia construyendo casas, pero ayudaron a trasladar material de las carretas a los barcos y observaron con asombro como la primera casa fue marcada en el suelo y erguida sobre seis troncos de roble que aguantarían el techo. Para hacerlo mas rápidamente, ataron los troncos con cuero y cordel y el marco del techo para soportar la paja fue hecho de ceniza y madera de avellano. Finalmente, los hombres colocaron tablones para el suelo para resolver el problema del polvo que se había creado bajo los pies.

Después de que dos casas con los techos de paja fueran terminadas, empezó a oscurecer y Osborn dio por terminadas las actividades.

«Mañana construiremos el ayuntamiento, Rick. Todo pueblo debe tener su lugar para poder hacer asambleas y para celebrar banquetes en ocasiones especiales».

«¿Construiremos una iglesia también?».

«Más tarde, Rick. Podemos levantar una cruz para servicios

al aire libre hasta que las casas estén terminadas. Pero ha sido un día de duro trabajo. Ahora necesitamos comer y beber».

Los dos hombres subieron la cuesta y el vasallo sonrió al ver la porqueriza y a sus gruñones ocupantes.

Cerca de las tiendas, los gansos estaban atados y las ocas graznaban conforme ellos se iban acercando.

"La civilización aún debe llegar a esta isla".

Hay distintos grados de civilización, tal y como Rick había aprendido a costa de sus ideas preconcebidas. No pegó ojo en toda la noche tratando de encontrar una cómoda posición en su alfombra de piel de oveja que había extendido en el suelo. La humedad de la isla calaba hasta los huesos y solo era la resolución de sus compañeros lo que evitaba que cayera en una profunda depresión. La luz del fuego le atrajo desde su tienda hacia el aire gélido nocturno. Tres hombres, incluyendo a Osborn estaban sentados alrededor del fuego mientras calentaban sus manos acercándolas a las llamas. Cuando el se les unió, le pasaron una botella de cuero que contenía una sidra muy fuerte y seca de sabor. Hicieron planes para el pueblo durante toda la noche, incluyendo la construcción de edificios, plumas, campos de sembrado y un pequeño muelle. Afortunadamente, pensó Rick, nada parece imposible para estos duros trabajadores.

Las mujeres y los niños dieron buena prueba de resistencia cuando se organizaron para ordeñar las cabras y atrapar anguilas. A nadie le iba a faltar comida. Después de un largo día de trabajo, el pueblo se enorgullecía de tener un nuevo ayuntamiento de madera y dos nuevas casas de madera de roble rellena de adobe. Los hombres decidieron que este sería el método estándar de construcción por su facilidad y rapidez. La única excepción era el ayuntamiento, que, debido a su tamaño, las paredes de madera en lugar de los postes centrales soportaban el techo, el cual también estaba apuntalado. La previsión en traer suficiente madera y herramientas dc Little Carlton había venido de maravilla. Calcularon que ellos necesitarían al menos unas quince casas, la madera se les acabaría pronto. El ayuntamiento también presumía de una gran chimenea. Osman explicó su razonamiento. Demasiadas noches en las incómodas tiendas harían que bajara la moral, pero las familias que no se mudaran a las primeras casas podrían ahora dormir sobre los nuevos suelos de madera del ayuntamiento alrededor de un fuego central. Esto seria mucho mas acogedor que esos finos refugios de lino. Rick estuvo totalmente de acuerdo.

Después de una semana de construcción intensa, los suministros de madera se estaban agotando, al igual que la que habían traído de Little Carlton. Allí la madera tenía que ser importada, porque Lindsey, al contrario que otras regiones tenía escasez de bosques. Un largo viaje por carretera hasta el este de Mercia para encontrar madera quedó descartado, los hombres decidieron volver a Little Carlton donde demolerían cuatro casas y recolectar la madera para construir aquí. Rick quien sentía que había cumplido con su obligación moral, estaba particularmente contento porque quería volver al portal y al siglo veintiuno.

CAPÍTULO VEINTIDÓS

LITTLE CARLTON, FINALES DE PRIMAVERA 872 AD

La última mirada de Little Carlton, se mostraba al vasallo Osborn, que discutía con Edric mientras empezaba el trabajo de terminación de las primeras cuatro casas. Al contrario que en otras ocasiones, su tránsito de regreso al siglo veintiuno había sido el más suave hasta el momento. Los tres se recobraron rápidamente y Gary, el primero que se puso en pie quedo encantado de ver su coche exactamente donde lo había dejado.

«No puedo garantizar el estado de la batería», dijo erebuscando entre su túnica y apretando el mando para abrir las puertas.

«¡Fantástico, ella ha arrancado a la primera!», dijo con satisfacción.

«¿Ella? El tono de Esme presagiaba peligro. «¿Desde cuándo el motor de un coche es "ella"?».

«Bueno, es que tiene mucho carácter».

«¡Cállate la boca, Gary!», intervino Rick. «Regresemos a Louth».

Esme se acomodó en la esquina del asiento trasero y se

calló, formándose un silencio incómodo, que fue roto cuando Esme exclamó. «¡Aún no han quitado los adornos de navidad!».

«Han cerrado la carretera hasta el maldito mercado también». Gary tocó un botón y bajo la ventanilla. «¡Ey, ¿qué ha pasado?». Llamó a un guardia de tráfico con un gesto de la mano para que le indicara una ruta alternativa.

«El mercadillo de navidad, señor».

Rick se inclinó hacia delante. «Buenos días señora. ¿No es más tarde de lo habitual este año?»

La mujer joven parecía perpleja. «No, la verdad es que no. Hoy es dos de diciembre, podría ser un día más tarde que el año pasado, como mucho».

«Diciem...».

Rick agarró a Gary por el brazo y en una voz innecesariamente alta dijo, «Gracias, que te tenga un buen día».

Sin más palabra, Gary, subió la ventana y tomó el camino hacia casa.

«¡Es imposible! Solo estamos a dos de diciembre. ¡Pero hemos estado en la sajona Little Carlton durante meses! Por eso el coche ha arrancado a la primera. Solo hemos estado fuera seis días».

«Fantástico, me encantan los mercados. ¿Este es muy grande, no Gary?».

«El año pasado había ochenta y dos puestos, podías pasarte aquí el día entero y encendían las luces por la tarde».

«¡Vamos a verlo, Rick! Así variamos un poco de tanta era sajona».

«¡Y que lo digas, vamos! Gary se rió amargamente cuando el puso el freno de mano cerca de su casa. Después de que ellos se cambiaran de ropa a unas más adecuadas para nuestro tiempo, salieron hacia el mercado. Estaba abarrotado de felices compradores. En uno de los puestos el vendedor, que vendía adornos y figuras, quedó atrapado por el entusiasmo de Esme.

Dándole una pequeña botella de agua mineral y un vaso, el la invitó a que vertiera el líquido. Viéndose obligada a hacerlo, a ella casi se le cae el vaso cuando, ante su asombro el vaso se transformó en un envase de luces parpadeantes.

«Es chino». El radiante y pequeño autónomo se enorgulleció. «Ingenioso, ¿verdad?».

«Magia», sonrió Esme, «¿Cuánto?».

Ella no pudo evitar pensar qué efecto tendría el vaso en la señora Osythe. Encantada de sumergirse en el desvergonzado consumismo de las navidades modernas, los tres amigos debatieron su situación en un bar.

«Regreso a Cambridge por la mañana. Debo empezar a trabajar en mi artículo».

«¿Para qué, Rick? Te he dicho que no vas a poder publicarlo. En el mejor de los casos la gente pensará que estás loco», dijo Esme.

«A menos que esté listo para cuando los físicos expliquen el viaje en el tiempo».

«No han hecho demasiados progresos desde que Einstein murió», añadió Gary.

«No lo sabré hasta que no hable con el profesor Faulkner. ¿Qué van a hacer ustedes dos?».

«Me voy a Cambridge a vigilar tu cordura, Rick», dijo Esme sonriendo.

«Yo también voy», dijo Gary sorpresivamente, «no creo que me pueda adaptar tan pronto al mundo moderno...y de todas formas, también los echaría de menos».

Esme le dio unos golpecitos en el brazo, «nosotros también te echaríamos de menos, ¿verdad Rick?».

«Na, no creas», Rick sonrió escondiendo sus verdaderos sentimientos tras el vaso de cerveza del que estaba bebiendo.

«De todos modos, también debo ir a Cambridge para ver la demanda de pergaminos».

Salieron del bar de buen humor y se quedaron en la plaza para ver como encendían las luces a las 15:30, lo cual sucedió para deleite de los niños y de los viajeros en el tiempo.

De regreso en Cambridge, los tres amigos se separaron. Esme volvió a su departamento para ponerse al día con su trabajo. Gary fue a examinar las papelerías de la ciudad y la demanda real de pergaminos. Rick apiló tomos y tomos en su escritorio y referenció las páginas que hablaban del siglo nueve sobre la importación de volúmenes por el canal. Las referencias eran pocas y contradictorias. Tenía muchas formas de escribir su artículo, pero se mantuvo en la fórmula de como presentar su teoría sin evidencia material. Sus fotografías eran de un documento que no había sobrevivido al paso de los siglos. No podía enseñárselo a un mundo escéptico que veía el viaje en el tiempo como una fantasía de película. Una visita al profesor Faulkner para obtener una teoría era absolutamente imperativa.

Y así que el cogió su teléfono móvil y jugueteando con él, sumido en sus pensamientos, antes decidió concertar una cita. Dos horas más tarde estaba sentado en el estudio del profesor explicándole su ultima aventura y enseñándole las fotos que había tomado del Londres del siglo nueve.

«Entiendo tu dilema, querido muchacho», dijo el profesor, devolviéndole el teléfono. «Debes estar muy frustrado al haber podido vivir una aventura tan increíble y no poder compartir tu descubrimiento con el mundo».

«Así es, profesor, y por eso estoy aquí para ver si ha hecho progreso en lo concerniente a conseguir una explicación científica».

«Te pido la cortesía, Rick, de que escuches. He escuchado con interés tu propia teoría, y no digo que puedas tener razón, pero serás el hazmerreir de la comunidad científica. Yo te he tomado en serio por lo que he visto y por las pruebas que me has enseñado, pero otros no serán tan magnánimos».

«¿Por qué esta tan seguro profesor?».

«Rick, veo que te voy a tener que dar una pequeña lección de historia. Como historiador que eres, no te va resultar ningún esfuerzo entenderme, me refiero a la historia de la física. Einstein se pasó los últimos veinte años de su vida, tratando de encontrar una teoría que unificara las fuerzas que él encontró en la naturaleza, "La Teoría del Todo". Es una especie de...», los ojos verdes claros del profesor se centraron en la cabeza de Rick, «...el Santo Grial de la física si lo quieres llamar así. Sabemos que él falló. Entonces, en el año 1968 un italiano, de Venecia, dio con un volumen polvoriento y descubrió una vieja fórmula de un suizo llamado Euler. Era el principio de la teoría de las cuerdas cósmicas o supercuerdas, que ya conoces, pero el problema de tener que trabajar con partículas subatómicas es su falta de testabilidad. Tenemos a las matemáticas, pero la ausencia de pruebas verificables ha hecho que tengamos una situación en la que por un lado tenemos a los físicos escépticos y por otro los defensores de la teoría de las cuerdas».

Hubo un largo silencio mientras el Profesor Faulkner ponía en orden sus pensamientos. Necesitaba transformar lo increíblemente complicado en lo mas simple que pudiera para que Rick no se perdiera. Continuó, «no hace falta decir, que a los físicos les encantaría tener una teoría que unificara el orden de nuestro universo con sus deformaciones y sus curvas, causadas por la fuerza de la gravedad y la turbulenta y caótica mecánica del mundo cuántico, la teoría de las cuerdas del veneciano cayo en oídos sordos pero con el siguiente trabajo de Schwarz y el más reciente de Green, en los ochenta, la gente empezó a sentarse y tomar nota cunado las matemáticas se añadieron sin anomalía ninguna. ¿Podría ser que las partículas que no tienen masa, que nunca se han visto en la naturaleza, existan realmente? Ahí es donde entran tus taquiones, Rick, partículas que viajan más rápido que la luz, partículas mensajeras. Las matemáticas también nos demuestran que necesitamos considerar que pueden existir otras dimensiones del espacio que las que detectamos a simple vista. El primer físico que hizo que Einstein se interesara por esta posibilidad fue Kaluza, quien sostenía que el electromagnetismo crea una onda hacia una dimensión escondida. Las matemáticas nos enseñan que hay seis dimensiones extra, Rick. Las cuerdas cósmicas, partículas con forma de cuerda que vibran en una dimensión invisible. Son lo que dan forma a la materia y la mantiene unida, también proporciona la carga que necesita la energía. ¿Me entiendes, Rick?».

El filólogo asintió y dijo, «entonces, estas partículas subatómicas vibran y dan forma a todo, a ti, a mí al cenicero», señaló el cenicero hasta los topes del profesor.

«Exactamente, las cuerdas cósmicas están a su vez condicionadas por la forma de la dimensión en la que ellas residen. Sus vibraciones son como una sinfonía cósmica, la mas mínima interferencia o variación y nuestro universo desaparecerá».

«Bien, entonces, si sabemos todo esto, profesor, ¿Por qué no podemos explicar lo que nos ha pasado?».

El Profesor Faulkner suspiró y se encogió de hombros, «lo siento, Rick, en el estado presente de las cosas, como te he dicho antes, no podemos hablar sobre partículas, ni siquiera darles nombres como gravitón ya que no podemos verlas para probar su existencia. Hoy en día, tenemos hasta cinco teorías diferentes de las cuerdas, pero, ¿cuál es la correcta? Todas ellas son convincentes matemáticamente hablando. Una de ellas representa a nuestro universo. ¿Pero y las otras cuatro? Llegados a este punto, ni siquiera yo, todo un profesor de una de las más prestigiosas universidades del mundo, sabe si al insistir en la teoría de las cuerdas, estoy hablando de física o de filosofía. Te estaría muy agradecido si tú me lo pudieras explicar, Rick. Estoy perdido y no puedo publicar nada sobre el viaje en el tiempo por la misma razón que tú no puedes publicar nada sobre tu salterio. ¡Nos tomarían a ambos por locos!».

Rick se pegó un manotazo en el muslo para aliviar su frustración y se quejó por la violencia del golpe.

«No te lo tomes así, joven. Disfruta de tu privilegiada experiencia y ten paciencia. ¡Hace treinta años la gente no tenía ni idea de la mecánica cuántica y ahora andamos colisionando protones!».

«Tiene razón, profesor. Soy un privilegiado porque puedo vivir dos vidas diferentes y cuando vuelvo no me he perdido apenas nada. Estuvimos en Lindsey durante meses para al finar descubrir que solo estuvimos fuera seis días. ¡Incluso vamos a tener dos navidades!».

Rick nunca en su vida había sufrido una pérdida y por lo tanto no conocía el verdadero significado de la palabra sufrimiento, De nuevo en sus habitaciones, se permitió sentir algo similar por la pérdida del salterio. Mientras estaba sentando reflexionando, se engañaba a sí mismo con que volumen que había fotografiado, era como un pobre niño abandonado en un orfanato de la era victoriana, ya que nunca vería la luz del día, sacrificado en defensa de salvaguardar su reputación. Por exagerados que fueran sus comentarios, el hecho era que se moría por dejar que el mundo supiera sus sorprendentes aventuras y descubrimientos. También el entusiasmo que sentía todavía le dificultaba en sus intentos por regresar a la normalidad. ¿Cómo podría volver al análisis de la poesía anglosajona cuando sus amigos del siglo nueve estaban en peligro? Había hecho todo lo que podía para librar a Little Carlton de la amenaza vikinga, ¿Pero como podría estar seguro de que otros lugares con sus barreras naturales estarían lo suficientemente escondidos? Todas estas preguntas le intranquilizaban, así que decidió telefonear a Esme antes de encontrarse con Gary en la ciudad.

«Es, no me puedo concentrar en nada. Tengo la cabeza puesta en la gente de Hayes. ¿Y tú?».

«Igual, Rick, tengo un montón de trabajo atrasado, pero no puedo concentrarme. Sigo teniendo la cabeza mil años atrás».

«Lo sé. ¿Y qué es lo que vamos a hacer? ¿Darnos una ducha caliente y leer en la cama bajo la luz eléctrica?».

«Rick, creo que deberíamos volver a echarles una mano».

«¿Te das cuenta de que existe la posibilidad de que haya un ataque vikingo? Si regresamos, tenemos que ser conscientes del peligro. Mira, he quedado con Gary en el Mitre, ¿lo conoces?».

«¿El bar de Bridge Street?».

«El mismo. Acércate y no reuniremos allí para hablar del tema. Nos vemos dentro de una hora».

Rick, normalmente el más puntual de los tres, les encontró en una mesa en una esquina bien entrados en conversación.

«...gofrado, punteado, perforación, modelado y corte...». Gary estaba diciendo. «Hay tantas cosas que puedes hacer, a la gente le encantan las reproducciones hoy en día».

«¡No, otra vez con lo de los pergaminos, Gary!».

Los ojos de su amigo se iluminaron. «Te lo digo, Rick, se puede ganar una fortuna haciendo tarjetas, álbumes de recortes, marcadores, pantallas de lámparas. ¡El limite es el cielo!».

«Parece que uno de nosotros se ha reajustado al 2017, Esme».

«También podrías hacer adornos para la pared, Gary», dijo ella. «Y cuando regresemos podrás copiar alguno de los diseños. Se venderán bien».

«Ni lo dudes. ¿Cuándo empezamos?».

CAPÍTULO VEINTITRÉS

CAMBRIDGE, ENERO 2018/ LITTLE CARLTON, FINALES DE PRIMAVERA 872 AD

Los tres compañeros acordaron partir a la mañana siguiente, pero una llamada del profesor Faulkner a Rick hizo que cambiaran los planes.

«Hola, querido muchacho, tengo una invitación que quizás encuentres interesante. ¿Qué dirías si te dijera que Matthew Lewin quiere conocerte?».

«¿El físico y matemático francés?».

«El mismo. Si confirmas, le conocerás en mi estudio en una reunión al medio día».

«¿Pero no está el profesor Lewin…».

«¿Discapacitado? Sí, pero no creo que eso sea ningún problema, Rick, quizás lo fuera para él cuando estuvo en la escuela. Ya sabes como pueden ser algunos niños. Tiene parálisis cerebral. Eso hace que ande con cierta dificultad y que hable despacio y con ligeros problemas de enunciación, pero eso no puede esconder a una de las mentes mas brillantes del firmamento de la física y la cosmología. Le hablé sobre tu experiencia y está desesperado por hablar contigo. He pensado que podrías estar igualmente interesado».

«Por supuesto, profesor y gracias por la oportunidad. Estaré allí».

Gary y Esme al oír la cita de Rick, decidieron actuar por su cuenta. Ellos habían quedado decepcionados al no poder encontrar en Internet mapas de la antigua Lincolnshire. Encontraron algunos mapas interesantes, pero ningún vendedor tenía lo que ellos estaban buscando.

«Hay una tienda en Lincoln, tienen un mapa del año 1954, de escala centímetro/kilometro, del área de Gainsborough», dijo Gary.

«Ese no es mejor que el que estamos usando. Lo que necesitamos es uno que muestre la tierra antes de las reclamaciones del siglo diecisiete».

«Lo sé, pero, espera un momento, este parece prometedor, uno que data del 1645, impreso por Joan Blaeu mira, dice *"Basado en un Atlas de Britania de John Speed 1552-1629"*. Hay una reproducción, mira, ¿ves como escribe Fen con dos "enes", Fenn. ¿No es eso lo que estamos buscando?».

«Bien hecho. ¿Cuánto cuesta? ¿Y donde está la tienda?».

Gary hizo clic dos veces en el ratón, «¡Demasiado! Y la tienda está en Chester, pero lo mandarían por mensajero».

«También necesitamos un mapa histórico del área de Little Carlton. Ese está genial para Hayes, pero no cubre la parte este del país».

«¿Y qué tal este? Del mismo proveedor, el autor es *Enmanuel Bowen.* Dice, '*para el más noble peregrino Bertie, Duque de Ancaster*', y escucha, ¿No tiene esto que ver con la división de tierra anglosajona?, y dice *ilustrado con extractos históricos relativos al aire, tierra,* y bla, bla, bla».

«Wapentakes corresponde en sajón a *hundreds*, en esta parte de Inglaterra, que significa división territorial, Gary. Este podría sernos útil, sobretodo porque, mira, tiene las líneas que muestran la antigua tierra pantanosa cerca de nuestra zona».

«¿De qué fecha es el mapa?».

«Veamos... 1787».

«Bien, pero es un poco caro, los dos salen casi a 200 libras».

«Podemos dividir los costes entre tres, ¿Es?».

Ella miró con curiosidad a Gary, «¿Y podemos dividir el diésel entre nosotros?».

«¿Diésel?».

«Tenemos que ir a Chester, conseguir los mapas y volver. De todas formas, Rick está ocupado, no podemos irnos hasta mañana. Voy al cajero automático».

Afortunadamente, era un día soleado así que la ruta por el sendero nacional de Pennine Way en la M62 fue un trayecto en el que pudieron admirar un paisaje muy agradable. Con la compra ya completada, ellos regresaron de la rancia e insuficientemente iluminada tienda con sus dos caros mapas en la mano.

«A menos que haya alguna objeción...», dijo Gary, «...te daré la parte que has puesto para los mapas cuando todo haya acabado, lo enmarcaré y lo colgare en mi salón».

«Esa tienda era un clásico», dijo ella, ignorando lo que acababa de decir Gary. «Los viejos volúmenes apilados por todas partes, solo el dueño sabrá donde está cada libro en ese desastre».

«Sí, y... ¿has visto eso? ¡A alguna gente no debían permitirle ponerse tras un puto volante! Y como iba diciendo, era una caricatura también, ¿verdad? ¿Has visto esa corbata de dos lazos que llevaba y esas patillas? Se creerá que aún vive en la época victoriana. Chester debe tener un efecto raro en la gente con esos edificios negros y blancos».

«Era un excéntrico, ¿verdad? ¡Una pena que pensamos en visitarle con nuestras ropas anglosajonas!».

«Oh, hay una tienda de electrodomésticos», dijo Esme. «Vamos, necesitamos una cosa».

Ella no le explicó lo que era, si no que se fue directamente por unas potentes linternas led. El dependiente le fue de gran ayuda teniendo la paciencia de leer todas las especiaciones.

«Esta es sumergible, señora, 1000 lúmenes y muy luminosa. Es muy robusta a pesar de su poco peso».

«Me llevaré tres de esta».

Al salir de la tienda, Gary preguntó, «¿para qué necesitamos tres linternas?».

La práctica Esme paró de golpe con los pies separados y las manos en su cadera. «¿Me lo preguntas en serio, Gary Marshall?».

«Bueno, son un poco caras, ¿no?», dijo él para defenderse.

«De alta calidad, tienen incluso una luz estroboscópica, recuerdas lo oscuro que eran los tiempos anglosajones, ¿No? Una de estas podría salvarte de tropezar con un agujero en el suelo, en la oscuridad y de romperte una pierna o algo peor».

«Me pregunto como le irá a Rick. ¡Va a conocer al Profesor Lewin! ¡Que suerte tienen algunos! Yo estaría intimidado».

«Normal, dicen que es un genio. No puedo decir que haya leído ninguno de sus libros, de todos modos, no creo que lo comprendiera».

«No lo sé, Es, le vi en Discovery Channel y no recuerdo mucho de lo que dijo, pero lo explicó de manera muy clara aquel día».

El tema de su conversación, un tipo de cincuenta y cinco años con un considerable parecido a Al Pacino, excepto por la barba canosa y las gafas de montura de metal negra estaba estudiando a Rick desde el otro lado en el despacho del Profesor Faulkner.

«Por favor cuéntame exactamente las sensaciones que experimentas cuando se abre el portal, ya que, según todas nuestras teorías, lo que dices es imposible. Los agujeros de gusano son demasiado pequeños para que se puedan ver.

¿Cómo va a poder pasar un cuerpo humano a través de uno de ellos?».

«Tres cuerpos, profesor. Los tres viajamos al pasado».

«La pregunta es, ¿cómo pudieron haber pasado por un agujero que es más pequeño que un átomo? A menos que el agujero de gusano se agrande trillones de veces su tamaño para que puedan entrar. También me pregunto por qué el agujero de gusano no se autodestruye», aquí la lenta enunciación del profesor, se detuvo al observar a Rick, cansado de seguirle, con la mente puesta en sus pensamientos.

«¿Está pensando en la retroalimentación de la radiación?», preguntó el Profesor Faulkner.

«¿Eh? ¿Qué? Ah, sí. Mira. Estoy convencido de que el tiempo es la cuarta dimensión y que hay portales por todas partes. Digamos que ocurren en las grietas y en los rincones del espacio y el tiempo, las diminutas arrugas, grietas y huecos del tiempo que no podemos ver. Pero que están ahí. ¡Oh, sí, están ahí!».

«¿Entonces cree lo que le estoy contando, Profesor?».

«¿Por qué debería dudarlo, Dr. Hughes? Pero lo que me está diciendo contraviene las leyes de la naturaleza y no puedo explicar ni el "cómo" ni el "por qué", te pido que me lo cuentes otra vez, ¿Qué sensaciones tuviste cuando se abrió el portal?».

Rick contó lo que le pasó en Little Carlton y se cayó esperando una reacción.

«Es frustrante», dijo el gran hombre. «Solo puedo especular. Creo que te beneficiaste de un agrandado agujero de gusano y pasaste a través de un lazo en el tiempo, cuyo extremo más lejano está en nuestro planeta. Al pasar a través de él, viajas al pasado, pero todo eso va en contra de las leyes de la física. Ya conoces la teoría de la paradoja, ¿no? Sí bueno, si el efecto sucede antes de la causa, el universo entra en el caos, y eso no podemos permitirlo, ¿No?».

«Debe haber algo que se le escapa a las teorías de la física, con todo respeto, profesor»

«Joven, estoy obsesionado con el tiempo y nadie estaría más feliz que yo en encontrar la llave a ese camino, pero debo confesar, que estoy perdido. Todos vivimos con el miedo de que nos tomen por locos, ¿verdad Robin?». Él miró a su colega en busca de apoyo.

«Bueno, pues ahí lo tienes, Rick. Si el Profesor Lewin está perdido, entonces todos estamos dando palos de ciego. De momento no puedo ayudarte, querido muchacho».

Rick se retiró a sus habitaciones en un estado cercano a la desesperación. Su proyecto de publicar un trabajo seminal sobre el salterio anglosajón, se había convertido en un espejismo en una ilusión. Sin una teoría del Profesor Lewin, nadie le tomaría en serio. Reconocía que su principal propósito en la vida era ahora regresar a Little Carlton y asegurarse de convencer al herrero de que se trasladara a Hayes. Si él pudiera convencer a Edric, estaba seguro de que los otros les seguirían. Pero no quería engañarse a sí mismo, la intransigencia y amenaza física del herrero gigante hacia la tarea prácticamente imposible.

Tal y como habían acordado, encontró a Esme y a Gary en el bar Cambridge Blue. Gary había escogido este lugar por su oferta de cerveza artesana y Rick no solamente aprobaba la cerveza norteamericana que había pedido su amigo, si no que estaba impresionado por la gama de posters de aluminio publicitarios retro que colgaban de las paredes. Estaba de cara a uno con fondo naranja que proclamaba las virtudes de Bournville Cocoa. Ellos querían que les contara su encuentro con el Profesor Lewin, pero más allá de describir su impresión del famoso científico, tenía poco que contar.

«Entonces volvemos a la casilla de salida», dijo él con tristeza. «¿Qué hicieron hoy ustedes dos?».

Ellos le contaron su viaje a Chester y Gary forzó una sonrisa del sombrío Rick al caricaturizar al sueño de la librería.

«El mapa del área de Redbourne nos será muy útil», dijo Esme, «con él podremos encontrar el camino hacia las tierras pantanosas del norte y del este de Gainsborough cuando se aleja del río Trent. Eso les dará a la gente del pueblo más opciones seguras para cazar y pescar».

«Bien, debemos regresar a Little Carlton mañana. Tengo que acordarme de coger la brújula».

«Yo tengo que coger un compás. Creo que tengo dos o tres en mi escritorio».

«Tráelos, Gary, nos serán muy útiles», dijo la siempre práctica Esme.

Gary aparcó su coche en el sitio de costumbre en el campo de Little Carlton y ellos procedieron hacia el lugar donde el portal se abría normalmente. Rick se puso al mando, cogiendo su colgante dijo, «¡Ahora!»-

Los otros siguieron su rutina y el portal se abrió en el aire. Una vez que lo atravesaron cayeron a la pringosa hierba bajo un agradable cielo primaveral. O hubiera podido serlo por no ser por el ondulante humo negro que flotaba por el campo.

Esta vez, Esme, fue la primera en ponerse en pie.

«¡El pueblo!», gritó. «Lo han quemado. ¡Vengan aquí los dos!».

Ellos se levantaron de un salto y corrieron hacia el asentamiento. Había unas pocas llamas y de los techos de paja achicharrados salía un humo negro ácido que hacia que les picara los ojos y también les hizo toser.

«¡Por aquí!», llamó Gary, señalando hacia la herrería donde el inconfundible cuerpo de Edric yacía en el suelo. Cuando se aproximaron, descubrieron con horror que tenía la cara desfigurada. Alguien le había echado hierro fundido en los ojos y en la boca. Al inspeccionarlo más de cerca, una de las muñecas estaba clavada en el suelo por el yunque, la otra atravesada por un fuerte clavo.

«¡Malditos vikingos!», murmuró Gary. «¡Pobre Edric!».

«¡Tshist! ¡Escuchen!», dijo Esme. «¡Vámonos de aquí!».

Estaban seguros de estar oyendo voces distantes.

«¡Dios mío, todavía están aquí!».

«¿Y dónde están los otros?», Gary preguntó lo que todos estaban pensando. «No hay más cuerpos».

«Deben habérselos llevado a los barcos», dijo Esme. «¿Se los habrán llevado como esclavos, quizás?».

«Edric fue quizás el único que intentó luchar. Ya viste como era el pobre diablo».

Un grito detuvo la discusión, pero desgraciadamente para ellos, no venía de la dirección de las voces que ellos habían oído antes, si no de la dirección del portal. Una flecha negra se clavó en la tierra a seis metros de ellos.

«¡Corran!»m Esme chilló y agarrando sus pertenencias, corrieron a través del campo, alejándose del portal, y del muelle, donde Rick imaginaba que estaban anclados los barcos vikingos. Más flechas se clavaron en la hierba tras sus compañeros que corrían a toda velocidad. Rick se arriesgó a echar un vistazo a sus espaldas y vio a tres hombres barbudos, vestidos con abrigos de piel, portando lanzas y arcos corriendo por la hierba tras ellos. Sus temibles rugidos le aterrorizaron, no tanto por la amenaza que representaban, sino porque atraerían a más vikingos.

Su mente funcionaba a toda velocidad. Por lo que veía, su única esperanza era conseguir llegar de alguna manera hasta el portal y escapar a través del tiempo. Pero los vikingos habían cortado la ruta de momento a menos que ellos pudieran dar la vuelta de algún modo. Lo que necesitaban era un pequeño respiro. A este ritmo los vikingos se les echarían encima y estarían a tiro de sus flechas.

«¡Aceleren!», grito él. «No deben atraparnos». Maldijo su falta de condición física porque sus piernas iban a toda velocidad provocándole una punzada en la pierna derecha que le estaba retrasando. Trató de luchar contra el dolor como hacia en sus días en el instituto cuando les obligaban a correr en condiciones de lluvia y barro. Al menos el suelo estaba seco. Subieron una cuesta, la que al menos de momento les hizo perder de vista a sus perseguidores.

«¡A ese bosque!», dijo Gary

«¡No! Seré el primer sitio en el que buscarán, ¡vengan por aquí!».

Rick los llevó hasta el borde del campo donde una zanja drenaba la tierra.

«Agachen las cabezas», susurró mientras bajaban por la zanja empinada y se retorcían para mirar entre la maleza. Como había supuesto, los vikingos se dirigían derecho al bosque. Oyó a uno dar instrucciones y se separaron cada uno tomando un camino distinto adentrándose en el pequeño bosque.

«No pasará mucho tiempo antes de que se den cuenta de que estamos aquí», susurró Rick, «Gary, ¿tienes el mapa? Aquí, Esme coge la brújula y encuentra el norte».

«¡Maldita sea!», susurró Gary, «me he mojado los pantalones».

«¡Tshist!» Esme le urgió a que guardara silencio. «Ya se secarán después».

«Estoy intentando no mojar el mapa. Aquí, coge el otro lado, Rick».

Tan pronto como Rick cogió el instrumento, el aire empezó a agitarse de una manera familiar para ellos.

«¡Es el portal!», dijo Rick, los otros dos pudieron notar su alivio en su voz. «Atravesémoslo». Ellos lucharon para salir de la resbaladiza zanja y se tiraron de cabeza hacia la grieta que había en el aire. El paisaje no había cambiado demasiado, cuando ellos miraron a su alrededor, se encontraron al lado de un camino de tierra, separado del campo por un seto de espino que no había sido plantado durante la era anglosajona.

«¡Tshist! ¡Escuchen!», dijo Gary.

Escucharon con total claridad la voz de un hombre cantando, cada vez más fuerte y Rick ordenó a sus amigos que se escondieran tras los arbustos. Desde el lugar donde se encontraban podían ver sin ser vistos a una figura vestida con una chaqueta ajustada gris y unos pantalones hasta la rodilla sobre unos calcetines blancos. En la cabeza llevaba un sombrero gris.

"El que valiente será
Contra todo desastre
Déjale en constancia
Sigue al maestro"

Ellos escucharon al tipo en una fuerte voz de tenor.

«¡Caramba! Es un puto cuáquero».

«¡Silencio, Gary!».

Demasiado tarde. El hombre, alertado, paró de cantar. «¿Quién esta ahí?», dijo él. «Mostráos».

Rick señaló a los otros que le siguieran hasta la carretera.

«Buenos días, señor», se inclinó mientras el viajero tenía la boca abierta de asombro.

«Buenos días hermanos, hermana. ¿Quiénes sois? ¿Y qué os trae a las tierras del Duque?».

«¿El Duque?», preguntó Rick.

«Están en las tierras del Duque y a él no le gustan los forasteros. Hace solamente un mes colgaron a una pobre alma en el castillo de Lincoln por cazar en las tierras del Duque. Pero no parecen un cazador furtivo. ¿Por qué andan vestidos como en épocas pasadas?».

«¿No es graciosa la manera en la que habla?», Gary le susurró a Esme.

Ella le ignoró y miro con los ojos abiertos como platos a su curioso conocido. «Señor», dijo ella. «Disculpe mi ignorancia al preguntarle, ¿pertenece usted a la Sociedad de Amigos?». *Esme se refería al grupo religioso llamado la Sociedad de Amigos fundada en Inglaterra en el siglo XVII por George Fox, se decía que sus miembros temblaban de fervor religioso, de ahí el nombre de Quaker (que tiembla) (cuáquero).*

Una amplia sonrisa reemplazó en la cara del hombre al anterior aire de sospecha. «Sí, señora, efectivamente lo soy, y hago el trabajo de Dios, Thomas Petrie, su servidor, hermana, hermanos».

«Señor, me dirijo a Louth a vuestra casa de reunión, porque debo avisar de la bárbara práctica de la esclavitud y como nosotros queremos, en el nombre del buen Rey George, abolirla».

«¿Entonces sois seguidores de William Wilberforce?».

«Sí, supongo que has debido oír hablar de él ¿y también de Thomas Clarkson?».

«Por supuesto», dijo Rick, «y hermano, vuestra noble causa prevalecerá. De eso estoy seguro». El rebuscó en su memoria y recordó que la abolición llegó en el 1807. «Disculpe, hermano, por tan extraña pregunta, ¿pero en que año estamos?».

El cuáquero miró a Rick con sorpresa.

«¿No lo sabes? Es el año veintisiete del reinado del gran rey».

«1787, entonces», calculó Rick, *"faltan aun veinte años para la abolición. ¿Pero qué estamos haciendo en el año 1787?"*.

«Debemos marcharnos, hermano, ¿Quiere acompañarnos a Louth para apoyar nuestra causa?».

«Normalmente, os acompañaría sin dudarlo, ya que es una tarea que Dios demanda sea llevada a cabo, pero debo reunirme con mi compañía de viajero predicadores, amigo. Adiós y que Dios os proteja».

El cuáquero se marchó y no había llegado aún a la carretera cuando ellos le oyeron cantar su himno de nuevo:

No hay desánimo
Que le haga ceder

«Que extraño», dijo Esme.

«¿Qué?».

«Bueno, pensaba que los cuáqueros evitaban cantar himnos».

«Tienes razón», dijo Rick, «en días pasados ellos se consideraban a sí mismos una forma vacía que se metía en el camino de Dios dirigiendo los rezos de manera espontánea. Pero parece que nuestro señor Petrie lo encuentra espiritualmente edificante. Quizás se considere a si mismo un pelegrino que recorre Lincolnshire para cumplir su misión».

«¡Puto friki!», dijo Gary.

«No, te equivocas, es un hombre temeroso de Dios luchando por una causa justa», Esme le reprobó.

«A menos que pienses que la esclavitud está bien, ¿Gary?».

«Por supuesto que no, aunque hemos dejado a la gente del pueblo condenados a la esclavitud. Pero ¿qué podíamos hacer? Casi nos dejamos la piel allí. Cuando oí esas flechas clavándose en el suelo detrás nuestra...».

Esme agarró a Rick del brazo. «Rick, ¿qué me dices de este 1787? ¿Estamos realmente en el siglo dieciocho?».

«Eso parece».

«¿Pero, cómo y por qué?».

Rick se encogió de hombros, «Sinceramente, no tengo ni idea».

«Yo sí».

Ambos se giraron hacia Gary atónitos.

«El mapa. Mira, esta datado del 1787 y tu lo cogías por un lado y Esme llevaba la brújula».

«Quizás también tengamos nuestros dobles en esta época».

«Quizás tengas razón, Gary, pero no me apetece encontrarme con las autoridades del siglo dieciocho. ¿Sabes lo que dijo Thomas el cuáquero sobre los ahorcamientos?», dijo Esme

«Es verdad, pero prefiero arriesgarme con los guardabosques del siglo dieciocho a que me persigan unos vikingos sedientos de sangre», murmuró Rick. «Ya era hora de que empezaran a transportar gente a ¡Botany Bay. Debemos dirigirnos al lugar donde el portal suele estar y a ver qué pasa».

«¡Me estás tomando el puto pelo! ¿Y si nos lleva otra vez con los vikingos en vez de a nuestra era?».

«De todas maneras, Gary, No me apetece quedarme en el siglo dieciocho».

«Igual conocemos a William Blake».

«O nos alistan por la fuerza en el ejército y terminamos como yellowbellies en el Nilo con el capitán Nelson».

El tono de Rick era cortante.

«Me has convencido. Espero que se hayan marchado los vikingos».

«Sí, seguro que ya no están allí». El tono en la voz de Esme era de certeza.

«¿Cómo podemos estar seguros?», pregunto Gary.

«Es lógico. Piensa que sucede cada vez que viajamos en el tiempo. El tiempo pasa más deprisa en el siglo nueve y más despacio en nuestra era».

«¡Tienes razón, milady!», dijo Gary, «¡Mira que es lista!».

«Sí, vaya si lo es. Movámonos, cojan ese seto, chicos».

Hablando de cuáqueros ¿No fue un cuáquero el que escribió *¿Lord of the dance?"*».

«No creo que el compositor fuera un cuáquero, Es, pero el

cogió la melodía de una de las sectas protestantes que emigraron a América».

«¿Entonces, ¿los cuáqueros usan la música en nuestro siglo o no?», murmuró Gary.

«¿Por qué? ¿Estás pensado en hacerte un cuáquero?», Esme vaciló a Gary.

«¡El único tembleque me vas a ver hacer es como nos encontremos a los putos y sangrientos vikingos!».

Rick les guio hasta el límite en donde Gary había aparcado el coche y su dueño miró tristemente al espacio vacío. Desde allí, era fácil cubrir los pocos pasos que distaban hasta donde estaba el portal.

«¡Espera un momento!», Rick frunció el entrecejo. «Gary coge el mapa, Es, dale la brújula. No podemos arriesgarnos a hacer entrada al portal en conflicto entre el 1787 y el 872. Ahora a la de tres. Aferraros a vuestros objetos sajones. ¡Una, dos, tres!».

El aire se ondulaba y los compañeros dieron un paso hacia adelante. Cuando recobraron el sentido, Esme dijo, «No quiero parecer presumida, pero yo tenía razón. No hay humo en el aire. Así que ya ha pasado algún tiempo».

«Bajemos hasta el pueblo y veamos que es lo que hay», dijo Gary. Pero ellos no podían ir al pueblo porque no estaban en Little Carlton. El paisaje era diferente.

«¡Es la isla de Rinc!», Rick fue el primero en darse cuenta.

En cierto modo, se sintió aliviado. Quería decir, si él estaba en lo correcto, recibirían una cálida bienvenida, comida y una cama seca para pasar la noche.

Los nuevos colonos habían hecho un trabajo excelente estableciéndose por sí mismos y cubriendo todas sus necesidades. Garr había escogido una preciosa compañera de entre las muchachas del pueblo y se había casado con ella. Gary, a su manera inimitable, aprobó la elección. Su homónimo también había encontrado un manantial de aguadulce en el islote, así que a la pequeña comunidad no les faltaba de nada.

A pesar de las prolongadas suplicas para que se quedaran, los tres compañeros explicaron el destino del pueblo a sus consternados oyentes y advirtiéndoles que tenían que asegurarse de la seguridad de la gente de Hayes.

Rinc los llevó por el camino de regreso a través de las tierras pantanosas, con un sentimiento de arrepentimiento y temor, y ellos le prometieron volver. Ellos no sabían que se cernía ante ellos. Lo primero que tenían que hacer era comprobar la situación de Little Carlton. Venía de camino en su ruta hacia Hayes de todos modos. Cuando llegaron, no observaron ningún signo de vida, como si incluso las alimañas rechazaran los estos achicharrados de los edificios. Qué tristeza da cuando un objeto como un cubo roto, tirado con prisas y miedo, yaciendo en el suelo, cuanta una vida pasada desaparecida y arrebatada que nunca podrá ser revivida. Los tres amigos observaron con tristeza los ennegrecidos esqueletos de las casas y Esme dijo, «la gente del siglo veintiuno nos creemos que tenemos algo de lo que quejarnos, deberíamos valorar lo que tenemos».

Rick reunió el coraje para mirar a la desfigurada cara de Elwin, pero en su lugar vio un esqueleto vacío donde los carroñeros habían robado la carne de los huesos a pesar de los trozos de hierro descansando todavía patéticamente sobre sus mejillas y la cuenca de sus ojos.

«No podemos enterrarle, no tenemos herramientas y sin fuego no podemos quemar el cuerpo».

«Seró lo mejor, Rick», dijo Esme poniendo una mano en su brazo, «nunca se sabe a quien podría alertar el fuego».

Ellos decidieron caminar, con precaución, hacia el muelle para asegurarse de que no había rastro de presencia vikinga. Una vez se aseguraron de ello, partieron a pie hasta Hayes. Sus nuevos mapas hacían muy simple la tarea de encontrar el camino, pero tuvieron cuidado de asegurarse de que solo uno de ellos cogía el mapa, la brújula y el compás a la vez. Lo último que ellos querían era volver al 1787.

«Tienes razón, pero aquí es donde nos separamos. Ustedes dos sigan hasta Hayes como acordamos. Yo partiré hacia Torksey. Tenemos que liberar a los cautivos y devolverles a Hayes. Entonces habremos acabado nuestro trabajo en el siglo nueve y no tendremos que volver».

«Rick, esto es una locura», suplicó Esme, «no puedes pasearte así como así por un campamento vikingo. Habrá guardias y te matarán tan pronto como te vean otra vez».

«Tengo un plan. Pero necesitaré el mapa del 1787. Nos vemos a mi vuelta en Hayes, esperemos que con los aldeanos».

«Buena suerte, amigo. Ten cuidado».

Para ese momento, el anochecer era casi inminente, los dos amigos pararon frente al río rodeado de tierras pantanosas que les separaba de Hayes.

«¿Y ahora qué? ¡No tenemos barco y hay un montón de humedad aquí!», dijo Gary lo obvio. Las frías manos de la desesperación apretaron sus corazones.

CAPÍTULO VEINTICUATRO

TORKSEY, FINALES DE PRIMAVERA 872 AD

Rick hizo grandes progresos por el río Trent al desatar un barco atracado en el muelle que no era suyo y remar, ayudado por la marea del estuario. Cualquier escrúpulo que le quedara por el robo del barco, se desvanecía en cuanto recordaba la naturaleza de su misión; para salvar sin saber cuántos aldeanos de la tiranía de los vikingos.

Remó a lo largo del muelle de Torksey, mientras la luz del atardecer se transformaba en oscuridad. Los hombres empezaron a encender manojos de juncos empapados de resina para llevar a cabo las tareas a las que ellos se habían encomendado. Rick comprobó su cinturón buscando la linterna led que Esme les había dado y la bendijo por su previsión. Esta haría su tarea mucho mas fácil. En el muelle, a nadie le extrañaba la presencia de un barco pesquero. Evidentemente, había muchos yendo y viniendo y a nadie le parecía inusual su presencia.

La oscuridad le envolvía mientras avanzaba por el muelle, habiendo memorizado donde había tierra en su mapa, usó su linterna para cubrir el camino hacia el campamento con la seguridad de por donde pisaba gracias a luz blanca de su linterna. No había pasado mucho tiempo cuando le llamó una voz en danés.

«¡Un centinela!».

Apuntó con el haz de luz justo a la cara del centinela, quien soltó la lanza y se tapó los ojos con el brazo para protegerse de la luz.

«¡Soy un hechicero!», gritó Rick. «Vuestro líder me conoce y querrá verme. ¡Llevadme ante él!».

Apagó la poderosa luz y el centinela quedó con los ojos entrecerrados, cegado, como un topo que sale de la madriguera al amanecer. «No temas. La ceguera es momentánea y pasará, amigo».

Rick observó con preocupación como el vikingo buscaba a tientas en el suelo para reclamar su lanza. ¿Se pondría agresivo? En vez de eso, el guardia dijo con tono de alivio, «ahora puedo verte, extraño. Ven conmigo y te llevaré hasta mi señor, Lord Halfdan brazo ancho».

Con paso seguro, guio a Rick hasta el borde del campo. Rick se contuvo de usar la linterna, él tenía otros planes para ella. Estos planes se hicieron necesarios inmediatamente porque le salieron al paso cinco guardias desafiantes, con las espadas en mano.

«Dice que eres un hechicero y amigo de Lord Halfdan, a quien el querrá ver». Dijo el centinela con voz desafiante.

«¡Tonto!», cualquiera puede decir que es un hechicero y colarse en el campamento. ¿Y si es un plan sajón para asesinar a nuestro líder? Y todo porque un idiota se haya tragado sus mentiras».

«¿Mentiras?», Rick encendió la linterna y la puso en modo intermitente mientras miraba con satisfacción las horrorizadas caras de los vikingos al ver la potente luz blanca encenderse y apagarse.

«¡Magia!», uno de ellos gritó.

«¡Basta! Te lo ruego. No queremos ofenderte». Otro cerró los ojos.

Rick accedió a apagar el instrumento.

«Los dioses me han enviado a hablar con vuestro señor. ¿Ahora, me llevareis ante él o queréis que os convierta a los seis en sapos apestosos?».

«¡Tenga piedad señor, le llevaremos!».

Uno de ellos, su líder, a juzgar por sus maneras y acciones, abrió la puerta de la tienda más grande en el centro del campamento vikingo y entró. Mientras esperaba, Rick escuchaba atentamente. El elevado tono de voz del líder vikingo era un mal presagio, tras un momento, el guardia volvió, le cogió por el brazo y lo metió a empujones en la tienda.

«¡Por Thor! ¡Rick Hughsson! ¡Eres tú! Debi haberlo sabido. La última vez que nos vimos dijiste que volverías a Lindsey y has dicho la verdad».

«Como siempre, mi señor».

«Mi hombre me dice que has hecho magia con una luz bailadora. ¿Es verdad?».

«Así es, mi señor».

«Siento curiosidad. Presenciaría de buen grado tal maravilla».

«¡Así será, mi señor!».

Rick cogió su linterna, la puso en modo intermitente y la encendió. En la penumbra del interior de la humeante tienda el efecto aumentado de la luz intermitente a un ritmo de milisegundos era devastadoramente efectivo. Halfdan quedó horrorizado ante el extraño movimiento mientras levantaba el brazo para protegerse.

«¡Por los dioses! ¡Cesa Rick! Eso podría volver loco a un hombre».

Rick rió y apagó la linterna, pensando en las discotecas del siglo veintiuno y la locura adolescente».

«Bueno, Rick Hughsson, ¿Qué te trae por aquí?».

«Un favor, señor».

«Dime pues».

«He venido a Lindsey porque mi pueblo esta aquí,. hacia el este. Cuando regresé lo encontré reducido a cenizas, el herrero había sido asesinado y nuestra gente había desaparecido. He venido para rogar por su liberación».

«Dime, Rick Hughsson», Halfdan levantó su impresionante cuerpo, «¿por qué debería mi gente liberar a sus esclavos? ¿Qué gano yo con tal concesión?».

«El favor de los dioses que actúan a través de mí. Aconsejaré a los dioses que te protejan, señor y así no perderás nada. Si no escuchas mi suplica, perderás el favor de los dioses y tu final será miserable, ¡Pero espera!». Rick, advertido por la expresión de rabia en los ojos del vikingo, modificó su tono. «Esto no es por supuesto el deseo de Odín de castigar a su fiel sirviente. El padre de todos los hombres tiene grandes planes para ti mi señor».

«¿Cuáles son esos planes, Rick? Cuéntame».

«Señor, debes separarte de tu hermano Guthom. Él marchará al este y al sur. Tú marcharás al norte».

«Pero separarnos nos debilitará».

«No lo hará es el destino. Tú llevarás a tus hombres al norte, te unirás a los vikingos que están en Dublín y combatiréis contra los Pictos. Obtendrás una gran victoria, pero tus hombres estarán muy cansados y los llevaras a Eorforwic, a la que tu llamarás Jorvik. Allí, tu serás el rey y tu ciudad será la más rica de todas aquellas tierras. Doblará su tamaño con artesanos y mercaderes. Tu fama será imperecedera, mi señor. Tus hombres te serán leales y estarán felices bajo tu mando. Muchos poseerán grandes alquerías y otros formarán parte de tu guardia real. ¿Qué me dices? ¿No es una gran bendición?».

Rick nunca quitó los ojos de la cara del vikingo y vio que las palabras estaban teniendo el efecto deseado, así que se aprovechó de su ventaja. «Dame lo que te pido y todo será tuyo. ¿Te he mentido alguna vez, mi señor?».

« No lo has hecho, y eres un gran mago. Ahora, en cuanto a esos aldeanos...».

Rick consiguió su liberación y un barco para que los llevara al menos a un lugar de su elección más allá de Gainsborough. Ellos partirían a la mañana siguiente. Él tuvo que aguantar el poderoso abrazo del líder vikingo, pero salió intacto y sonriendo. Una buena comida al lado de su anfitrión y una insalubre cantidad de cerveza le aseguro permanecer bajo la buena gracia de Halfdan.

Su reunión con los aldeanos fue llevada a cabo bajo una atmósfera muy diferente de la beligerancia que el había experimentado cuando ellos de manera tan poco sabia habían seguido a Edric. Ahora, ellos estaban agradecidos, obedientes y aliviados. Un puñado de vikingos tomó el control del gran barco y organizó a los sajones en los remos. Ellos no pusieron objeción alguna porque este trabajo forzado los llevaba hacia su libertad.

A salvo de ojos curiosos, Rick consultó su mapa y decidió cual era el mejor lugar para desembarcar una vez pasado Gainsborough. Con la favorable corriente de la marea, progresaban con rapidez río abajo. Pasaron el próspero puerto y Rick no perdió detalle del abarrotado puerto visto desde Trent. Él le había arrancado una promesa a Halfdan de que no les seguirían a él, ni a sus más de cincuenta aldeanos y que no les buscarían. A juzgar por las caras cansadas de estas gentes, un periodo de paz y de tranquilidad era exactamente lo que necesitaban. Rick miró a una madre dar el pecho a su frágil y angelical hija y sintió una ola de felicidad que se incrementaría cuando vio a un muchacho enrollando una cuerda bajo la supervisión de un guerrero vikingo. Un día, sabía que los vikingos enriquecerían la cultura de Northumbria y las muchachas anglicanas preferirían a los limpios y bien vestidos daneses que, a los sucios anglicanos, pero el futuro estaba aquí para este pueblo, y gracias a ellos para él, Esme y Gary.

Rick ordenó guardar los remos y el vikingo al timón del barco, dirigió este hacia la orilla del río, en el lugar que había pedido Rick. Ya en ese lugar, bajar del barco no supuso una gran dificultad, había muchas manos dispuestas a ayudar a las mujeres y a los niños a bajar a tierra firme, no es que hubiera mucha tierra sólida por la zona. Rick tuvo que usar la brújula y el mapa para guiarles a través de las tierras pantanosas y de la hierba hasta alcanzar un suelo mas firme. Ni uno solo de ellos llegó a Hayes sin los zapatos manchados de barro y las ropas llenas de salpicaduras. ¿Pero qué más daba? La vista del barco vikingo retomando la navegación y volviendo río arriba fue suficiente para subir la moral al apesadumbrado grupo.

Era media tarde para cuando Rick los llevó a la isla de Hayes, la cual, ninguno de ellos había visto antes. El último obstáculo que les quedaba era el río que les separaba de su nueva casa y de las tierras pantanosas donde se habían establecido. Uno de los hombres del pueblo, sin embargo, vio algo, o más bien alguien, que había visto antes. El ahuecó sus manos alrededor de su boca y gritó, «¡Durwyn!». Sorprendido Rick examinó el río y ciertamente había un hombre en un pequeño barco que estaba cubriéndose los ojos con la mano para encontrar la fuente de la voz, si es que era posible, repitió el grito aún más fuerte. El llamante se unió a otros que alegremente repetían sus gritos, «¡Durwyn, Durwyn!», mientras ellos saltaban y saludaban con la mano como si sus vidas dependiesen de ello.

Alertado, el hombre en cuestión remó vigorosamente a través del río hacia ellos.

«¡Bien hecho, Durwyn, estamos salvados!».

«¡Lo habéis conseguido! El señor Gary y la señora Esme dijeron que vendríais...estaba poniendo trampas».

«¿El señor Gary?», Rick murmuró para sí mismo. "*¡Yo le daré señor Gary!*"

«Puedo llevarme ahora a los niños e ir por los otros con más barcos. ¡Vamos, los más pequeños conmigo primero!».

Siete niños pequeños, y bebés fueron subidos a bordo y los fuertes brazos de Durwyn los llevaron remando hasta la isla.

«Todos vosotros tendréis comida, una cama y calor en ayuntamiento de Lord Osborn», Rick hizo su comentario antiGary. «Pronto construiréis nuevas casas», dijo Rick. «Y no quiero oír hablar de regresar a vuestro pueblo», él se dirigió a los hombres, «he estado allí y los vikingos no han dejado nada en pie excepto unos cuantos troncos quemados. Sería peligroso regresar, mientras que aquí estaréis a salvo. Pensad, ¿qué enemigo podría cruzar los pantanos que hemos atravesado hoy para llegar hasta aquí?». Él blandió el mapa. «Esto garantizara vuestra seguridad. No dejaré que nadie actúe, aquí estaréis a salvo. Hay abundancia de comida y hay agua dulce», él sonrió a las ansiosas caras de las mujeres y fue recompensado con algunas sonrisas que se acercaban peligrosamente a la adoración.

Con todos los aldeanos ya a salvo en el pueblo, Rick pudo relajarse con sus amigos que querían saber cómo había logrado ese milagro.

«Una luz estereoscópica en el siglo nueve no es otra cosa que magia negra."

Ellos se rieron y recordaron como sus linternas les habían salvado de pasar una noche miserable en las tierras húmedas, permitiéndoles atraer la atención de uno de los aldeanos, como Durwyn, que puso, trampas no para nutrias, sino para anguilas.

En mitad de esta explicación un hombre de mediana edad se les aproximó.

«Por favor», dijo él, con la cara preocupada, «¡ayúdeme señor!».

«¿Cuál es el problema?», preguntó Rick

«¿Dónde puedo encontrar a Garr, señor?».

«Se ha casado con mi hija, pero no se dónde están. No puedo vivir con el pensamiento de no ver a mi Haeddi otra vez».

«No llegará a eso, amigo, pero debes darme tu promesa de que si te llevo hasta ellos no revelarás a ningún otro dónde están. ¿Tengo tu palabra?».

«Lo juro, señor».

«Bien. Te lo pregunto por tu seguridad. ¿Tienes un barco?».

«Lo tengo, señor».

«Bien. Podemos ayudarnos mutuamente. Nos llevarás en el barco. Gary, Esme, despediros de quien queráis. Nos vamos».

Después de despedirse, los compañeros cruzaron el río con el suegro de Gary, o el padre de la esposa, como los sajones lo llamaban. A media tarde, ellos estaban disfrutando de la compañía de sus dobles por última vez. Gary estaba más que un poco interesado en la esposa de Garr y dijo que iba a estar encerrado en su casa esperando a la doble de ella, ya que seguro que era su destino casarse con ella. Tal y como Rick se casaría con Esme, añadió él, ganándose la aprobación de Rinc y Esme, pero una mirada asesina de sus homónimos modernos.

«¿No deberíamos regresar a Little Carlton?», preguntó Esme.

«No creo», Rick sacudió la cabeza, «nuestros dobles están aquí, así que desde aquí es donde debemos partir. Al menos, así es como creo que funciona. Esperemos no aparecer en mitad de una batalla medieval o de algo peor». Ellos continuaron despidiéndose ante los ojos asustados de los sajones, entraron en la grieta que se había formado en el aire y viajaron mil doscientos años en el tiempo.

EPÍLOGO

CAMBRIDGE, 2018 AD

Rick se sentó de cara al Profesor Faulkner en su estudio. Había terminado de contarle su última aventura, incluido su breve paso por el siglo dieciocho, y el encuentro con el cuáquero que siempre iba cantando el himno, Thomas Petrie.

«Bueno, es realmente notable», musitó el físico, «y este último episodio hace el problema más difícil todavía. No puedo ofrecerte ninguna teoría irrefutable que lo explique, lo que por supuesto, es lo que tú estás buscando desesperadamente».

Robin Faulkner miró por encima del hombro a Rick, con la mirada perdida, «llegará un tiempo en el que aprenderemos como abrir esos portales y será el mayor descubrimiento en la historia de la humanidad. Solo tienes que pensar, cuando tengamos un problema, podemos ir al futuro, conseguir la solución y volver para solucionarlo». Sus ojos se iluminaron con una extraña luz, «por supuesto, la gente del futuro hará lo mismo, el resultado será un increíble desarrollo en un arco de tiempo muy pequeño...entre otras cosas enfermedades que serán erradicadas y el medioambiente restaurado totalmente».

«Como un paraíso terrenal», murmuró Rick, pero había resentimiento en su voz e hizo que le profesor arqueara una ceja. «¿No existe esperanza alguna de encontrar una explicación, profe?».

«No que yo vea, querido amigo. Si publicaras tu artículo, por supuesto que, los historiadores de todo el mundo, filólogos y arqueólogos querrían todos ellos saber como conseguiste esas imágenes. Y no solo ellos. Entonces tendrías que decir que has viajado en el tiempo para fotografiarlo. Eso abriría innumerables escenarios. La prensa sensacionalista te perseguiría, para empezar, hablarían de ello en debates en la televisión con acusaciones de ser un farsante».

Rick puso cara de circunstancias.

«Ibas a pasarlo mal muchacho, pero eso solo sería el principio. Perseguirían a tus amigos, y me atrevo a decir, no solo a los tuyos, y a cualquier físico con el que hubieras contactado. No podemos permitir que nos acusen de estar locos, ¿verdad?».

«No, Dios mío, claro que no, sólo estamos repitiendo lo que hemos dicho antes, cada vez en círculos más pequeños», dijo Rick con tristeza. «La única cosa que hemos podido sacar de todo esto es que conseguimos salvar las de vidas de los aldeanos de Little Carlton de ser asesinados por los vikingos».

«Y dejando aparte la paradoja del abuelo por el momento, ¿quién sabe lo importante que es para nosotros hoy en día? Si ese tipo, ¿cómo se llamaba? ¿Rinc?, digamos que Rinc hubiera muerto, ¿estarías entonces sentado delante de mí? Quizás has salvado tu propia vida. E incluso la de tus compañeros. ¿Quién sabe como funciona?». El Profesor Faulkner frunció el entrecejo y meditó unos instantes. «Y por supuesto, Rick, algo que no deberías subestimar, vosotros tres habéis vivido una experiencia privilegiada. Por lo que sabemos, nadie más en la historia ha viajado en el tiempo. Podrían escribir sobre ello, sin que nadie cuestione su cordura».

«¿Cómo diablos voy a hacer eso?».

«Escribiendo tus experiencias en forma de novela, un trabajo casi de ficción. ¡Nunca se sabe, podría convertirse en un best-seller! Tendrías que usar un seudónimo, por supuesto».

«¿Un seudónimo? ¡Claro!, ¿por qué no? ¡Qué gran idea! Sabe creo que llamare a esa novela Angenga».

«¿Angenga?».

«Sí, significa viajero o errante en inglés antiguo. Sería un nombre apropiado, ¿No cree?».

«Por supuesto que sí. ¿Y tu seudónimo querido muchacho?».

«Veamos, tuve un compañero de clase que se llamaba John Broughton...lo ultimo que sé de él, es que vivía en el sur de Italia».

«Entonces, ya lo tienes, Angenga por John Broughton».

Fin

Querido lector,

Esperamos que hayas disfrutado leyendo *Angenga* (*El Viajero Solitario*). Tómese un momento para dejar una reseña, incluso si es breve. Tu opinión es importante para nosotros.

Atentamente,

John Broughton y el equipo de Next Chapter

Angenga (El Viajero Solitario)
ISBN: 978-4-86751-252-4

Publicado por
Next Chapter
1-60-20 Minami-Otsuka
170-0005 Toshima-Ku, Tokyo
+818035793528

17 septiembre 2021

www.ingramcontent.com/pod-product-compliance
Lightning Source LLC
LaVergne TN
LVHW101917220826
846093LV00009B/278

* 9 7 8 4 8 6 7 5 1 2 5 2 4 *